KB105111

絶對天王 절대천왕

장담 新무협 판타지 소설
FANTASTIC ORIENTAL HEROES

절대천왕 6

장담 新무협 판타지 소설

초판 1쇄 찍은 날 § 2008년 8월 14일
초판 1쇄 펴낸 날 § 2008년 8월 25일

지은이 § 장담
펴낸이 § 서경석

편집장 § 문혜영
편집책임 § 서지현
편집 § 이재권

펴낸곳 § 도서출판 청어람
등록번호 § 제1081-1-89호
등록일자 § 1999. 5. 31
어람번호 § 제2-1555호

주소 § 경기도 부천시 원미구 심곡1동 350-1 남성B/D 3F (우) 420-011
전화 § 032-656-4452 팩스 § 032-656-4453
http://www.chungeoram.com
E-mail § eoram99@chollian.net

ⓒ 장담, 2008

ISBN 978-89-251-1435-4 04810
ISBN 978-89-251-1301-2 (세트)

6

절대천왕

번천(翻天)

장담 新무협 판타지 소설
FANTASTIC ORIENTAL HEROES

絕代天王

도서출판 청어람

目次

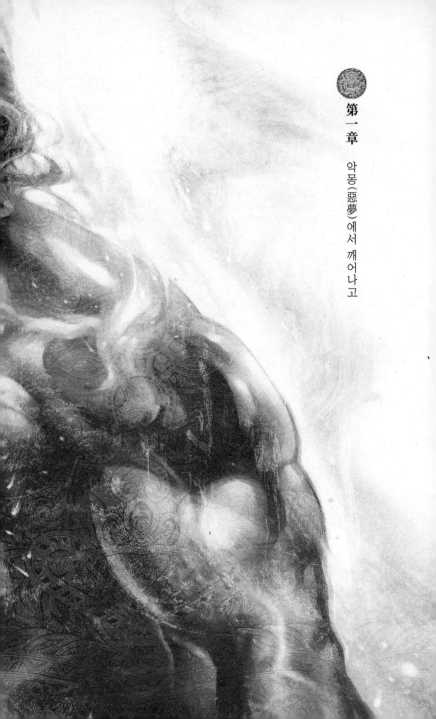

第一章

악몽(惡夢)에서 깨어나고

절대천왕 絕對天王

신녀는 옆구리를 뚫고 지나간 강기의 여파에 정신이 아득해졌다.

그때 들리는 목소리.

"영령아……."

그 목소리에 아득해지는 정신을 붙잡은 신녀는 억지로 몸을 일으켰다.

상황이야 어찌 되었든 자신의 소수가 상대의 가슴을 두들겼다. 강력한 반탄력이 느껴졌지만, 그렇다 해도 극심한 내상을 입었을 터였다.

마지막 기회였다.

한 번만 더, 단 한 번의 소수만 상대의 가슴에 적중시킬 수 있다면, 두려울 정도로 강한 상대를 죽일 수 있을 것이다.

"죽여 버리겠어!"

신녀는, 이 장 밖으로 튕겨져서 비틀거리며 몸을 일으키는 좌소천을 노려보았다.

한데 바로 그때였다.

"주군!"

"무슨 일입니까?! 주군!"

격전지로 누군가가 다가오며 소리를 질러댄다.

목소리에 상당한 내공이 실려 있다. 모두 서너 명 정도.

전이었다면 손짓 한 번에 죽일 수 있는 자들이다. 그러나 지금의 자신은 절정의 고수 한 사람도 상대하기 힘든 상황인데다가, 바로 손을 쓰지 않으면 언제 죽을지 모르는 상태.

아쉬웠다. 하지만 살 수 있는 기회를 버릴 수도 없는 일.

신녀는 파르르 눈을 떨고는 옆구리를 부여잡고 몸을 돌렸다.

한령파파와 정한녀들의 한을 짊어지고 있는 자신이 아니던가. 그리고 자신의 신세 내력도 알아야 했다.

일단은 자신의 목숨을 부지하는 것이 우선이었다.

'그런데 왜… 도를 틀었을까?'

그녀는 의혹을 가슴에 담고, 뒤에서 부르는 알 수 없는 이름을 들으며 숲 속으로 들어갔다.

"영… 령……. 가지… 마……."

가슴에 가해진 충격으로 입이 벌어지지 않았다. 몸도 움직이지 않았다.

그러나 어떻게 하든 말을 해야 했다.

당장 가슴이 터지고, 목구멍이 찢겨져도 상관없었다.

영령이다!

영령이가 살아 있다!

자신을 몰라보는 것은 이해할 수 있었다. 한탄곡에 떨어지기 전에도 그랬으니까.

그러나 떠나가는 것은 참을 수 없었다.

좌소천은 소영령이 비틀거리며 숲 속으로 들어가자 찢어지는 목소리로 입을 열었다.

"제발… 돌아……."

털썩.

그녀가 숲 속으로 사라짐과 동시 좌소천의 몸도 그 자리에서 무너졌다.

도유관이 격전지에 날아든 것은 바로 그때였다.

"주군!!!"

좌소천은 무너지는 와중에도 숲을 바라보며 혼신을 다해 입을 열었다.

"숲 속… 찾아보시오……."

숲 속으로 뛰어든 도유관 등은 일각 만에 다시 밖으로 나왔다.

"아무도 없습니다, 주군."

소나무에 기대앉아 있던 좌소천은 도유관의 말에 허탈한 표정을 지었다.

가슴이 먹먹해서 이제는 입도 잘 벌어지지 않았다.

"돌아……."

그 말만 남기고 좌소천의 눈이 감겼다.

"알겠습니다, 주군. 자광! 주군을 안아라."

이자광이 조심스럽게 좌소천을 안아 들었다.

"일단 객잔으로 가자!"

도유관과 전하련이 앞장서고, 종리명한과 사인학, 홍려운이 뒤를 받쳤다.

어떻게 해서 이런 일이 벌어졌는지는 나중에 알아봐도 될 일. 일단은 좌소천의 몸을 돌봐야 했다.

객방의 침상에 좌소천을 눕힌 도유관은 맥문을 쥐고 좌소천의 몸 상태를 살펴보았다.

얼음장처럼 차가운 몸을 빼면 특별한 외상은 보이지 않았다. 말을 못할 뿐 정신을 완전히 잃은 것 같지도 않았다.

그러나 내상은 생각보다 심각했다.

미약하게 뛰는 심장의 박동. 불규칙하게 흐르는 혈류. 몇 곳의 혈도가 막힌 듯하다.

"주군, 일단 제가 도와드릴 테니 운기를 하십시오!"

도유관은 일단 좌소천의 기운을 북돋기 위해서 명문혈을 통해 내력을 집어넣었다.

하지만 반 시진이 지나도록 좌소천의 몸 상태는 조금도 나아지지 않았다.

결국 도유관이 땀을 후줄근하게 흘리며 얼굴이 창백해지자 이자광이 나섰다.

"도 형님, 저와 교대로 합시다."

"엄청난 한기가 스며 있다. 조심해서 진기를 집어넣어라."

결국은 종리명한과 사인학까지 나서야만 했다.

그렇게 네 사람이 끊임없이 진기를 집어넣은 지 두 시진, 좌소천의 입이 열렸다.

"그만……."

"주군! 괜찮습니까?"

그렇지 않다는 것을 모두가 안다. 그래도 좌소천의 입이 열린 것만은 기쁜 일이었다.

"숲 속에 흔적은……?"

좌소천은 입을 열자마자 도유관에게 물었다.

소영령이 걱정되었다. 자신의 도강이 그녀의 옆구리를 관통했다. 물론 심장이 관통당한 것보다는 나았다. 그러나 강기에 관통된 이상 상처가 쉽게 아물지 않을 것이었다.

더구나 자신의 공격에 적지 않은 내상마저 입었을 터. 생각만으로도 자신의 가슴이 저리고 아팠다.

"여기저기 핏자국이 있긴 했습니다만, 사람은 발견하지 못했습니다. 아마 멀리 도망간 것 같습니다."

좌소천은 파르르 떨리는 눈으로 천장을 바라보았다.

"일단 검인보로 갑시다."

결국 좌소천은 그 말만 하고 다시 눈을 감았다.

한천빙백소수공에 심장이 충격을 받았다. 다행히 금라천황
공이 심장을 보호한 덕에 목숨을 위협받을 정도는 아니지만,
혼자서 내상을 치료하려면 얼마나 많은 시간이 걸릴지 아무도
모르는 상태다.

지금쯤 공손양이 보낸 사람들이 검인보에 도착했을 터. 어
쩌면 네 어르신도 와 계실지도 몰랐다. 그분들이라면 보다 더
빠른 시간 안에 몸을 회복시킬 방법이 있을 것이었다.

도유관이 좌소천의 말을 이해하고 다급히 외쳤다.

"려운! 나가서 들것을 만들어라! 주군을 검인보로 모신다!"

"예, 형님!"

좌소천은 도유관의 목소리를 들으며 이를 지그시 악물었다.
아득해지는 뇌리에 면사가 잘린 소영령의 모습이 떠올랐다.

한 번 보면 넋을 잃는다는 소문대로였다.

신녀, 소영령은 너무도 아름다웠다.

그러나 좌소천의 눈에는, 그토록 아름다운 신녀도 그저 장
난꾸러기 소영령일 뿐이었다.

'영령, 다음에 만날 때는 반드시 네가 나를 알아보게 만들
것이다. 조금만 기다려라.'

2

온몸에 힘이 빠진다.

옆구리를 뚫고 지나간 강기의 여파가 혈맥을 막은 듯하다.

신녀는 동굴 벽에 몸을 기대고 이를 악물었다.

산 것만도 다행이었다. 분명 그자의 도가 그대로 복부를 찔렀다면 오장육부가 조각조각 나 그 자리에서 절명했을 것이다.

'왜 도를 틀었을까?'

여전히 풀리지 않는 의문이다.

"영령아……."

그자의 목소리가 귓전에서 떠나지 않는다.

그 목소리가 울릴 때마다 가슴이 뛰고 머리가 멍해진다.

왜?!

그때다.

"으음……."

갑자기 머리가 쪼개질 듯이 아파오더니, 한천빙백소수공을 익힌 이후 다시는 떠오르지 않던 두 얼굴이 어슴푸레 하니 머릿속에 가득 찬다.

희미한 두 얼굴.

한데 이상하다. 그중 하나의 얼굴에 그자의 얼굴이 겹친다.

순진한 소년의 얼굴. 무심한 청년의 얼굴.

다르게 보이기도 하지만, 자세히 보면 꼭 그렇지만도 않다.

'뭐, 뭐지? 서, 설마… 내가 그자를 알고 있었단 말……?

사실일 수도, 아닐 수도 있다.

문제는 자신의 머릿속에서 떠오르는 소년과 원수처럼 생각해서 싸웠던 자가 같은 사람일 가능성이 크다는 것이었다.

충격에 그녀는 멍한 표정으로 허공을 바라보았다.

하지만 그녀는 더 깊은 생각을 할 수가 없었다.

"크윽!"

입에서 절로 신음이 흘러나왔다.

옆구리에서 시작된, 칼로 찢어발기는 듯한 통증이 전신으로 치달린다.

'일단 몸을 먼저 다스리고 생각해 보자.'

한천빙백소수공이 흩어지기 전에 몸을 먼저 추슬러야만 했다.

그 어떤 것보다 그것이 우선이었다. 몸이 나아야 원수도 갚고, 자신에 대한 것도 알 수 있을 것이 아닌가.

문제는 그녀의 생각보다도 내상이 더욱 심각하다는 것이었다.

그녀가 한천빙백소수공을 일으킨 지 얼마 되지 않았을 때다.

'아아악!'

머릿속이 하얗게 비어갈 정도의 통증이 몰려왔다.

그녀는 비명도 내지르지 못한 채 정신을 잃어갔다.

"영령아……."

한데 정신을 잃어가는 와중에도 귀청에선 그자의 목소리가
울렸다.
　왠지 정겨운 목소리였다.
　오래전, 항상 옆에서 들었던 목소리…….

"응?"
　날이 밝아올 무렵, 한 사람이 동굴로 들어서다 말고 멈칫했
다.
　그가 동굴 입구 부근에 쓰러져 있는 흑의인을 발견한 것은
우연이었다.
　비가 오지 않았다면 동굴을 찾으려 하지도 않았을 것이고,
흑의인도 발견할 수 없었을 것이다.
　처음에는 잠이 든 줄 알았다. 동굴 벽에 기댄 채 고개를 옆
으로 틀고 있었으니까. 게다가 입은 옷을 보고 여인이 아니라
남자인 줄로만 알았다.
　"이보시오. 잠시 비를 피하려고 들어왔는데, 함께 있어도 괜
찮겠소?"
　하기에 그렇게 물었다.
　흑의인은 아무런 대답도 하지 않고 여전히 같은 자세였다.

그래도 약하게나마 숨을 쉬는 걸로 봐서 죽은 것 같지는 않았다.

그는 흑의인에게 다가가 상태를 살펴보았다.

바닥에 떨어진 피가 보인 것은 바로 그때였다.

"이런, 부상을 입었군."

그는 급히 흑의인에게 다가가 고개를 바로 세웠다.

순간, 그는 몸이 굳은 채 숨을 멈췄다.

눈을 꼭 감고, 이를 악물고 있는 흑의인. 그는 남자가 아니라 여자였다.

그것도 자신이 세상에서 가장 아름다운 여자라고 생각했던, 자신의 누나조차 비교되지 않을 정도로 아름다운 여인.

"마, 맙소사! 어떻게 이런 여인이……."

그녀의 머리를 잡은 손이 덜덜 떨렸다.

놓아야 하나 말아야 하나.

결정을 하는 데는 그리 오래 걸리지 않았다.

놓으면 여인의 머리가 다시 처질 것이다. 머리가 처지면 여인에게 또 충격을 줄지 모르는 일.

물론 그럴 가능성은 별로 없지만, 그는 그렇게라도 해서 자신의 생각을 정당화하고 싶었다.

"저, 정신 차리시오, 소저."

그의 목소리가 저절로 떨려 나왔다.

입을 귀에 가까이 대고 불러도 꿈쩍을 하지 않는 여인이다.

그는 조심스럽게 여인의 머리를 반듯이 세우고 멍하니 여인을 바라보았다.

'아마 사람이 아닐 것이야. 사람이라면 이렇게 아름다울 수가 없어. 그래, 선녀! 천상에서 내려온 선녀가 부상을 입고 하늘로 올라가지 못한 걸 거야.'

하지만 언제까지 바라보고만 있을 수는 없었다.

인간이든 선녀든, 눈앞에 있는 여인은 부상을 입은 상태였다.

허리 어름에 뚫린 구멍에서 흘러나온 피가 바닥을 적시고 있었는데 그 양이 상당해 보인다. 그나마 다행이라면 지혈이 되어 있다는 것 정도.

그는 일단 내부 상태를 알기 위해 떨리는 손을 내밀어 그녀의 손목을 잡았다.

흑의 겉으로 느껴지는 감촉만으로도 몸이 붕 뜬 기분이 들었다.

눈을 잘게 뜬 그는 용기를 내 흑의 안으로 손을 집어넣었다.

맨살이 만져진 순간, 그는 벼락이라도 맞은 것처럼 몸을 부르르 떨었다.

'여, 역시 사람의 살이 아니야.'

젖이 묻은 살을 만진 기분이었다. 차가우면서도 부드러워 하루 종일이라도 잡고 있고 싶을 정도였다.

한데 여인의 손목에서 전해지는 미약한 박동에 그는 더 이상 헛생각만 하고 있을 수가 없었다.

꿈속에서 만난 것 같은 여인의 몸 상태가 극히 좋지 않다는 것을 안 것이다.

"이, 이런!"

그는 급히 내력을 집어넣어 여인의 상태를 살펴보았다.

시간이 흐르면서 그의 표정이 점점 심각해졌다.

그렇게 일각. 그는 손을 놓고 여인의 몸을 눕혔다. 그제야
옆구리의 상처가 확연히 눈에 들어왔다.

가느다란 칼자국이 보였다.

주위가 검게 탄 것처럼 보인다. 상승의 강기에 당한 상처.

그의 눈에서 분노의 불꽃이 번쩍였다.

"어떤 개자식이……!"

그는 마치 자신의 연인이 당하기라도 한 것처럼 벌컥 화를
내고, 품속에서 급히 작은 목갑을 하나 꺼냈다.

"제길, 역시 이건 내 것이 아니었어. 내 복에 무슨……."

안에는 가문에서 전해지는 천고의 영약이 들어 있었다.

본래 그는 그 영약을 삼 년 전에 복용을 했어야 했다.

그가 가문의 비고에서 오래전에 사라졌다는 전설의 무공과
인연을 맺지 않았다면, 분명 그때 복용했을 것이다.

한데 그가 맺은 인연을 완벽히 자신의 것으로 만들기 위해
선 어떤 영약도 먹지 않아야 했다.

정말 빌어먹을 인연이었다. 가문의 수련관을 몰래 빠져나오
던 이틀 전까지만 해도 그렇게 생각했다.

하필이면 인연을 맺어도, 죽도록 고생하며 몸으로 익혀야
하는 무공과 인연을 맺다니.

그것이 고금에서 제일 강했다는 열 가지 무공 중 하나만 아니었어도 절대 인연을 맺지 않았을 터였다. 그만큼 고생을 해야 하니까.

그런데 지금은 전혀! 아예 그런 생각이 들지 않았다.

오히려 고맙기만 했다.

덕분에 천상의 선녀를 살릴 수 있을지 모르잖은가 말이다.

그는 회죽 웃으며 목갑을 열고는, 그 안에서 엄지손톱보다 조금 큰 단약을 꺼냈다.

그는 꺼낸 단약을 반으로 쪼개, 반쪽을 손바닥 위에 올렸다. 그리고 손바닥에 침을 가득 뱉었다.

하는 수 없었다. 당장 물이 없으니 침으로라도 녹여야 했다. 그때만큼은 밖에 비가 내리고 있다는 것이 생각나지 않았다.

비가 오고 있다는 것을 알았을 때는 이미 침이 손바닥 가득한 상태였다.

'빗물보다는 침이 더 효과 있을 거야.'

그는 그렇게 자신의 행동을 정당화시켰다. 그러고는 여인의 허리 부근 옷자락을 젖혔다.

손바닥에 가득 녹아 있는 약을 덜덜 떨리는 손으로 여인의 상처 부위에 쏟은 그는, 정성을 다해 여인의 상처 부위를 문질러 주었다.

약이 상처 부위에 제대로 스며들게 하기 위해서였을 뿐, 눈을 몽롱하게 뜬 것은 그 일과 별로 상관없었다. 남이야 믿던가 말던가.

"아차!"

한참만에야 몽롱함에서 깨어난 그는 급히 나머지 반쪽의 단약을 여인의 입 안으로 밀어 넣었다.

단약이 깊은 곳까지 잘 들어가지 않자 엉뚱한 생각이 들었다.

'혀로 밀어 넣으면 깊숙이 들어갈 텐데……'

하지만 굳이 그럴 필요가 없었다.

단약은 여인의 침과 섞이자마자 저절로 녹아 목구멍을 타고 내려갔다.

'쩝, 아깝군.'

그는 입 안 가득 고인 침을 꿀꺽 삼키고, 약 기운이 잘 스미도록 여인의 몸에 내력을 불어넣었다.

신녀가 깨어난 것은 단약을 바르고, 복용한 지 한 시진이 지나서였다.

"으음……."

그는 환하게 웃으며 신녀 곁으로 다가갔다.

"이제 깨어났소?"

신녀는 멍하니 허공을 바라보며 한동안 입을 열지 못했다.

"무슨 안 좋은 꿈이라도 꾸었소? 눈물이 흐르던데 말이오."

그랬다. 꿈을 꾸었다.

너무 지독해서 다시 잠에 들 수 있을까 싶을 정도의 악몽을!

피가 튀고 살이 잘리는 아비규환 속에서 사람들이 부르짖었다.

―도망쳐! 어서!

―아버지! 엄마!

와중에도 울부짖으며 악마들을 피해 도망치는 소녀가 보였다. 그리고 그 소녀는 운명처럼 소년과 중년인을 만났다.

소녀보다 두어 살 많은 소년은 어수룩해 보였다.

어수룩한 모습에 소녀는 킥킥거리며 웃었다.

소년이 눈을 부라리고, 소녀를 쫓아온 악마들이 소녀를 포위했다.

그때 검은 연기가 주위를 가득 메웠다.

그 후 소녀는 소년과 함께 중년인을 따라 섬으로 들어갔다.

안개에 둘러싸인 섬은 너무나 아름다웠다.

소녀는 악마들에게 쫓기던 것도 잊고 그곳에서 밝게 자랐다.

소년은 소녀를 친동생처럼 아껴주었다. 소녀는 행여 중년인이 알아챌까 봐 조심하면서 소년을 가슴 한쪽에 품었다.

그러던 어느 날, 또 다른 악마들이 섬에 들이닥쳤다. 그리고 세상이 지옥으로 변했다.

그 이후로는 아무런 생각이 나지 않았다.

세상이 온통 붉게만 보였다. 사부님의 몸에서 흘러나온 붉은 핏물이 소녀의 눈을 가린 것이다.

소녀의 눈이 다시 뜨였을 때, 눈앞에는 주름이 가득 찬 한령

파파가 조용히 웃고 있었다.

신녀의 눈에서 눈물이 흘렀다.

─영령아…….

억눌린 목소리가 머릿속에서 맴돈다.

─영령……. 가지… 마…….

몸이 사시나무처럼 떨렸다.

자신의 소수가 그 사람, 좌소천의 가슴에 정통으로 꽂혔다.

'오오오, 맙소사! 오빠였어! 내가 죽이려 했던 그 사람, 소천 오빠였어!'

꿈처럼 떠올랐던 소년이 바로 오빠였다.

절벽에서 떨어지는 자신을 구해준 사람도 오빠였다.

그런데 자신은 오빠를 죽이기 위해 기를 쓰고 한천빙백소수 공을 펼쳤다.

어떻게 되었을까? 무사할까?

마지막에 강한 반탄력이 전해지기는 했다.

하지만 그것만으로 무사하기에는 고금십대무공 중 하나인 한천빙백소수공의 살기가 너무 강하다.

'제발… 제발, 하늘이여……!'

신녀, 소영령은 목구멍에서 터져 나오려는 울음을 억지로 참고 몸만 떨었다.

"왜, 왜 그러시오? 아직 완쾌되지 않았으니 조심하시오, 낭자!"

옆에서 누군가의 당황한 목소리가 들리지 않았다면, 그대로 오열하며 통곡하고 말았을 것이었다.

"정신을 차렸으면 내력을 운기해 보시오, 낭자. 그래도 명색이 천하에서 손가락 안에 든다는 약이오. 열심히 운기하다 보면 머지않아 내력을 회복할 수 있을 것이오."

소영령은 가까스로 마음을 추슬렀다.

알지도 못하는 사람 앞에서 울고만 있을 수는 없었다.

"당신은… 누구…죠?"

그녀의 물음에 그는 환하게 웃으며 대답했다.

"하하하, 나는 혁련호운이라고 합니다, 낭자!"

3

우당탕탕!

말 그대로 난리가 났다.

날이 새자마자 도유관이 들것을 들고 나타났는데, 문제는 들것에 누워 있는 사람이 좌소천이었던 것이다.

방에 누워서 이를 쑤시고 있던 동천옹은 물론이고, 대들보 위에서 잠자고 있던 무영자도 체면 가리지 않고 뛰어나왔다.

"어떻게 된 것이냐?!"

등소패가 버럭 소리치며 물었다.

네 노인이 모두 검인보에 있을 줄은 미처 몰랐던 도유관이었다.

그러나 그들이 있다는 것이 얼마나 반가운지 몰랐다.

"저도 자세히는 모릅니다, 어르신. 누군가와 격전을 벌이신 것 같은데…….".

도유관이 알고 있는 것은 별것이 없었다.

외곽에서 엄청난 격전의 기운이 느껴졌다는 것. 이상해서 좌소천의 방을 살펴보니 좌소천이 사라졌다는 것. 급히 격전이 벌어지는 곳으로 갔는데, 그때는 이미 격전이 끝나고 좌소천이 누군가에게 당한 채 소나무에 기대고 있었다는 것 정도가 다였다.

"일단 저희 모두가 달려들어서 최악의 상태는 면한 것 같습니다만, 내상이 너무 심합니다. 오면서 두어 번 정신을 잃긴 하셨는데, 지금은 완전히…….".

출발할 때만 해도 정신을 잃지 않은 상태였다.

그러나 금라천황공이 소수공의 한기와 몇 번 부딪치면서 간간이 정신을 잃기 시작했다. 처음에는 한 시진, 두 번째는 좀 더 오래, 그러던 것이 지금은 아예 깨어나지 않고 있는 것이다.

"그럼, 뭐 하나?! 어서 안에다 눕히게!"

그토록 침착하던 위지승정이 대뜸 소리치며 안절부절못했다. 그러나 누구도 그러한 것에 신경 쓸 정신이 없었다.

정신을 잃은 좌소천을 침상에 눕힐 즈음 동천옹과 무영자가 득달같이 방으로 들어왔다.

"비켜봐라!"

이미 상황에 대해 들은 듯 동천옹은 급히 좌소천에게 다가가 옷자락을 젖혔다.

서리가 긴 듯 하얗게 변한 가슴. 그 한가운데에는 희미하나마 작고 하얀 손바닥이 하나 새겨져 있었다.

좌소천이 손으로 막았는데도 소수공의 여력이 좌소천의 손을 통과해 가슴에 새겨진 것이다.

"엄청난 한기군!"

"근데, 저 손바닥은 뭐지?"

무영자가 의아한 표정으로 묻자 동천옹의 표정이 굳어졌다.

"설마… 소수?"

뒤에 서 있던 무영자가 흑살기를 출렁이며 놀라움을 표시했다.

"뭐야? 소수? 그럼 한천빙백소수공에 당했단 말이야?"

동천옹이 멍청한 소리 말라는 듯 소리쳤다.

"멍청하긴! 소천이를 이렇게 만들 소수가 그것 말고 또 있냐?!"

동천옹을 쏘아본 무영자가 고개를 돌리더니, 문득 이상한 생각이 드는지 고개를 갸웃거렸다.

"가만? 그 무공은 신녀라는 아이가 익혔다 들었는데?"

"그럼 소천이가 신녀와 싸웠다는 말이잖아?"

그거야 얼마든지 가능성있는 일이었다. 전에 무당에서도 마주쳤다 했으니까.

그런데 무영자의 의문은 그것만이 아니었다.

"근데 어떻게 이렇게 가슴에 정통으로 맞았지?"

"그거야……! 응? 그러게?"

그제야 동천옹도 이상한지 좌소천의 몸을 여기저기 살펴보았다.

일순간 좌소천의 손을 바라보던 동천옹의 이마에 고랑이 깊게 파였다.

좌소천의 좌수 손바닥이 살짝 부어 있다. 만져 보니 엄청난 한기가 느껴진다.

"이거 봐. 손으로 막긴 막은 것 같군. 하긴 바로 맞았으면……. 근데 이상하네, 손으로 막을 수 있었을 정도면 피할 수도 있었을 텐데."

멀뚱히 서서 고개만 갸웃거리는 동천옹과 무영자다. 위지승정이 그런 두 사람을 닦달했다.

"지금 그게 문젭니까? 소천이의 내상을 치료해야 할 것 아닙니까?!"

"아차!"

번쩍 정신을 차린 동천옹이 급히 좌소천의 단전에 손을 얹고 눈을 감았다.

그리고 얼마나 지났을까. 눈을 뜬 동천옹이 옆을 향해 소리쳤다.

"벽가야!"

옆에서 초조하게 바라보고 있던 벽수양이 급히 대답했다.

"예, 어르신!"

"빨리 전서구를 날려서, 만월평에 있는 여령이를 오라고 해라!"

"예?"

"예는 무슨! 빨리 서둘러!"

"아, 알겠습니다, 어르신."

동천옹이 시키는 일이다. 그만한 이유가 있을 터. 반문하고 머뭇거릴 여유가 없었다.

벽수양이 밖을 향해 소리쳤다.

"화웅아! 들었느냐? 빨리 전서구를 날려라!"

"예, 아버님!"

그때 등소패가 잔뜩 궁금한 얼굴로 물었다.

"왜 여령이를 부르는 겁니까?"

"그거야 소천이를 치료하기 위해서지."

"뭔 말인지 알기 쉽게 좀 말씀해 보슈!"

등소패가 버럭 소리를 질렀다.

동천옹이 묘한 표정을 지으며, 정신을 잃은 채 누워 있는 좌소천을 바라보았다.

"혈맥이 몇 군데 막히긴 했는데, 뭔가 알 수 없는 기운이 강력하게 심장을 보호하고 있어서 내상은 우리만 있어도 치료할 수 있을 것 같네. 하지만 문제는 시간이 적지 않게 걸린다는 거야. 몸속에 스며 있는 소수공의 음기를 제거하는 것만 해도 열흘은 걸릴 거거든."

"그럼, 여령이가 있으면 시간이 단축되기라도 한단 말입니까?"

"바로 그거야. 여령이를 시켜서 소수공의 음기를 빨아내면, 그만큼 시간이 단축되지. 아마 이틀이면 될걸?"

등소패가 안타까움이 가득한 눈으로 좌소천을 바라보았다.

"그러면 치료도 여령이가 온 뒤에 해야 하는 겁니까?"

"그때까지 손 놓고 있을 수는 없지. 그 아이가 올 동안 최대한 손을 써서 막힌 혈맥도 좀 뚫고, 내상도 치료해야 하니까 말이야."

등소패가 걱정이 가득한 표정을 지으며 앞으로 나섰다.

"그럼 비켜주쇼. 스승인 내가 먼저 소천이의 몸을 다스리겠수."

그때 위지승정이 재빨리 입을 열며 침상 위로 올라갔다.

"아닙니다. 등 선배는 잠시 물러서 계십시오. 마침 저에게 괜찮은 진기요상법이 있으니, 제가 먼저 소천이의 내상을 손보도록 하겠습니다."

무공이 절대의 경지에 올라 있는 좌소천이다. 그의 내상을 다스리기 위해서 얼마나 많은 내력을 소모해야 하는지, 그에 대해 모르는 사람은 방에 아무도 없다.

자칫하면 오늘의 일로 인해서 평생 익혀온 무공을 잃을지도 모른다.

한데도 서로 먼저 좌소천의 내상을 치료하겠다며 서두르는 두 사람이다.

사람들은 코끝이 찡해졌다.

동천옹이 콧소리를 내며 손을 휘휘 저으며 사람들을 쫓아냈다.

"쿵, 모두 밖으로 나가게. 어차피 혼자서 할 수 있는 일이 아니니까 순서를 정해서 들어오자고."

그러고는 몸을 돌리는 무영자에게 물었다.

"검둥아, 너, 전에 그거 알고 있다고 했지?"

"그거? 뭘?"

무영자가 동천웅의 뜬금없는 질문에 고개를 돌렸다.

동천웅이 씩 웃으며 나직이 말했다.

"음양흡기대법 말이야."

"아, 그거? 알… 지? 근데 왜?"

"그거야 여령이에게 가르쳐 주려고 그러는 거지."

"여령이…에게?"

무영자의 얼굴을 가리고 있던 뿌연 기운이 거세게 흔들렸다. 그제야 동천웅이 벽여령을 부른 이유를 깨달은 것이다.

그의 입에서 음흉한(?) 웃음이 흘러나왔다.

"흐흐흐, 그럼 잘하면 내년에 손자를 볼 수 있겠군."

동천웅과 등소패의 입가에도 그와 비슷한 웃음이 걸렸다. 그리고 막 방문을 열려던 벽수양의 얼굴에도 슬며시 웃음이 맺혔다. 조금 전까지 좌소천의 생사를 걱정하던 사람들이 맞나 싶을 정도였다.

멈칫한 벽수양의 등에 대고 동천웅이 말했다.

"벽가야, 몸에 좋은 약 있으면 좀 내놔라. 확실하게 하려면 최대한 양기를 끌어올려서 음기를 눌러야 하거든."

"걱정 마십시오, 어르신. 그동안 모아놓았던 것 다 내놓겠습니다."

위지승정에 이어, 등소패, 동천옹, 무영자가 한 시진씩 차례대로 좌소천의 몸에 진기를 주입했다.

오후가 되자 막힌 혈맥이 하나둘 뚫렸다.

그렇게 혈맥이 뚫리자 좌소천의 심장을 위협하던 한천빙백소수공의 한기가 조금씩 누그러지고, 주인을 보호하려는지 금라천황공이 서서히 움직이기 시작했다.

노인들은 초조하게 벽여령이 도착하기만을 기다렸다.

좌소천을 위해서가 아니었다. 벽여령이 늦게 도착하면 좌소천이 깨어날지 몰랐다. 그럼 자신들의 계획이 물거품이 될지 모르는 것이다.

다행히 저녁이 되기 전, 벽여령이 말을 타고 열 명의 호위무사와 함께 검인보에 도착했다.

"어떻게 된 일이에요? 좌 상공은 어디 계세요? 몸은 좀 어때요?"

그녀는 말에서 내리자마자 급히 물었다.

벼락이 옆에 떨어져도 꿈쩍 않을 것 같던 평소의 침착한 그녀가 아니었다.

눈앞에 있는 여인이 진짜 벽여령인지, 사람들이 다시 한 번 쳐다볼 정도로 그녀는 불난 집에서 뛰쳐나온 여인처럼 급한 모습이었다.

그러나 급한 것은 네 노인도 마찬가지였다.

좌소천의 몸에서 움직이고 있는 신비한 기운이 언제 좌소천을 깨울지 몰랐다. 좌소천이 깨어나기 전에 첫 번째 치료(?)가 끝나야 했다.

네 노인과 벽수양은 대뜸 벽여령을 좌소천이 있는 방에 밀어 넣었다.

"어서 들어가 봐라."

"탁자 위에 적힌 종이를 보고 그대로 해라. 소천이의 목숨은 너에게 달렸음이니……. 뭐 네가 정 싫다면 어쩔 수 없다만……."

벽여령은 그 말이 끝나기도 전에 방으로 들어갔다.

여인은 강하다. 특히 사랑하는 사람을 위해서라면 더욱 강해진다.

벽여령도 그랬다. 동천옹의 말이 무슨 뜻인지 정확히 알지는 못했다. 하지만 사랑하는 사람을 살리기 위해서라면 무슨 짓이라도 할 수 있었다.

'어떤 어려움이 있어도 해낼 수 있어!'

입술을 지그시 깨문 그녀는 침상에 누워 있는 좌소천을 바라보았다.

창문이 검은 천으로 가려져 있어 방 안은 한밤중처럼 어두웠다. 침상 옆에서 타오르는 단 하나의 유등불만이 그의 얼굴을 비추고 있었다.

얼마 전에 봤던 그 얼굴이었다.

평소처럼 금방이라도 일어나서 어색한 표정을 지을 것만 같았다. 어서 오라며 담담히 웃을 것만 같았다.

그러나 그는 일어나지도, 어색한 표정을 짓지도, 웃지도 않았다.

벽여령은 가느다란 숨을 내쉬는 그의 가슴에 얼굴을 묻고 울고 싶었다.

자신에게 급히 해야 할 일만 없다면 그렇게 했을 것이었다.

"내가 도와줄게요. 자리를 털고 일어날 수 있도록 제가 도울게요, 상공."

벽여령은 이를 지그시 깨물었다.

소매로 쓰윽, 눈물을 닦았다.

그러고는 단단히 각오를 하고 탁자 위에 놓인 종이를 집어 들었다.

삐뚤삐뚤 쓰인 무영자의 글씨체가 신경질 날 정도로 알아보기 힘들었지만, 그녀는 참고 끝까지 다 읽었다.

종이를 내려놓는 벽여령의 얼굴이 붉어졌다.

아무리 힘든 일도 해낼 거라는 각오를 했다. 좌소천을 살리기 위해서라면 자신의 피를 반쯤은 뽑아서라도 줄 생각이었다.

그런데… 이건 그런 것이 아니었다.

그야말로, 자신이 원하던 일이었다.

그녀는 종이에 적힌 구결을 다시 한 번 자세히 읽어봤다. 두 번째 읽자 삐뚤삐뚤 쓰인 글씨가 조금도 눈에 거슬리지 않았다. 그리고 종이에 쓰인 내용도 유난히 머릿속에 쏙쏙 들어 박혔다.

벽여령은 종이를 내려놓고 고개를 돌렸다.

침상에 누워 있는 좌소천이 보였다. 눈물은 더 이상 나오지 않았다. 오히려 잔잔한 웃음이 피어났다.

사뿐사뿐, 침상 앞으로 걸어간 벽여령은 좌소천을 내려다보았다.

내상이 심각한 환자가 아니라 조용히 잠든 아기처럼 보였다.

"내가 상공의 몸속에 깃든 한기를 몰아내 줄게요."

그녀는 손을 뻗어 옷자락이 풀어헤쳐진 좌소천의 가슴을 어루만졌다.

손끝이 잘게 떨렸지만 손을 떼지는 않았다.

심장 어림에서 느껴지는 차가운 기운. 마치 한겨울 소복이 쌓인 눈을 만진 듯했다. 자신이 사랑하는 사람에게서 뺏어내야 할 그 기운이었다.

벽여령은 손을 떼고, 한쪽에서 몰래 훔쳐보고 있는 등잔불을 껐다.

"후욱!"

꿈을 꾸는 기분이었다.

부드러운 뭔가가 자신의 몸을 덮고 있는데, 난생 처음 느껴보는 기분에 몸이 활활 타오르는 것 같았다.

한데 그 와중에도, 면사가 잘려지며 얼굴이 드러난 소영령이 떠올랐다.

마른 입술을 비집고 안타까움에 가득 찬 목소리가 흘러나왔다.

"영…령……."

언뜻 자신의 몸을 덮고 있는 부드러운 뭔가가 가늘게 떨리는 듯했다.

좌소천은 자신도 모르게 손을 뻗어 부드러운 동체를 감쌌다.

"아아……!"

가슴 부위에서 들릴 듯 말 듯 가느다란 교성이 새어 나온다.

좌소천은 비몽사몽 중에도 문득 이상한 생각이 들었다.

부드럽고도 따뜻한 뭔가가 손에 닿았다.

단순한 감촉이 아니다. 마치 어린아이의 살을 만지는 듯하다.

"누구……?"

"쉿……."

가슴에서 바람 소리가 난다. 손가락이 입술을 막는다.

쿵덕거리는 심장의 박동이 하나가 아니다.

손바닥에 전해지는 감촉. 누군가가 자신의 몸 위에 있다.

코끝을 간질이는 은은한 화향.

'여인?'

그렇다, 여인이다.

얼굴이 화끈하게 달아올랐다. 심장의 박동 소리가 북소리처럼 귀청을 두들겼다. 온몸이 불구덩이에 빠져 활활 타오르는 듯했다.

좌소천은 여인을 밀어내기 위해 손에 힘을 주었다.

"으음……. 상공……."

그때, 다시 가슴 위에서 달뜬 신음이 흘러나왔다.

들어본 목소리다.

'서, 설마…… 벽 낭자?'

자신의 마음을 알았는지 몸 위의 여인이 말한다.

"아직… 끝나지 않았어요. 조금만 더, 그냥 이대로 있어요."

불구덩이에 빠진 것은 자신만이 아니었다.

벽여령의 몸도 활활 타오르고 있었다.

좌소천은 어쩔 줄 모르고 벽여령의 달아오른 동체를 잡은 채 정신을 일깨웠다.

한데 그렇게 정신이 조금 들자, 이번에는 엉뚱하게도 자신의 몸이 의지를 배반했다.

손은 손대로 움직이고, 몸은 몸대로 움직였다.

속으로는 '이러면 안 돼'를 외치면서도 그의 몸은 점점 더 환희의 바다를 향해 힘차게 노를 저었다.

그럴수록 벽여령의 입에서 흘러나오는 신음 소리도 커져만 갔다.

처음이 어려웠을 뿐이었다. 두 번째는 그리 어렵지 않았다.

그리고 세 번째는 좌소천이 움직이면서 힘들 것도 없었다.

그녀는 그저 머릿속에서 피어나는 환희에 찬 수만 송이 꽃을 보며 모든 것을 그에게 맡기기만 하면 되었다.

하지만 그걸 곧이곧대로 말할 수는 없었다.

벽여령은 등을 돌리고 누운 채 발그레한 얼굴로 죄없는 침상만 긁었다.

그때 죄를 지은 듯한 좌소천의 목소리가 들렸다.

"미안하오, 벽 낭자."

"쉿! 그런 말은 하는 게 아니래요."

"하지만 나 때문에……."

조금 전에 벽여령이 다 설명을 해주었다.

좌소천의 몸에 깃든 한기를 빼내기 위해 어르신들이 고심 끝에 결정한 일이라는 것. 자신은 절대 후회하지 않는다는 것. 그리고 좌소천의 몸에서 빼낸 한기가 자신에게도 득이 되었다는 것까지.

그러나 아무리 그렇다 해도, 본의 아니게 벌어진 일에 대해 좌소천은 미안하지 않을 수가 없었다.

"지금으로선 뭘 어떻게 해야 할지 모르겠소."

벽여령이 천천히 몸을 돌렸다. 우윳빛 볼록한 가슴이 이불 밖으로 살짝 드러났다.

좌소천은 어색한 표정을 지으면서도 눈을 돌리지 않았다.

그때 벽여령이 하얀 이를 드러내며 말했다.

"먼저 저를 벽 낭자라고 부르는 것부터 바꿔주세요."

"알… 겠소, 령… 매."

소영령과 이름 끝 자가 같다. 그러다 보니 소영령도 령 매고, 벽여령도 령 매다. 좌소천의 눈빛이 아련히 깊어졌다.

좌소천이 자신을 '령 매'라 부르면서 아련한 표정을 짓자 벽여령이 눈을 반짝였다.

"그리고 이제, 사매에 대해 이야기해 줘요."

좌소천의 눈빛이 흔들렸다.

벽여령은 물러서지 않고 좌소천을 재촉했다.

"들을 자격이 있을 거라 생각했는데, 아직 아닌가요?"

흔들리던 좌소천의 눈빛이 점차 안정을 찾아갔다.

이제 벽여령과는 떼려야 뗄 수 없는 관계가 되었다. 자신의 가슴에 담긴 이야기를 들을 자격이 되었다는 말이다.

좌소천은 벽여령의 눈을 똑바로 바라본 채 입을 열었다.

"내 가슴에 소수를 남긴 사람이 누군지 아시오?"

"어르신들은 신녀의 한천빙백소수공 같다고 했어요."

좌소천의 입술이 잘게 떨렸다.

"맞소. 바로 신녀의 손이 내 가슴을 쳤소."

"어떻게 신녀가 상공을 찾아온 거죠?"

"그걸 나도 잘 모르겠소. 갑자기 누군가가 나를 향해 기운을 쏘아 보내기에 나가봤는데, 그녀가 강가에서 기다리고 있었소."

"왜요? 왜 신녀가……?"

좌소천의 눈가에 아픔이 묻어 나왔다.

"나를… 죽이기 위해서 불렀던 거였소. 전날 무당에서 정한 궁의 여인들 몇이 나에게 죽임을 당했는데 그 복수를 하려 했나 보오."

벽여령이 의아한 표정을 지었다.

소여령에 대해 물어보았다. 그런데 왜 신녀를 거론하는 것일까? 그것도 보는 사람조차 아파질 것 같은 표정을 지으면서.

그때 문득, 벽여령은 엉뚱한 생각이 들었다.

'에이, 설마…….'

그래도 설마 했다. 말도 안 되는 생각이었다.

한데 좌소천이 쩍쩍 갈라질 것 같은 입술을 벌리며 말한다.

"그런데… 신녀가 바로… 영령이었소. 나를 죽이려 했던 그녀가…….'

벽여령의 눈이 튀어나올 듯이 커졌다. 둥근 가슴이 이불 밖으로 완전히 나왔지만, 그녀는 신경 쓸 정신이 없었다.

"그게 무슨……. 맙소사! 그게 사실……?"

"한탄곡에 떨어질 때부터 나를 알아보지 못했소. 백부께서 돌아가신 걸 보고 충격이 컸던 모양이오. 그런데 아직도 기억을 되찾지 못한 것 같소."

"어, 어떻게 그런…….'

좌소천은 나직한 목소리로 강가에서 있었던 싸움에 대해 이야기해 주었다.

"…나는 령 매를 찾아야 하오. 다행히 심장을 비키기는 했는데, 그래도 강기가 령 매의 옆구리를 관통했소. 지금은 어찌 되었을지… 솔직히 나도 모르겠소."

이야기를 듣는 내내, 벽여령의 눈에서 눈물이 흘러내렸다.

소리는 내지 않았다. 자신이 우는 소리를 내면 좌소천의 눈에서도 눈물이 흐를 것만 같았다.

그렇게 밤이 깊어갔다.

좌소천이 들것에 실려온 지 이틀째 되는 날 아침.

날이 밝자 네 노인과 벽수양을 비롯해 십여 명이 방을 찾아왔다.

"험! 일어났느냐?"

동천옹이 헛기침을 하며 묻자, 벽여령이 방문을 열고 발그레한 얼굴로 나섰다.

환한 표정. 동천옹이 눈을 빛내며 물었다.

"소천이는?"

"운기하고 계세요."

"한기는 어떻게 되었느냐?"

"거의 다 제거되었어요. 내일이면 완전히 없어질 것 같아요."

"그, 그래?"

네 노인과 벽수양의 얼굴이 환해졌다.

뒤에 서 있던 다른 사람들도 안도의 숨을 내쉬며 기뻐했다. 그러나 기뻐하는 뜻이 조금은 달랐다.

'흐흐흐, 이틀이면 충분히 애를 만들 수 있지…….'

'쌍둥이면 좋겠는데……'

네 노인은 주로 그런 생각이었다. 반면에 벽수양은 용을 잡았다는 생각을 했다.

물론 정확한 사정을 모르는 직속무사들과 각지에서 몰려든 간부 급 고수들은, 그저 하늘인 좌소천이 정상을 되찾을 수 있다는 것만으로도 기뻤다.

그 시각.

좌소천은 조금이라도 더 빨리 본신의 공력을 되찾기 위해 전력을 다하여 금라천황공을 운기했다.

한기가 가신 것만으로도 진기를 유동시키는 데는 지장이 없었다. 네 노인이 막힌 혈도를 뚫기 위해 전신혈도의 탁기를 제거했기에 오히려 진기의 흐름은 전보다 더 원활한 상태였다.

더구나 벽수양이 보관하고 있던 영약마저 복용하지 않았던가. 그래서 그런지 몸 안에선 상당한 양의 진기가 들끓었다.

좌소천은 하루 반에 걸쳐 거의 쉬지 않고 운기한 덕에 본신 내공의 칠 할을 찾을 수 있었다. 며칠만 더 지나면 이전의 공력을 회복할 수 있을 듯했다.

의외라면, 목숨을 위협받을 정도의 거센 충격에 맞서기 위해 스스로 움직였던 금라천황공이, 이제는 뜻만 일으켜도 살아 있는 생물처럼 움직인다는 것이었다.

그것은 작으면서도 큰 차이였다. 좌소천의 무공이 한 걸음 전진할 수 있는 기틀이 마련되었다는 말과도 같았다.

문제는 시간이었다.

제천신궁으로 가겠다고 한 날이 다 되었다. 약속한 날에 가지 않으면 혁련무천이 이상하게 생각할 것이 분명했다.

좌소천은 일단 공손양을 통해 며칠 늦는다는 서찰을 보낼 생각이었다.

그것도 오랜 시간 여유를 둘 수는 없었다. 사흘만 지나도 밀정을 내려보내 사정을 알아보기에 충분한 시간이었다.

이틀, 그 이상의 시간이 없다는 말이었다.

나흘째 되던 날은 태양이 보이지 않았다. 구름이 잔뜩 낀 것이 비라도 내릴 것 같았다.

좌소천은 아침이 되자 제천신궁으로 출발할 준비를 서둘렀다.

이미 벽여령에게 말해 공손양이 서신을 보낸 상태. 지금쯤은 혁련무천도 자신을 맞이해 어떻게 할 것인지 모든 결정을 내려놓은 상태일 터였다.

'당신의 뜻대로만 되지는 않을 것이오, 궁주.'

그때 벽여령이 장포를 걸쳐 주었다.

등을 쓸어내리는 그녀의 손길에서 따뜻한 열기가 전해진다. 더위와 상관없이 마음을 따뜻하게 해주는 열기다.

그녀의 손길을 따라 가슴 한 켠에 남아 있던 긴장이 쓸려 내려갔다.

한데도 소영령의 안전에 대한 걱정만은 쉽게 떨어져 나가지 않았다.

좌소천은 숨을 깊게 들이쉬고 길게 내쉬었다.

일단은 살아 있는 것을 확인한 것만으로도 되었다.

'살아 있는 이상 언젠가는 만날 수 있겠지.'

그거면, 그거면 되었다. 지금은…….

한데 다시 만났을 때도 자신을 몰라볼까?

그럴지도 몰랐다. 그래도 상관없었다. 다음에 만나면 자신이 그녀의 기억을 찾도록 해줄 것이다.

무슨 방법을 써서라도!

문득 한 사람이 떠올랐다.

'그래, 귀마종 염불곡이라면 방법이 있을지도…….'

한줄기 희망이 좌소천의 가슴을 뜨겁게 달구었다.

"조심해서 다녀오세요."

그때 벽여령이 한쪽에 놓여 있던 묵령기환보와 무진도를 들고 다가왔다.

좌소천은 코앞으로 다가온 벽여령을 바라보았다.

그녀와 함께 있으면서 소영령을 생각하는 자신이다. 미안하기만 했다.

하지만 어쩔 수 없었다.

평생 가슴에 안고 살아야 할지는 몰라도, 소영령을 머리에서 지울 수는 없는 일이었다.

자신의 마음을 아는지 벽여령이 빙긋이 웃으며 묵령기환보와 무진도를 내밀었다.

"사매가 걱정되세요? 너무 걱정 마세요. 아무 이상 없을 거예요."

소영령에 대한 것은 오직 벽여령만이 알고 있다.

벽여령은 그 이야기를 듣고 소리없이 눈물을 흘렸었다. 그리고 이야기가 끝나자 조용히 가슴에 머리를 기대며 말했다.

꼭 찾으라고. 찾아서 데려오라고. 소영령이 사실을 알고 나면 미안해서 피할지 모르니, 별일없었던 것처럼 말하라고.

"고맙소."

좌소천은 벽여령의 눈을 바라보며 자신의 마음을 전했다. 그러고는 벽여령의 손에서 묵령기환보와 무진도를 건네받았다.

"가요, 사람들을 오래 기다리게 하면 이상하게 생각할 거예요."

벽여령이 입가의 웃음을 소매로 가리며 몸을 돌렸다.

좌소천은 어색한 표정을 지은 채 장포 안에 묵령기환보를 꽂고, 허리띠에 무진도를 끼웠다.

밖으로 나가자 많은 사람들이 자신을 기다리고 있었다.

도유관과 이자광, 전하련, 사인학, 종리명한, 홍려운도 출발 준비를 한 채 나란히 서 있었다.

그들은 지난 나흘 동안 어르신들의 심심풀이 상대가 되었다.

이유야 분명했다.

—너희들이 약해 빠져서 소천이야 다친 거 아니겠냐?

―그 정도로 소천이를 지킬 수 있겠어?

―심심한데 늙은이들을 위해서 칼춤을 춰봐라.

한데 얼굴색이 좋아 보이는 게 뭔가를 얻은 듯했다.

좌소천이 그들을 바라보며 내심 고개를 끄덕일 때다. 저만치 앉아 있는 소광섭이 보였다.

무표정한 얼굴, 허공에 머물러 있는 시선.

"그간 잘 지내셨습니까?"

좌소천이 전음으로 인사를 건네자 살짝 고개만 끄덕이고 슬며시 눈을 내리는 소광섭이다.

좌소천은 그의 마음을 알기에 더 이상 묻지 않았다.

소광섭은 광한방을 접수한 후 구포방에 머물렀다. 구포봉과 마음이 맞은 이유도 있지만, 광한방에 대한 좌소천의 처리가 조금은 마뜩치 않았기 때문이다.

좌소천은 구포봉에게 넌지시 소광섭의 마음을 전해 듣고도 아무런 말을 하지 않았다. 이런저런 말을 해봐야 변명처럼 들릴 뿐이었으니까.

그렇다고 해서 자신이 크게 잘못했다고는 생각지 않았다.

광한방주 섭정산의 팔이 잘리고 수백 명이 죽었다. 소광섭의 원한만 생각하고, 동료 수백의 희생을 감내하면서까지 광한방도 모두를 죽일 수는 없는 일이 아닌가.

어쩌면 소광섭도 그 정도는 알기에 차마 대놓고 자신의 마음을 소리치지는 않는 것일 터였다.

'하아, 내가 왜 당신의 마음을 모르겠습니까.'

좌소천은 속으로 고소를 지으며 고개를 돌렸다.

소광섭이 자신을 못마땅해하며 떠난다 해도 어쩔 수 없는 일이었다. 다만 한 가지, 소영령에 대해 알리는 것을 보류한 것이 조금 마음에 걸렸다.

얼굴만 확인했을 뿐 모든 것이 안개 속에 쌓인 상태. 게다가 아무것도 기억 못 하는 그녀가 아닌가. 하기에 좀 더 자세한 것을 알고 나서 말해주는 것이 소광섭에게 나을 거라 생각했다. 그러잖아도 갈등을 겪는 소광섭이 무턱대고 그녀를 찾으려다가는 무슨 일을 당할지 모르는 것이다.

'서운해해도 하는 수 없지…….'

그때 위지승정이 굳은 얼굴로 다가왔다.

"지금 가려는 거냐?"

"예, 스승님."

"혁련무천은 누가 뭐래도 천하제일의 패웅이다. 조그만 방심도 허락되지 않는 사람이라는 걸 명심해라."

"저도 잘 알고 있습니다."

동천옹이 눈을 찡긋하며 이 빠진 웃음을 흘렸다.

"우리는 오후쯤에 출발할 것이다. 그러니 걱정 말고 먼저 가거라."

"예, 어르신."

"흘흘흘, 네 마누라도 걱정 마. 우리가 조치를 취해놓을 테니까."

좌소천은 머쓱한 표정으로 벽여령을 돌아다보았다.

그 말에 얼굴이 벌게져 고개를 푹 숙인 벽여령이 손가락만 만지작거린다.

"부탁하겠습니다, 어르신."

"글쎄, 걱정 말라니까?"

무영자도 한마디 했다.

"내가 네 마누라 방의 대들보 위에서 자면 어떤 놈도 건드리지 못할 텐데. 흐흐흐. 어때, 내가 남을까?"

그러다 동천옹에게 한 소리 들었다.

"이제 노망까지 들었군. 저래서 늙어도 곱게 늙어야 한다는 말이 나오는 거라니까. 쯔쯔쯔……."

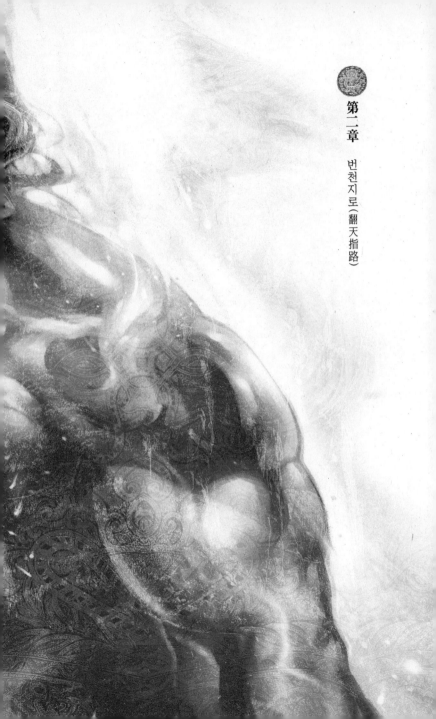

第二章

번천지로(翻天指路)

絶對天王

무숭관을 넘을 때부터 내리기 시작한 부슬비는 신양성에 도
착할 때까지 멈추지 않았다.

챙이 넓은 죽립을 쓴 좌소천은 도유관 등과 약간의 거리를
두고 신양성으로 들어섰다.

본래 무인들이 많은데다가, 비가 내려서 그런지 좌소천에게
눈을 두는 사람들이 거의 없었다.

그는 뻥 뚫린 대로를 통해 곧장 북성로의 성화객잔으로 향
했다.

그곳은 제천신궁의 움직임을 파악하기 위해서 한 달 전에
공손양이 매입한 곳이었다. 물론 주인과 점소이도 모두 공손
양이 심어놓은 패천단의 사람들이었다.

남쪽이 아닌 북쪽에 비밀 거점을 마련한 것은 남쪽을 경계하는 혁련무천의 눈을 피하기 위해서였다.

　좌소천이 곧바로 제천신궁으로 가지 않고 신양성에 들어온 이유는, 그곳에서 자신을 기다리고 있는 능야산의 형제들을 만나기 위해서였다.

　일각 후.

　좌소천이 북성로로 들어섰을 때였다.

　"저를 따라오십시오."

　한 사람이 중얼거리며 스치듯 지나간다.

　좌소천은 삼 장여 앞을 걷는 그를 따라갔다. 이미 자신이 들어왔다는 것을 알고 사람을 보낸 듯했다.

　그렇게 북성로가 끝나갈 즈음, 영웅루라는 커다란 주루가 보였다. 앞서가던 자는 영웅루의 담을 돌아 좁은 골목으로 들어갔다. 좌소천이 그 뒤를 따라가고, 도유관 등도 약간의 시간차를 두고 뒤를 따라갔다.

　다행히 그들의 행동을 이상하게 생각하거나, 엿보는 자는 없는 듯했다.

　골목 안에는 십여 개의 술집과 객잔이 옹기종기 모여 있었는데, 성화객잔은 그 골목의 맨 끝에 있었다.

　좌소천 일행을 이끈 자가 입구에 서 있더니, 좌소천이 성화객잔으로 들어가자마자 자연스럽게 한쪽으로 비켜났다.

　대신 문 근처에서 얼쩡거리던 점소이가 다가왔다. 그는 잘 아는 사람을 만난 듯 말하면서 좌소천을 객잔의 뒤에 있는 객방 쪽으로 안내했다.

"어이구, 이제 오셨습니까? 저를 따라 오시지요. 손님들이 눈이 빠지게 기다리고 있습니다요."

당연히 그럴 것이었다. 아마 궁금해서 미칠 지경일 터였다.

며칠 늦은 것 때문이 아니었다. 늦은 이유가 문제였다.

좌소천은 쓴웃음을 지으며 점소이에게 물었다.

"나에게 온 소식은 없소?"

"왜 없겠습니까요? 일단 방으로 가시지요."

점소이는 일반 객방을 지나 별원으로 좌소천을 안내했다. 별원은 일반 손님들이 머무는 곳에서 외따로이 떨어져 있었다.

좌소천이 방 안으로 들어가자 앉아 있던 사람들이 일제히 일어났다.

"조금 늦었소."

모두가 패천단의 무복을 입고 있었다.

능야산의 형제들 역시 흑의를 벗고 패천단의 무복으로 갈아입은 상태였다. 헌원신우 역시 예외가 아니었다.

그들에게 패천단의 무복을 입히는 것. 그것도 그들을 성화객잔으로 가도록한 이유 중 하나였다.

단지 옷만 갈아입었을 뿐인데도 그들은 패천단의 무사로서 당당히 제천신궁에 입궁할 자격이 된 것이다. 패천단의 무사 전원의 얼굴을 아는 사람은 어차피 아무도 없으니까.

그때 도유관과 나머지 사람들도 비에 젖은 모자를 털며 방 안으로 들어왔다.

좌소천은 그들마저 안으로 들어오자 굳은 표정으로 입을 열었다.

"한 시진 후 궁으로 들어갈 거요. 준비는 되었소?"

천하제일세라는 제천신궁의 심장부로 들어가야 한다. 무슨 일이 벌어질지 아무도 모르는 상태다.

그러잖아도 바윗덩이 같은 헌원신우의 표정이 쇳덩이처럼 굳어졌다.

"합류할 사람이 있다고 들었네만."

"오십 리 밖에서 대기하고 있을 겁니다. 우리와 약간의 시차를 두고 궁으로 들어갈 것이니, 그들과 합세해서 움직이시기 바랍니다."

묵묵히 고개를 끄덕인 헌원신우가 도저히 못 참겠다는 듯 물었다.

"그건 그렇고, 대체 누가 그대에게 그런 부상을 입힌 것인가? 정말 싸우다 당한 것인가? 듣기로는 무슨 사연이 있는 것 같던데?"

사람들이 일제히 좌소천을 바라보았다. 옆 사람이 쓰러져도 모를 정도로 눈을 빛내면서.

좌소천은 쓴웃음을 지으며 고개를 저었다.

"죄송합니다. 사정이 있어 아직 그 일에 대해선 말할 수 없으니 이해하시기 바랍니다."

자신이 그토록 찾으려 했던 소영령과 싸웠다. 문제는 그녀의 신분이 신녀라는 것이다. 오직 벽여령에게만 말한 것도 그러한 이유 때문이었다.

사람들은 헛바람 빠지는 소리를 내며 아쉬운 표정을 지었다.

"휘이… 그것참…….."

하지만 이미 어느 정도는 예상하고 있었던 일이었다. 여기서 말할 것이었다면 이미 검인보에서 말했을 것이고, 자신들에게도 조금은 알려졌을 것이다.

사람들이 실망감을 가득 안고 각자의 방으로 돌아간 지 반각. 객잔의 주인이자 패천단의 조장인 석호문이 좌소천 혼자남은 방 안으로 들어왔다.

그는 좌소천을 향해 공손한 태도로 두툼한 봉투를 내밀었다.

"오늘 오후까지 진 대주께서 보낸 것을 모아놓은 것입니다, 주군."

제천신궁에 남은 무사를 총괄하는 사람은 구대주 진초산이이었다. 그는 단순히 무사들을 관리하는 것뿐만이 아니라, 궁내부의 정보를 수집하는 임무도 수행하고 있었다.

좌소천은 석호문이 밖으로 나가자 봉투를 열어보았다.

지난 사흘간 그가 보낸 서신은 모두 삼십여 장이나 되었다.

그만큼 꼼꼼하게 살피고 자세히 적었다는 말. 공손양이 그를 적극 추천했는데, 좌소천은 그를 남겨놓은 공손양의 선택이 옳았음을 인정하지 않을 수 없었다.

한장한장 서신을 읽던 좌소천의 눈이 한곳에 멎은 채 잘게 떨렸다.

"미려 누님이?"

며칠 전 순우무종이 비밀리에 제천신궁을 방문했다고 한다. 그리고 이틀 전, 그가 떠날 때 혁련미려까지 데려갔다는 것이었다.

아쉽기만 했다. 손안에 들어온 순우무종을 두 눈 빤히 뜨고 놓친 꼴이 아닌가.

그런 한편으로는 가슴이 아팠다.

검인보에서 내상을 치료하는 사이 혁련미려가 끝내 천외천가로 떠났다. 정략혼의 희생양이 되어서.

"별일은 없어야 할 텐데……."

그러나 이미 벌어진 일이었다. 당장 쫓아가서 구할 수 없는 이상은 혁련미려의 무사함을 비는 수밖에 없었다.

좌소천은 아쉬움과 안타까움이 범벅된 표정으로 서신을 넘겼다.

그렇게 석 장의 서신을 넘겼을 때다. 서신을 바라보는 그의 입가에 싸늘한 냉소가 맺혔다.

"그랬군."

혁련미려가 떠나기 이틀 전, 한 여인이 몰래 패천단을 찾아왔다는 내용이었다. 문제는 그녀가 바로 사공은환의 죽음에 대한 걸 소문낸 사람이라는 것이었다.

　진초산은 사람들의 눈을 피해 그녀를 밖으로 빼돌리려 했지만, 감시가 심해지자 패천단 안에 숨겨놓았다고 한다.

　서신을 내려놓은 좌소천의 입가에 가느다란 웃음이 걸렸다.

　좌소천은 그녀를 알고 있었다.

　밀천단의 시비장 매선. 그녀는 한때 군사부에서 시비로 있던 여인이었다.

　'혁련 백부, 아무래도 하늘은 당신보다 나를 택한 것 같소.'

2

　항상 활기에 차있던 제천신궁의 분위기가 바닥으로 가라앉았다.

　연이어 터져 나온 소문의 진원지를 찾는다며 밀천단과 호성당의 무사들이 궁내를 엄밀히 조사하면서부터였다.

　더구나 연일 내리는 비에 공기마저 눅눅해지자, 사람들의 마음마저도 가랑비에 젖은 옷마냥 축 처져 버렸다.

　좌소천이 제천신궁에 도착했을 즈음, 그러한 분위기는 절정에 달해 있었다.

　날이 어두워질 때가 다 되어가는 데도 부슬비는 여전했다.

　좌소천은 부슬비를 가슴으로 안은 채 일행들과 함께 제천신궁의 정문을 들어섰다.

공손양이 이런저런 핑계를 대고 서신을 보낸 대로 이틀이 늦어진 상태다.

호연금이 보내온 전갈에 의하면, 혁련무천은 별다른 조치를 하지 않고 좌소천이 오기만을 기다리고 있다고 했다. 그러나 지금쯤은 자신이 들어온 것을 알고 있을 것이었다.

패천단 복장을 한 사십여 명이 정문을 통과하자 사람들의 눈이 일제히 좌소천 일행을 향했다.

"패천단이잖아?"

"헛! 좌소천 단주다!"

누군가가 좌소천을 알아보고 소리쳤다.

웅성거림이 이는가 싶더니, 곧 여기저기서 사람들이 몰려들기 시작했다.

좌소천이 일행과 함께 패천단의 입구에 도착했을 즈음에는 근 일천에 가까운 사람들이 주위를 가득 메운 상태였다.

그만큼 현재의 제천신궁 분위기가 암울하다는 뜻이었다.

사람들은 좌소천으로 인해 암울한 분위기가 조금 바꾸어지지 않을까 하는 기대를 하는 듯했다.

좌소천은 패천단원으로 하여금 능야산의 형제들을 쉴 수 있는 방으로 안내하도록 했다.

그러고는 도유관과 함께 집무실에 들어가자 한 사람이 따라 들어왔다.

패천단의 구대주 진초산이었다.

나이 서른다섯의 진초산은 본래 종남의 제자로, 도인이었다가 환속한 무사였다. 그래서 그런지 무사라기보다는 평범한 서생처럼 보이는 자였다.

그렇다고 해서 무공이 약한 것은 아니었다. 종남의 촉망받던 제자였던 그가 도복을 벗은 이유는 다름이 아니었다.

서른 무렵, 종남산의 이름 모를 동굴에서 뜻하지 않게 얻은 선배고인의 무공 때문이었다.

처음에 진초산은 종남의 제자 신분을 유지한 채 몰래 그 무공을 익히려 했다. 그러나 그는 한 해가 지나기도 전에 그것이 불가능하다는 것을 깨달았다. 그 무공이 종남의 무공과 상극이었던 것이다.

그 무공을 익힌 지 일 년도 되지 않아 사형제들이 그를 이상하게 쳐다보았다.

그로선 갈등을 겪지 않을 수 없었다.

사문이냐, 뛰어난 무공이냐.

하지만 어차피 발을 너무 깊숙이 들여놓아서 뺄 수도 없는 상황. 그는 결국 무공을 택할 수밖에 없었다.

사부의 방에 한 장의 서찰만 남겨놓고 떠난 그는 그 후로 종남산의 외진 골짜기에 틀어박혀 사 년간 그 무공을 익혔다.

그가 세상에 나왔을 즈음, 천하제일패 제천신궁에서 패천단의 무사를 구한다는 소문이 들렸다. 그는 자신의 능력을 시험하기 위해 패천단에 자원했다.

그리고 구대의 대주가 되었다.

"그녀는 어디에 있소?"

좌소천의 질문에 진초산이 고개를 숙였다.

"지하밀실에 있습니다, 주군. 허락을 받지 않고 지하밀실을 이용한 점, 용서하시기 바랍니다."

"아니오, 잘하셨소. 가봅시다."

지하밀실은 원래가 단주의 수련을 위해 만들어진 만큼 단주의 집무실이 있는 전각에 입구가 있었다.

좌소천은 도유관, 진초산과 함께 지하밀실로 들어갔다.

진초산이 지하에 도착해 밀실의 문을 열자 안에서 부스럭거리는 소리가 들렸다.

"놀라지 마시오. 주군께서 오셨소."

행여나 놀랄까 봐 진초산이 먼저 매선을 안심시켰다.

"아!"

안에서 매선의 탄성이 터졌다.

좌소천은 진초산의 옆을 지나 안으로 들어갔다.

눈을 파르르 떨며 매선이 다가왔다.

"오랜만이오."

좌소천이 인사를 하자 매선의 움푹 들어간 눈에 눈물이 맺혔다.

"공자님……."

반 시진 후.

패천단 복장을 한 백수십 명의 무사가 궁 안으로 들어왔다.

그들이 도착한 것을 보고 나서야, 좌소천은 혼자서 패천단을 나섰다.

나서기 전 각 문파의 수장들에게 행동요령을 신신당부한 터였다. 제천전 안에서 어떠한 일이 벌어지면, 그들이 즉시 내궁으로 진입할 것이다.

게다가 제천신궁의 몇몇 간부가 자신과 손발을 맞추기로 했다. 그들 중에는 의외라 할 수 있는 자들도 있었다. 그들과 함께라면 오늘의 일이 결코 불리하게 흐르지만은 않을 듯했다.

'궁주, 나를 원망하지 마시오.'

수많은 눈이 내궁으로 향하는 좌소천을 주시했다.

그들 중에는 상황을 정확히 아는 자도 있었고, 모르는 자도 있었다.

하지만 알던 모르던 모두가 촉각을 곤두세웠다.

그럴 수밖에 없었다. 소문이 돌았다.

—좌소천이 호북에 세력을 구축했다고 한다.

—제천신궁이 둘로 갈라질지도 모른다 하더라.

—사공은환이 저지른 일을 따지기 위해서 좌소천이 왔다고 한다.

—궁주가 자신의 계획에 방해가 되는 좌소천을 팽시키려고 불렀다고 하더라.

확실한 근거도 없는 온갖 소문이 며칠 사이 제천신궁을 짓누르고 있는 판이었다. 그중에는 공손양이 지시해서 퍼진 소문도 있었고, 혁련무천이 암암리에 퍼뜨린 소문도 있었다.

분명한 것은, 그러한 소문으로 인해서 제천신궁 무사들이 혼란을 겪고 있다는 것이었다.

좌소천을 성토하는 자들과 옹호하는 자.

둘로 나뉜 마음은 어느 한쪽으로 기울지도 않은 채 팽팽히 대치했다.

문제는 앞으로 어떤 일이 벌어지느냐 하는 것이었다.

내궁으로 들어가자 호성당의 무사들이 도열해서 좌소천을 맞이했다.

좌소천은 묵묵히 그들 사이를 걸어 제천전으로 향했다.

삐걱.

일 장의 거리에 이르자 문이 열렸다.

높이 오 장, 한 면이 이십 장에 달하는 거대한 제천전 안은 기둥에 달린 서른여섯 개의 등잔불로 인해 비가 내리는 바깥보다 더 밝게 느껴졌다.

좌소천은 멈추지 않고 발걸음을 옮겼다.

안에서 자신을 기다리는 사람은 모두 십여 명. 탁자의 양쪽에 나란히 앉은 그들의 시선이 일제히 자신을 향한다.

혁련무천과 혁련호정과 여가릉을 비롯해, 제무전주 단목연호, 무천단주 이광, 제천단주 명화성 등 제천신궁을 움직이는 실세들이 오랜만에 모두 함께 모습을 드러냈다.

한쪽에 조용히 서 있는 호연금의 지위가 하찮게 보일 지경이었다.

아마도 자신을 확실하게 제거하는데 명분을 확보하기 위해서 그들을 모두 부른 듯했다.

'쉽게는 안 될 것이오, 궁주.'

좌소천은 어깨를 편 채 그들을 향해 걸어갔다.

이제 제천전에 발을 디딘 이상 물러설 길은 없었다.

"어서와라, 소천."

혁련무천이 웃음 띤 얼굴로 좌소천을 반겼다.

하지만 눈은 조금도 웃고 있지 않았다.

좌소천은 기다란 탁자의 끝에 멈춰 섰다.

"좌소천이 궁주를 뵈옵니다."

백부가 아닌 궁주다. 단순히 공식적인 자리여서가 아니다. 마음에서 백부라 부를 마음이 떠났음이다.

혁련무천도 좌소천의 마음을 느꼈는지 더욱 환한 웃음을 지었다. 그러나 눈에선 한겨울의 냉기가 흘렀다.

"요즘 수고가 많다고 들었다. 총지부에는 별일이 없느냐?"

"궁주님의 염려 덕분에 별일없이 평온한 상태입니다."

"흠, 그래? 그럼 잠시 쉬어도 되겠구나?"

좌소천이 숙였던 고개를 들었다.

"젊은 제가 쉬겠다고 하면 많은 분들이 손가락질할 것입니다. 그러니 그 말은 못 들은 것으로 하겠습니다."

"아버님께선 너에게 보다 중요한 일을 맡기기 위해서 쉬라는 것이다. 순순히 물러나도록 해라, 소천."

혁련호정이 담담한 목소리로 끼어들었다.

여가릉도 좌소천을 쏘아보며 한마디 거들었다.

"궁주께선 자네를 위해 그러는 거네. 그러니 좋은 마음으로 받아들이게나."

그러나 좌소천은 천천히 고개를 저었다.

"아직 마무리 짓지 못한 일이 있습니다. 그 일을 마무리 지을 때까지는 쉬지 않을 생각입니다."

"마무리 짓지 못한 일? 호북의 세력을 규합하는 일 말이더냐?"

혁련무천이 곧장 창끝을 내밀었다.

좌소천은 그 말에 부정도, 긍정도 하지 않았다.

"그 일보다 더 중요한 일이 있습니다."

"중요한 일? 뭐가 그리도 중요하단 말이냐? 궁에 들어와서 하면 안 되는 일이더냐?"

"죄송합니다, 궁주. 쉬라는 말씀은 철회해 주시기 바랍니다."

짧게 답하고 무심한 표정을 짓는 좌소천이다.

어찌 보면 건방지게 보이는 좌소천의 태도에 사람들이 눈살을 찌푸렸다.

"자네, 그게 무슨 태돈가?!"

"허, 감히 궁주님의 명을 그따위로 무시하다니. 조금 컸다고 너무 목에 힘이 들어간 것 같구면."

"그래서 젊은 사람을 너무 키워주면 안 된다니까."

여기저기서 간부들의 질타가 터져 나온다.

그들의 말에 힘을 얻은 혁련무천이 기세를 올렸다.

그는 좌소천의 눈을 똑바로 직시한 채 이미 결정되었다는 투로 말했다.

"어찌 되었든 당분간 호북 총지부의 일에서 손을 놓도록 해라. 내 다른 사람을 보내 호북 총지부를 관리할 것이니라."

"궁주, 지금으로선 그 명을 받들 수가 없습니다."

"뭐라? 들을 수 없다?"

마침내 꼬투리를 잡았다는 듯 혁련무천이 몰아쳤다.

"내가 그렇게 말했거늘, 네가 감히 내 명령을 듣지 않겠다는 말이냐?"

혁련호정도 눈살을 찌푸리며 좌소천을 노려보았다.

"소천! 많이 건방져졌구나! 네 어찌 아버님의 명을 거역한단 말이냐?"

"호정 형님께선 그 명령이 정당하다 생각하십니까?"

"지금 정당함을 따지자 했더냐? 그럼 묻겠다. 네가 호북의 세력을 규합해 본 궁의 세력을 둘로 쪼개려 한다던데, 그건 정당한 일이더냐?"

"뭘 잘못 아셨군요."

"뭐야? 내가 잘못 알아?"

"제가 호북의 세력을 규합한 것은 제천신궁을 둘로 쪼개고자 함이 아닙니다."

"네가 말 몇 마디로 빠져나가려 하는가 본데, 이미 네가 하고 있는 짓에 대해선 증거가 모두 확보되어 있다. 순순히 명을 받들면 모든 일을 묻고 목숨만은 살려줄 것이다. 그러나 끝까지 거부한다면, 만천하에 너의 죄상을 알리고, 그에 대한 처벌이 내려질 것이다, 소천!"

으름장을 놓는 혁련호정의 눈빛이 먹이를 노리는 독수리처럼 번뜩였다.

좌소천은 변함없이 무심한 표정으로 담담히 입을 열었다.

"증거라… 제가 호북의 세력을 규합했다는 것은 저도 인정했으니 뭐라 할 말이 없습니다만, 그 역시 본 궁의 힘을 키우기 위해 한 일입니다. 한데 그게 무슨 잘못인지 잘 모르겠습니다."

"네가 어디서 감히 말장난을 한단 말이냐!"

혁련호정이 소리치며 자리에서 벌떡 일어섰다.

좌소천은 무심한 눈으로 그를 똑바로 쳐다보았다.

"한 가지, 형님께서 아직 모르는 것이 있습니다."

혁련호정은 발끈하려는 감정을 억누르고 최대한 대범한 표정을 지었다.

많은 사람들이 지켜보고 있는 상황. 지금이 그동안 좌소천에게 향했던 마음들을 자신에게 돌릴 절호의 기회라 생각한 듯했다.

"내가 모른다? 호오, 그래? 어디 말해봐라. 내가 뭘 모른단 말이더냐?"

"제가 이곳에 온 것은 꼭 궁주님의 명 때문만은 아닙니다.

얼마 전 한 통의 서찰을 받았는데, 그 서찰 내용의 사실 여부를 확인하기 위해 온 것이지요."

난데없는 말에 좌소천을 몰아치려던 혁련호정이 주춤했다.

그사이 좌소천은 품속에서 서찰 하나를 꺼내고는 반쯤 펴서 호연금에게 내밀었다.

"이 글씨체가 돌아가신 사공 단주의 것이 분명하오?"

잔잔한 목소리였다. 그러나 사람들의 귀에는 천둥벼락처럼 들렸다.

사공은환!

바로 그 이름이 주는 충격 때문이었다.

잠시간 웅성거림이 일었다.

사람들은 모두 좌소천의 손에 들린 서찰을 바라보았다.

몇 사람은 조금이라도 더 보기 위해 고개를 쑥 내밀었다.

한편 호연금은 좌소천의 손에 들린 서찰을 보고 안색이 급변했다. 그는 잠깐 사이 몇 줄을 읽었는데, 그것만으로도 소름이 돋았다.

"그, 그게……."

그때 좌소천의 전음이 호연금의 귓속을 파고들었다.

"내용은 보지 못한 것처럼 하고, 글씨체에 대해서만 말하시오. 그러면 궁주도 당주를 어떻게 하지 못할 거요."

호연금은 급히 표정을 가다듬고 고개를 끄덕였다.

"자세히 보지 못해서 내용은 알지 못하겠소이다만, 제가 아는 한 돌아가신 사공 단주의 글씨체가 분명한 것 같소이다."

좌소천은 서찰을 접고는 혁련무천을 바라보았다.

"이 서찰을 받고서야 한 가지 사실을 알았습니다. 전날 사공단주가 자결했을 때, 그가 남긴 유언장이 하나가 아니었다는 걸 말입니다."

갑자기 장내의 분위기가 이상하게 흘렀다.

호북 총지부장과 패천단주의 지위를 박탈하고 배신 행위에 대한 죄를 물으려 했다.

한데 사공은환의 유언장이라는 한마디가 상황을 묘하게 바꾸어 버렸다.

모두가 아는 것이다. 사공은환이 남겼다는 유언장에 대한 소문 하나로 어떤 상황이 벌어졌는지.

하물며 좌소천의 손에 든 것이 정말 사공은환의 유언장이라면, 그 파장이 어디까지 갈지 아무도 모르는 상태인 것이다.

보나마나 그때보다 더 충격적인 내용이 담겨 있을 테니까!

혁련무천이 굳은 표정으로 좌소천을 노려보기만 하자 혁련호정이 나섰다.

"그게 이 일과 무슨 상관이란 말이냐?"

"상관이 있지요. 궁주께서 오늘 저를 부른 목적과 연관된 내용이 있으니까 말입니다."

혁련호정의 표정도 딱딱하게 굳었다.

제천전에 모인 모두가 좌소천을 직시했다. 그러나 조금 전과는 조금 달라진 눈빛이었다.

"대체 그게 무슨 말인가?"

무천단주 이광이 부리부리한 호안을 가늘게 좁히고 물었다.

좌소천은 좌중의 시선을 하나하나 마주 보고는 입을 열었다.

"사공 단주께서 자결하시기 전, 궁주님과 몇 가지 계획을 세웠나 봅니다. 그중 하나가 이곳에 적혀 있지요. 물론 그 외의 내용도 두어 가지가 더 있습니다. 직접 보시지요."

그러고는 갑자기 서찰을 펼쳐 탁자 위에 올려놓았다.

꿀을 향해 날아드는 벌 떼처럼 사람들의 눈이 일제히 서찰을 향해 쏟아졌다.

바로 그때였다.

"어디서 허튼수작을 부리는 것이냐, 소천!"

혁련호정이 노성을 내지르며 몸을 날리고는, 탁자 끝에 다다르기도 전에 손가락을 독수리발톱처럼 구부려 서찰을 향해 뻗었다.

강력한 허공섭물에 탁자가 들썩였다.

당장에라도 서찰이 그의 손 안으로 빨려 들어갈 것 같았다.

하지만 서찰은 풀로 붙인 듯 탁자 위에서 꿈쩍도 하지 않았다.

좌소천은 그가 일 장 앞까지 다가온 순간 좌권을 내질렀다.

혁련호정도 더 이상 서찰에만 집착하지 못하고 마주 손을 내밀었다.

쾅!

단발의 굉음과 함께 혁련호정의 몸이 뒤로 날아갔다.

그는 본래의 자리로 돌아간 채 좌소천을 노려보았다.

그가 비록 부친인 제천무제에 비해 약하다 하나 그 차이는 그리 크지 않았다. 혁련호정은 그런 자신의 무위에 자부심을 느끼며 살아왔다.

솔직히 좌소천이 아무리 강하다 해도 자신보다 강할 거라고는 생각지 않았다.

한데 뜻밖의 상황에서, 간발의 차이지만 좌소천에게 밀렸다. 그것도 많은 사람이 지켜보는 가운데.

혁련호정은 수치심에 분노가 치밀었다.

"제법이구나, 소천!"

좌소천은 세 걸음 물러선 상태였다.

그는 두 손을 늘어뜨린 채 무심히 입을 열었다.

"하늘은 손으로 가린다고 덮어지는 것이 아닙니다. 공연히 사람들의 의심을 살 행동은 하지 마십시오."

"뭐야?!"

혁련호정은 눈을 부라리며 좌소천을 쏘아보았다. 그러나 분노의 마음을 행동으로 옮기지는 않았다.

조금 전의 행동도 너무 성급했다. 혁련무천이 넌지시 질책의 눈빛으로 바라보는 것도 그 때문이다.

'빌어먹을 놈!'

한편, 장내의 사람들은 그 와중에도 서찰에서 눈을 떼지 않고 있었다.

시간이 지나자 여기저기서 침음성이 흘러나왔다.

"으음……."

"허어, 어찌 저런 생각을……."

"믿을 수 없구려. 그것참……."

좌소천을 질타하던 자들마저 입을 닫고 묵묵히 서찰만 바라보았다.

하지만 좌소천은 방심하지 않았다.

분위기가 달라졌다고 하나 아직은 전체 상황을 주도할 정도는 아니다.

게다가 혁련무천이 그렇게 흐르도록 놔두지도 않을 것이었다. 그는 누가 뭐래도 천하제일패 제천무제 혁련무천인 것이다.

혁련무천 역시 그것을 잘 알았다. 그는 혁련호정을 눈빛으로 질책하고는, 흔들린 분위기를 진정시키기 위해 최대한 담담한 표정을 지었다.

지금은 억누르는 것만이 최선이 아니라는 것을 아는 까닭이다.

"소천, 설령 그 서찰이 정말 사공은환이 쓴 것이라 해도, 그것은 단지 사공은환의 말일 뿐이다. 이곳의 누구도 정말로 내가 그렇게 했다고 믿지 않는다. 그러니 분란을 일으키지 말고 내 말대로 해라."

"저는 저 서찰을 보고 나서 한 가지 결심을 했습니다. 이제는 궁주의 명에 따르고 싶어도 그럴 수가 없게 되었습니다."

좌소천은 무심한 표정으로 좌중을 둘러보았다.

눈살을 찌푸린 사람, 어떤 기대감을 가지고 바라보는 사람, 잔뜩 긴장한 채 얼굴이 굳은 사람.

제천신궁 최고위 급 간부들이 가지각색의 표정으로 자신을 바라본다.

좌소천은 그들을 하나하나 지나쳐 혁련무천에게 시선을 고정시켰다.

사술에라도 걸린 듯 간부들도 일제히 혁련무천을 주시했다.

혁련무천은 생각보다 상황이 심각하게 흐르는 듯하자 눈을 가늘게 뜨고 좌소천을 직시했다.

'네놈이 나로 하여금 마지막 결정을 하게 하는구나. 그래도 목숨은 살려주려 했거늘.'

"결심이라……. 어디 말해보아라. 무슨 결심을 했다는 것이냐?"

"궁주께서는 천외천가와 함께 천하를 도모하기 위해 저를 버리시려 하셨지만, 저는 제천신궁을 지키기 위해 궁주와 다른 길을 가고자 하는 결심을 했습니다."

"흥! 결국 배신을 하겠다는 말이구나!"

"저는 제천신궁을 배신하겠다고 하지 않았습니다."

"그 말이 그 말 아니더냐?"

"제 말을 잘못 알아들으셨군요. 저는 궁주와 다른 길을 가겠다고 했지, 제천신궁과 적이 되겠다고 하지 않았습니다만."

혁련무천의 수염이 잔떨림을 일으켰다. 동시에 노성이 터져 제천전을 뒤흔들었다.

"이놈! 진위여부도 확실치 않은 서찰 한 장을 들고서, 네가 지금 감히 나와 말장난을 하겠다는 것이더냐?!"

"이미 다른 한 장의 유언장에 대한 것이 밝혀진 만큼 이것 역시 곧 진위가 밝혀질 것입니다."

"흥! 밝혀지기는 뭐가 밝혀졌다는 말이냐? 너는 유언장에 대한 헛소문을 사실로 믿고 있었단 말이냐?"

코웃음을 친 혁련무천의 입가에 비릿한 조소가 맺혔다.

하지만 좌소천은 당연하다는 듯 대답했다.

"물론입니다."

"어리석은 놈! 아무도 보지 못한 유언장을 믿다니."

"본 사람이 있으니 믿는 겁니다, 궁주."

혁련무천의 입가에서 조소가 사라지고, 부릅뜬 눈에서 살광이 쏟아졌다.

다른 간부들도 웅성거리며 좌소천을 쳐다보았다.

좌소천은 마치 옛날이야기를 하듯이 조용히 입을 열었다.

"한 사람이 유언장을 봤습니다. 그리고 사공 단주의 거처에서 도망치듯이 나왔지요. 도망치지 않으면… 다른 밀천단의 단원들처럼 그 자리에서 궁주에게 죽었을 테니까요."

웅성거림이 더욱 커졌다. 분노한 눈으로 좌소천을 바라보던 혁련무천도 부동심을 잃고 흔들렸다.

"무, 무슨 헛소리를 하는 것이냐?"

"그날 사공 단주의 시신을 맨 처음에 발견한 호위 네 사람이 모두 사라졌습니다. 공식적으로는 임무를 위해 궁을 떠난 것으로 되어 있습니다만, 실제로는 황강산 자락에 묻혀 있지요. 궁주의 명령에 의해 죽임을 당한 채로 말입니다. 그렇지 않습니까?"

"네, 네놈이 이제 미쳤구나? 내 어찌 죄없는 수하들을 죽이라는 명을 내 입으로 내린단 말이더냐?"

궁의 주인이 직접 수하들을 죽인다면 누가 믿고 따를까?

그러나 궁의 안위를 위해서는 어쩔 수 없이 입을 막아야 할 때가 있다. 그걸 이해하지 못할 간부는 아무도 없었다.

문제는 그 일을 궁주 자신의 치부를 감추기 위해 했을 경우였다.

간부들이 흔들리는 것도 그 때문이다.

지금은 제천신궁 최고의 중흥기. 솔직히 혁련무천이 궁의 안위를 위해 호위들을 죽여 입막음했다는 말은 설득력이 없는 상황인 것이다.

시선이 집중된 가운데 좌소천이 대답했다.

"유언장을 보고 도망쳤던 그 사람은 네 구의 시신이 몰래 들려 나가는 것을 보고, 시신이 묻힌 곳까지 확인을 했지요. 지금이라도 시신을 파내 상흔을 확인하면 누가 죽였는지, 왜 죽였는지 알 수 있는 일입니다, 궁주."

무심한 그의 목소리에 거대한 제천전이 짓눌렸다.

간부들은 입을 꾹 다문 채 상황을 주시했다.

혁련무천은 더 이상 변명을 하지 않고 좌소천을 노려보았다.

후회막급이었다. 좌소천이 자신의 명을 거부했을 때 무조건 쳐야 했다. 완벽한 상황을 만들기 위해 시간을 끈 것이 악수였다.

'돌이킬 수 없다면 다시 뒤집는 수밖에.'

혁련무천은 근 반 각 만에 입을 열어 일단 좌소천의 말부터 인정했다.

"좋다. 내 다 말하지."

숨을 들이쉬었다 길게 내쉰 혁련무천은 답답하다는 표정으로 말을 이었다.

"그 일은 본 궁의 기밀이 새어나가는 것을 막기 위해서였다. 본좌로선 지금도 그때의 결정을 후회하지 않는다. 그때의 내 고심을 네가 어찌 알 것이더냐."

"저 역시 그들처럼 죽여 입을 막을 생각이셨습니까?"

"내 어찌 태군사의 아들인 너를 죽이려 한단 말이냐?"

"하면 왜 살수를 보내신 겁니까?"

"그건 내가 아니라 사공은환이 보낸 것……."

"결국 천외천가와의 일 때문에 저를 죽일 계획을 했다는 유언장의 내용은 역시 사실이었군요."

혁련무천은 배신의 죄를 물어야 할 자신이 오히려 좌소천에게 끌려간다는 것에 화가 났다.

그의 목소리가 커졌다.

"유언장의 내용이 사실이든 아니든 중요한 것은 그것이 아니다. 정말 중요한 것은, 네가 감히 본 궁을 배신하겠다는 마음을 먹었다는 것이다. 본좌는 너의 배신만큼은 용서할 수 없다, 소천!"

동시에 상황이 심상치 않음을 느낀 혁련호정이 여가릉을 향해 고개를 돌렸다.

"여 령주님, 뭐 하십니까? 배신자를 잡으시지요!"

순간 기다렸다는 듯 여가릉의 쩌렁쩌렁한 외침이 제천전에 울려 퍼졌다.

"제천무령은 속히 들어와서 배신자 좌소천을 잡아라!"

그 명이 떨어짐과 동시, 제천전의 문이 열리더니 근 삼십 명에 가까운 제천무령이 안으로 밀려들어 왔다.

한데 바로 그때였다.

"여 령주! 잠시 멈추게!"

무천단주 이광이 눈살을 찌푸리며 냉랭히 소리쳤다.

여가릉이 이광을 바라보며 마주 소리쳤다.

"도주할지 모르는 자입니다! 일단 잡아놓고……."

"갈! 이곳에 있는 사람들이 누군가? 자네는 지금 우리를 무시하겠다는 건가?!"

"그게 아니라……."

흑염이 가슴까지 늘어진 제무전주 단목연호가 여가릉의 말을 잘랐다.

"좌 단주는 궁을 배신할 생각이 아니라 했네. 아직 말을 더 들어봐야 하니 즉시 수하들을 물리게나. 만일 배신을 하려는 것이 확실하다면 우리들이 나설 것이네."

"전주님!"

"이곳에 본 궁의 간부 열 명이 넘게 있네. 설마 우리에게 그 정도의 능력도 없다고 생각하는 것은 아니겠지?"

냉랭해진 단목연호의 말에 여가룡이 혁련무천의 눈치를 살폈다.

이광과 단목연호는 제천신궁 최강의 무력단체를 이십 년 가까이 거느린 수장으로 궁도들에게 신망이 높은 사람들이었다.

검왕, 봉왕과 함께 제천신궁의 사왕인 천수도왕과 장왕이 바로 그 두 사람인 것이다.

혁련무천은 속으로 이를 갈며 명을 내렸다.

"수하들을 물려라, 가룡."

제천무령이 물러가자 단목연호가 좌소천에게 물었다.

"말해보게. 궁주는 따르지 않지만, 본 궁을 배신하지 않겠다고 했는데, 무얼 뜻하는 말인가?"

좌소천은 마침내 때가 왔다는 것을 느끼고 오연한 자세로 자신의 뜻을 밝혔다.

"나 좌소천은, 거짓과 불의를 행하고, 자신의 치부를 숨기기 위해 수하들을 죽음으로 이끈데다, 제천신궁의 궁도들을 죽음의 구렁텅이로 몰아넣으려는 궁주를 더 이상 주군으로서 인정할 수가 없습니다!"

"흥! 결국 배신하겠다는 말이군!"

혁련호정이 코웃음을 치고, 혁련무천이 노성을 내질렀다.

"이놈! 본좌가 언제 본 궁의 궁도들을 죽음의 구렁텅이로 몰아녕으려 했다는 말이냐?!"

"그럼 묻겠습니다. 천외천가의 뒤에 어떠한 자들이 있는지 아십니까?"

"그게 무슨 소리냐?!"

"천해를 아십니까? 그들이 천외천가의 뒤에 버티고 있다는 사실을 아십니까?"

"네가 아는 것을 내 어찌 모른단 말이냐?! 천해라고? 천해는 무슨! 허튼소리 하지 마라!"

혁련무천으로선 당장에라도 좌소천을 때려죽이고 싶었다. 아마 혁련호정이 일수에 밀린 것을 보지만 않았어도 다른 사람의 만류에 아랑곳없이 직접 손을 썼을 것이었다.

그러나 자신이 직접 손을 쓰고도 좌소천을 제압하지 못하면, 그거야말로 스스로 시궁창에 빠진 꼴이 될지도 모를 일. 혁련무천은 끓어오르는 분노를 참지 않을 수 없었다.

좌소천은 그런 혁련무천을 답답하다는 표정으로 바라보았다.

"천외천가와 손을 잡은 궁주께서 천해를 모르시다니, 참으로 할 말이 없습니다."

"흥! 천외천가 뒤에 누가 있다는 것이 무어 그리 중요하단 말이냐?"

"중요하지요. 그들과 엮어진 순간, 제천신궁은 천하 모든 정파들의 공적이 될 테니까 말입니다."

"그들이 전설의 마교라도 된단 말이냐?"

"전설에서 전해지는 마교는 아닐지 몰라도, 무림맹은 그들을 마교와 동격으로 보고 있지요. 그러니 제천신궁이 천외천가와 손을 잡은 것이 확실시되면, 무림맹은 제천신궁이 무림맹의 공적임을 전 강호에 선포하게 될 것입니다."

"그런 말도 안 되는……!"

"그전에 그만 내려오셨으면 합니다."

"뭐라?!"

"궁도들을 죽음의 구렁텅이로 밀어 넣지 마시고 그만 일선에서 물러나 쉬시지요."

쾅!

발을 굴러 제천전을 뒤흔든 혁련무천의 눈에서 불길이 일었다.

이제야 좌소천의 진정한 뜻을 깨달은 것이다.

"네놈이 감히!"

"하늘은 하늘다워야 합니다. 궁주께선 스스로 생각할 때 하늘처럼 행동했다 자부하실 수 있습니까?"

"네놈 따위에게 그런 말을 들을 정도로 살아오지 않았다!"

분노의 일갈을 내지른 혁련무천은 옆을 보지도 않고 명을 내렸다.

"여가릉! 더 이상 눈치 볼 것 없다! 놈을 잡아라!"

그러고는 안절부절못하는 간부들을 노려보았다.

"이제부터는 누구도 본좌를 말리지 마라!"

그사이 밖에서 대기하던 제천무령들이 다시 안으로 밀려들어 왔다.

뜻밖의 일이 벌어진 것은 바로 그때였다.

"궁주, 솔직히 좌 단주의 말도 그리 틀린 말은 아니라 생각합니다."

자리에서 일어난 이광이 작심한 듯 혁련무천에게 정면으로 반기를 들었다.

"뭐, 뭐라고? 이 단주! 당신이 어디서……!"

하지만 그것이 끝이 아니었다.

"본 전주 역시 같은 생각이오, 궁주. 본 궁이 왜 무림맹과 등을 돌리고 음침한 천외천가를 친구로 생각해야 하는지 의문이외다."

단복연호에 이어 검혼당주 추자랑마저 좌소천을 옹호했다.

"저 역시 궁주의 계획이 무리라는 생각을 버릴 수 없습니다. 아무래도 쉬시는 것이 좋을 듯싶습니다, 궁주."

"단목 전주님, 그게 무슨 말씀이십니까? 말씀이 지나치시외다!"

제천단주인 명화성이 화들짝 놀라 소리쳤다.

절혼당주 우중문도 어쩔 줄 모르며 사방을 두리번거렸다.

"그걸 말이라고 하십니까? 궁주께 물러나라 하시다니요?"

웅성거리는 간부들이 어영부영 세 갈래로 갈렸다.

좌소천을 옹호하는 사람이 셋, 혁련무천을 따르는 사람이 일곱, 중도에 서서 상황을 관망하는 사람이 둘이었다.

"그대들이 감히 반역을 하겠다는 건가?!"

혁련무천의 입술이 가늘게 떨렸다.

설마하니 앉아 있는 자들 중에 좌소천을 지지하며 나설 자가 있으리라곤 꿈에도 생각지 못한 듯했다.

사실 그럴 만도 했다. 나름대로 의심이 가는 간부들은 제외한 상태였다.

한데 그중 셋이 좌소천을 옹호하고 나선 것이다. 그것도 가장 비중이 큰 제무전주와 무천단주가.

"본 궁을 제대로 이끌었다면 어찌 이런 일이 일어났겠습니까? 사유야 어찌 되었든 태군사는 궁주께서 인정하신 일등공신이외다. 한데도 일등공신인 태군사의 부인을 살해한 천외천가는 친구로 받아들이시면서, 정작 태군사의 아들인 좌 단주를 내치려하신 것은 아주 큰 잘못이외다, 궁주."

"게다가 비밀을 덮기 위해 수하들을 죽이시다니요? 나 이광은 도무지 이해할 수가 없소이다. 잘못도 없는 수하를 죽이면서 어떻게 저희더러 따르라 하시는 겁니까?"

혁련무천이 몸을 부들부들 떨었다.

그의 전신에서 제천신공이 활화산처럼 뿜어졌다.

제천무제, 그의 몸에서 분노가 폭발했다.

"이제 보니 함께 배신하기로 작정한 놈들이 하나둘이 아니었구나. 내 그걸 몰랐으니 정녕 궁주의 자격이 없도다! 하나! 무슨 일이 있어도 그대들만큼은 용서치 않을 것이다! 가릉, 모두 잡아들여라! 본 궁주을 따르는 간부들도 모두 제천무령을 도와 저 배신자들을 잡아라!"

혁련무천은 일갈을 내지르고는 기다란 탁자를 발로 내찼다.

콰앙!

다섯 치가량 허공으로 뜬 탁자가 반대편에 서 있던 좌소천을 향해 날아갔다.

좌소천은 날아드는 탁자를 향해 두 손을 휘둘렀다.

단순한 탁자가 아니다. 족히 삼백 근이 넘는 무게도 무게지만, 탁자에는 혁련무천의 제천신공이 실려 있는 것이다.

콰광!

굉음이 일며, 두 사람의 기운을 이기지 못한 탁자가 허공에 뜬 채 쩍쩍 갈라졌다.

순간, 무기를 뽑아 든 제천무령이 신속하게 두 무리로 나누어졌다.

그들 중 이십여 명은 좌소천을 겹겹이 감싸고, 열 명 정도는 탁자의 좌우에 서 있던 간부들과 함께 이광과 단목연호와 추자량을 포위했다.

혁련무천은 불쏘시개가 되어 바닥에 떨어지는 탁자의 건너편을 노려보았다.

좌소천이 한 손을 칼에 얹은 채 자신을 마주 보고 있었다.

'네놈은 절대 이곳을 빠져나가지 못할 것이다!'

절정의 경지에 근접한 무위를 지닌 스무 명의 제천무령. 좁은 공간. 거기에 협조자로 생각되는 세 사람도 포위되었다.

그뿐이 아니다. 자신의 비밀 호법은 아직 모습도 드러내지 않았고, 밖에는 밀천단과 호성당이 이중 삼중의 포위망을 형성하고 있었다.

좌소천이 아무리 강하다 해도 빠져나가기 힘들어 보이는 상황.

득의에 찬 혁련무천이 냉랭히 소리쳤다.

"소천! 배신의 말로를 보여주마! 제천무령은 즉시 손을 써라! 죽여도 상관없다!"

명이 떨어짐과 동시 제천무령 중 네 사람이 좌소천을 향해 달려들었다.

찰나였다!

빙글, 한 바퀴 휘도는 좌소천의 허리에서 묵룡 한 마리가 튀어나오는가 싶더니, 달려드는 제천무령을 쓸고 지나갔다.

콰아아아!

충격을 주기 위해 작정하고 펼친 절공참의 일도다.

제천무령이 나름 강하다 하나, 팔성의 내력이 실린 좌소천의 무진도를 막기에는 턱없이 부족했다.

떠더덩!

네 자루의 검이 부러지고, 네 명의 제천무령이 입을 쩍 벌린 채 그대로 무너졌다.

비명도 없이 네 줄기 피분수가 허공으로 치솟는다.

충격적인 장면에 좌소천을 포위하고 있던 제천무령들이 멈칫했다.

순간 좌소천이 입구 쪽을 틀어막고 있는 제천무령들을 덮쳤다.

"나를 막는 자는 죽는다!"

마치 대호가 십여 마리의 새끼이리들을 덮치는 듯했다.

"놈을 못 나가게 막아라!"

여가릉이 소리치며 좌소천을 향해 몸을 날렸다.

혁련무천도 포위만 한 채 어정쩡하니 서 있는 간부들을 향해 소리쳤다.

"뭐 하느냐?! 배신자들을 잡아라!"

이광과 단목연호, 추자량을 포위하고 있던 간부들이 지그시 이를 악물었다.

명화성이 굳은 표정으로 입을 열었다.

"이 단주, 단목 전주. 오늘의 일은 그대들이 자처한 일, 우리를 원망하지 마시오."

내오당 중 형당(刑堂)인 명혼당의 당주 강청이 소리쳤다.

"더 볼 것 없소이다! 배신을 했으면 그에 합당한 벌을 내리면 되는 것! 일단 잡고 봅시다!"

포위하고 있는 사람 모두 절정의 고수다. 거기에 제천무령 십여 명이 합세했다.

세 사람이 강하다 하나 포위한 자들을 모두 상대할 수는 없는 일. 누가 봐도 대항을 포기해야 할 것처럼 보였다.

한데 바로 그때다.

이광을 향해 검을 겨누고 있던 호연금이 갑자기 검을 옆으로 휘둘렀다.

서걱!

"크윽! 이게 무슨 짓······!"

팔 하나가 잘린 명화성이 눈을 부릅뜬 채 뒤로 물러서고, 대경한 강청이 노성을 내지르며 호연금을 향해 돌아섰다.

"호연 당주! 그대가 감히······!"

하지만 그보다 더 충격적인 일이 곧바로 이어졌다.

혁련무천의 편이라 생각했던 우중문이 손에 들린 단창을 강청의 옆구리에 박아 넣은 것이다.

"허억!"

느닷없는 상황에 포위망이 흔들렸다.

언제 누가 옆에서 자신을 향해 무기를 휘두를지 모르는 상황. 포위망을 형성하고 있던 간부들은 옆을 힐끔거리며 서로 간의 간격을 벌렸다.

순간 단목연호가 쌍장을 쫙 펼치고, 이광과 추자량이 도와 검을 빼 든 채 한쪽을 향해 일제히 달려들었다.

한편 좌소천은 악착같이 자신의 앞을 막는 제천무령을 향해 조금의 사정도 두지 않고 무진도를 휘둘렀다.

"헉!"

"커억!"

무진도의 도첨에서 묵선이 뻗어나갈 때마다 한두 명이 외마디 신음을 흘리며 쓰러진다.

단 세 번의 도세에 무너진 자가 벌써 여덟.

제천무령들은 공포에 질린 표정으로 물러서면서도 결코 비켜서지는 않았다.

그때 여가룽이 좌소천의 뒤를 쳤다.

"이놈! 여기도 있다!"

좌소천은 빙글 신형을 돌리며 여가룽의 공격에 마주 무진도를 휘둘렀다.

그러면서도 여가룽의 뒤를 따라 자신을 향해 날아오는 혁련호정을 놓치지 않았다.

콰앙!

여가룽은 초절정의 경지에 이른 고수답게 검이 부러지지도, 단숨에 꺾이지도 않았다.

그는 비칠거리며 다섯 걸음을 물러나서야 몸을 세우고 입술을 깨물었다.

나름대로 자부심을 가지고 있던 그였다. 한데 막상 좌소천과 일수를 나누고 나자 자신의 무공에 대한 회의가 들었다.

'소문이 결코 잘못된 것이 아니었어. 수십 년을 고련했거늘, 단 일수에 밀리다니…….'

그때 혁련호정이 여가룽의 머리를 타넘어 좌소천을 공격했다.

"소천! 너는 절대 빠져나갈 수 없다!"

"절대란 말은 함부로 하는 것이 아니외다, 호정 형님!"

쩌저정!

찰나간에 세 번의 격돌이 이루어지고, 부서진 강기들이 사방으로 튕겨졌다.

기둥이 파이고 제천전이 충격파에 흔들렸다. 제천전의 건물이 넓고 높지 않았다면 무너졌을지도 모를 정도였다.

두 사람의 기세가 어찌나 삼엄한지 제천무령들은 감히 끼어들 틈이 없었다.

하지만 여가룡은 그들과 달랐다. 비록 일수에 밀리긴 했지만, 그는 제천신궁의 십대고수 중 한 사람이 아니던가.

그는 검을 고쳐 쥐고 두 사람을 향해 접근했다.

"합공하세!"

비겁하다는 생각은 들지 않았다. 좌소천은 결코 혼자서 상대할 수 있는 자가 아니었다. 자신이 아는 한 혁련호정이라 해도 마찬가지였다.

좌소천은 혁련호정에 이어 여가룡마저 합세하려고 하자 공력을 구성으로 끌어올렸다.

혁련호정 혼자라면 상관없었다. 그러나 여가룡이 합세하면 상황이 달라진다.

더구나 아직 혁련무천이 남았고, 모습을 드러내지 않은 고수가 넷이나 더 있다. 동천옹의 말대로라면, 그들은 오직 궁주가 위험할 때만 나선다고 했다.

넷이 뭉치면 오제의 누구도 감당할 수 없을 거라는 고수들, 궁주만이 그들의 진정한 정체를 알고 있다는 비밀 호법. 그들은 비천사룡(秘天四龍)이라 불렸다.

싸움이 길어지면 그들이 나타날 것이었다.

'그전에 최대한 충격을 줘야 해!'

고오오오!

좌소천이 공력을 더 끌어올리자 무진도가 울음을 터뜨렸다.

혁련호정은 여가룡에게 혼자서 할 수 있다는 말을 하려다 입을 다물었다. 소름 끼치는 도세에 합공을 거부할 용기가 나지 않는 것이다.

그때 좌소천이 구성을 공력을 집어넣은 무진도로 무진칠도 중 벽뢰참광을 펼쳤다.

우르르릉!

제천전을 뒤흔드는 뇌성이 일더니, 묵빛 뇌전이 혁련호정과 여가룡을 덮쳤다.

혁련호정과 여가룡은 전력을 다해 좌소천의 도에 맞서갔다.

코앞에 닥친 좌소천의 도는 조금 전과 판이하게 달랐다.

자신들의 몸을 단숨에 쪼개 버릴 듯한 도세!

등줄기에 절로 소름이 돋는다.

그러나 피하기에는 늦은 상황. 더구나 피할 수도 없었다.

콰과과광! 쩌저적!

세 사람의 도와 검이 뒤엉켰다.

시커먼 도강은 마치 살아 있는 묵룡과도 같았다.

콰아아아!

묵룡은 포효를 하며 혁련호정과 여가룡의 검강을 휘감고 으스러뜨렸다.

"커억!"

먼저 여가룡이 억눌린 신음을 토해내며 뒤로 밀려났다.

뒤이어 해쓱하게 질린 혁련호정이 튕기듯이 물러섰다.

좌소천은 우뚝 선 채 여가룡을 향해 무진도를 내밀었다.

"흐읍!"

여가룡은 눈앞이 캄캄해지자 눈을 부릅뜨고 숨을 들이켰다. 그는 본능적으로 검을 내밀며 혼신을 다해 전 공력을 끌어올렸다.

쾅!

순간 단발음이 울리더니, 여가룡의 몸뚱이가 철벽에 부딪친 쇠구슬처럼 튕겨졌다.

좌소천은 무애일정으로 여가룡을 무력화시키고는, 무진도의 도첨을 혁련호정에게로 돌렸다.

지금이라도 혼자서 빠져나가려면 얼마든지 빠져나갈 수 있었다. 그러나 자신을 따르기로 한 사람들을 놔두고 나갈 수는 없었다.

어떻게 하든 그들이 밖으로 나가서 제천신궁의 무사들 마음을 흔들어야 한다.

그래야 마지막 마무리를 깨끗하게 할 수 있을 터이다.

"당신은 절대 나를 이길 수 없소!"

좌소천의 무심한 일갈이 터진 순간! 무진도의 도첨에서 묵광이 번쩍였다.

여가룡이 가만히 서 있다 당한 것을 본 혁련호정은 오히려 신형을 날려 좌소천을 공격했다.

자부심은 이미 산산조각난 상태다. 그래도 물러설 수는 없었다. 도망가느니 좌소천과 싸우다 죽는 게 나았다.

그의 마지막 자존심이었다!

"이놈! 쉽게 당하지는 않을 것이다!"

동시에 뒤쪽에서 혁련무천의 일갈이 터져 나왔다.

"조심해라, 호정아!"

혁련호정의 마음을 짐작한 그는 제천신검을 빼 들고 신형을 날렸다.

더 지켜볼 여유가 없었다.

예상했던 것보다 훨씬 강한 좌소천이다.

혁련호정을 믿기는 하지만, 아차 하는 실수 한 번이면 끝장이 날 수도 있었다.

자신의 꿈을 이어갈 큰아들을 그렇게 잃을 수는 없었다.

그는 단걸음에 혁련호정을 따라잡고는 좌소천을 향해 제천신검을 뻗었다.

"소천, 이놈!"

찰나 제천신검에서 시퍼런 검강이 청룡처럼 꿈틀거리며 흘러나왔다.

'마침내 그대가 움직인 것인가?'

좌소천은 혁련무천이 날아드는 것을 보며 이를 지그시 악물고 전력을 끌어올렸다.

혁련호정만 해도 사오 초는 더 겨루어야 완벽한 승기를 잡을 수 있을 터였다. 그런 마당에 오제의 한 사람, 천하제일패라는 제천무제가 공격해 온다.

천하의 어느 누가 두 사람의 공격을 무시할 수 있단 말인가!

콰아아아아!

십성에 가까운 공력이 주입되자 무진도에서 묵광과 금광이 어우러지며 쏟아졌다.

'오라! 혁련무천!'

좌소천은 자신을 향해 날아드는 두 줄기 가공할 검강을 향해 무진도를 내쳤다.

묵빛 금광이 그물처럼 뻗어나갔다.

청룡처럼 짓쳐들던 시퍼런 검강이 그물에 갇혀 용틀임을 한다.

콰과과광!

연이어 터져 나오는 귀청을 찢을 듯한 굉음!

만약의 경우를 대비해 주위에 둘러 서 있던 제천무령들이 고통에 찬 표정으로 정신없이 벽까지 물러섰다.

한쪽에서 팽팽한 격전을 벌이던 간부들도 싸움을 멈추고 주춤거렸다.

그사이 좌소천과 혁련무천, 혁련호정이 서로를 향해 전력을 쏟아냈다.

콰르르르릉!

거대한 제천전이 지진이라도 난 듯 흔들렸다.

천장에서 먼지가 눈처럼 쏟아졌다.

그 광경을 바라보던 모든 사람들은 경악을 금치 못했다.

좌소천이 강하다는 것은 익히 소문으로 들은 터였다. 오제에 비할 정도라는 말조차 있었으니까.

하지만 그 말을 곧이곧대로 믿는 사람은 거의 없었다.

─아무리 강해도 오제보다는 조금 처질 것이다.

그것이 일반적인 평이었다.

그러함에도 좌소천을 옹호한 것은 그가 아직 젊기 때문이었다.

몇 년 만 지나면 오제와 대등해질 것이고, 십 년이 지나면 오제를 넘어설지도 모른다는 기대감 때문이었다.

한데 그것이 아니었다.

좌소천은 이미 오제와 어깨를 나란히 하고 있었다. 아니 어쩌면 오제보다 강할지도 몰랐다.

제천무제 혁련무천이 잠룡공자 혁련호정과 합공을 하고서도 당장 우세를 점하지 못하고 있지 않은가 말이다.

그것은 거대한 충격이었다.

누구라 할 것도 없었다.

단목연호와 이광 등 좌소천을 옹호했던 사람들은 물론이고, 좌소천을 배신자로 규정한 자들도 그 충격에 잠시 손을 쓸 수가 없었다.

우르릉!

그때 제천전을 떠받치고 있던 아름드리 기둥 하나가 중간 부분이 가루로 변하며 무너져 내렸다.

"헉! 기둥이……! 일단 밖으로 나갑시다!"

누군가가 소리쳤다.

동시에 또 하나의 기둥이 무진도의 도세에 휩쓸리며 일 장 높이 부분이 잘렸다.

우연이 아니었다. 좌소천이 고의로 기둥을 잘라낸 것이었다.

끼기기긱.

귀에 거슬리는 소리를 내며, 기둥이 금방이라도 쓰러질 것처럼 옆으로 기울어졌다.

"제천전이 무너진다!"

절정의 경지에 이른 고수조차 공포스런 광경이 아닐 수 없었다.

삼층으로 된 전각의 무게는 수만 관에 이른다. 한꺼번에 무너지면 아무리 절정에 달한 공력을 지녔다 해도 살아 나오기가 쉽지 않을 것이었다.

그러나 그런 와중에도 좌소천과 혁련무천, 혁련호정은 조금도 공격을 늦추지 않았다.

오히려 좌소천은 두 사람의 공격을 기둥 쪽으로 흘려냈다.

콰과과광!

마침내 세 번째 기둥이 부러지며 바닥을 향해 무너져 내리고, 천장이 비틀렸다.

"늦으면 깔릴지 모른다!"

"빨리 나가!"

너도나도 소리치며 밖을 향해 몸을 날렸다. 이때만큼은 적도 아군도 없었다.

제천무령과 간부들이 대부분 제천전을 빠져나갔을 때였다.

제천전의 태사의 뒤쪽 휘장 안에서 네 개의 그림자가 쏘아져 나왔다.

각기 다른 색깔의 용이 수놓아진 면사로 눈 밑이 가려져 나

이를 짐작할 수 없는 자들.

오직 궁주만을 위한 비밀 호법들, 비천사룡! 바로 그들이었다.

비천사룡은 은신처에서 나오자마자 곧장 좌소천과 혁련무천과 혁련호정이 싸우는 곳으로 날아들었다.

"궁주! 저희들이 맡겠습니다! 일단 피하십시오!"

혁련무천은 마지막이라는 듯 전력을 다해 제천신검을 내려쳤다.

쩌저적!

일순간 제천전을 그대로 반쪽 낼 듯한 시퍼런 검강이 이 장 허공에서 떨어져 내렸다.

혁련호정도 검강탄기를 펼치며 혁련무천의 공격에 합세했다.

피하고 싶어도 피할 수 없는 상황.

좌소천은 천망회류참과 천공멸혼을 연이어 펼치며 두 사람의 공격에 마주쳐 갔다.

콰과과광!!!

그 여파에 그러잖아도 무너질 것 같던 제천전이 반쯤 기울었다.

주르륵, 물러선 혁련호정이 비틀거리며 몸을 세웠다. 입술을 비집고 피가 흘러내리는 것이 적잖은 내상을 입은 듯했다.

세 걸음 물러서서 좌소천을 노려보는 혁련무천도 창백한 안색이다.

좌소천은 바닥에 발자국을 새기며 세 걸음 물러선 채 무진도를 들어 올렸다.

"후후후. 소천, 너는 배신을 꿈꾸지 말았어야 했다. 그랬다면 목숨은 부지했을 것이거늘."

혁련무천이 살광을 번뜩이며 나직이 웃었다. 그러자 혁련호정이 다급히 입을 열어 혁련무천을 재촉했다.

"아버님, 소천이는 호법들에게 맡기고 그만 나가시지요."

좌소천은 두 사람의 말을 들으며 자신을 포위한 비천사룡을 둘러보았다.

쿠르르르……. 끼기기기기……

제천전이 기울어지자, 안간힘을 다해 버티던 기둥들이 비명을 질러댔다.

혁련무천과 혁련호정은 미끄러지듯이 뒤로 물러났다. 그러더니 차가운 코웃음을 날리며 제천전을 빠져나갔다.

"흥! 잘 가라, 좌소천!"

좌소천은 두 사람이 제천전을 나가는 것을 보고 곧바로 비천사룡을 향해 쇄도했다.

네 사람이 합공하면 오제조차 감당할 수 있다 했다. 제천무제 혁련무천 역시 마찬가지일 것이다.

차이라면 혁련무천은 혼자고, 이들은 넷이라는 것이다.

작은 차이. 그러나 그 작은 차이가 좌소천에게는 하늘과 땅만큼이나 크게 느껴졌다.

더구나 단목연호 등 자신을 옹호하던 자들이 모두 밖으로 나간 상황. 더 이상 안에 있어야 할 이유가 없었다.

번쩍!

묵광이 청룡 면사를 쓴 청룡호법에게 떨어졌다.

"헛!"

헛바람을 들이켠 그가 뒤로 서너 걸음 물러선다.

순간 나머지 금, 백, 적룡의 면사를 쓴 세 사람이 찰나의 여유도 주지 않고 협공했다.

좌소천은 금환비영을 펼쳐 더욱더 빠르게 청룡호법을 향해 쇄도했다.

미처 생각을 못했는지, 당황한 청룡호법이 정면으로 부딪쳐 왔다.

쾅!

"크읍!"

답답한 신음이 청룡호법의 면사 안에서 흘러나왔다.

좌소천은 일 도에 일 장가량 밀려난 청룡호법은 보지도 않고, 휙 몸을 돌려 찰나간에 삼도를 휘둘렀다.

쩌저적!

대기가 그물처럼 갈라지며, 허공에 가득 찬 묵빛 그물이 세 사람을 향해 밀려갔다.

가공할 도세가 대기를 난도질하며 떨어지는데도 세 사람은 당황하지 않았다. 그들은 검, 도, 창을 휘두르며 좌소천의 공격에 정면으로 부딪쳐 왔다.

콰과광!

연이은 굉음과 함께 세 사람이 주춤거리며 뒤로 물러선다.

경악으로 일그러진 눈빛이 잘게 떨린다.

하지만 그뿐, 큰 충격은 받지 않은 듯했다.

동천웅의 말이 헛되지 않다는 말.

좌소천은 더 이상 그들을 공격하지 않고, 오히려 그들과 정면으로 부딪친 충격을 이용해 뒤로 몸을 날렸다.

콰르르릉!

순간 두 개의 기둥이 더 부러지면서 천장의 한쪽이 굉음을 울리며 떨어져 내렸다.

한데 묘하게도 부러진 기둥과 천장이 좌소천과 비천사룡 사이로 떨어졌다.

비천사룡은 좌소천을 쫓지 못하고 부러진 기둥과 떨어지는 천장을 피하는 수밖에 없었다.

그 시간이면 밖으로 빠져나가기에 충분한 시간이었다.

좌소천은 연달아 무너지는 천장과 기둥을, 급류 속의 물고기처럼 피하며 제천전을 빠져나갔다.

"우리도 나가자!"

비천사룡도 즉시 제천전을 빠져나가기 위해 몸을 날렸다.

3

굉음이 울리며 제천전이 흔들린다.

제천전 내부에서 솟구치는 가공할 기운에 빗방울이 안개처럼 부서지며 흩날린다.

'마침내 시작인가?'

묵묵히 내궁을 바라보던 동천옹이 깊게 깔린 목소리로 입을 열었다.

"시작해라."

기다렸다는 듯 근 일천에 달하는 무사들이 패천단을 떠나 단숨에 내궁에 도착했다. 그들은 내궁의 담장이 보이자마자 망설이지 않고 그대로 신형을 날렸다.

패천단의 무사들로 위장한 능야산의 형제들과 각파의 고수들이 그 선두에 섰다.

"누가 감히 허락도 없이 내궁에 들어오는 것이냐?!"

호성당과 밀천단의 무사 삼백이 그들의 진입을 막았다.

하지만 그들이 막기에는 진입하는 무사들이 너무 강하고 많았다.

뒤늦게 절혼당과 제천단, 천화원의 무사들이 나섰다.

그러나 제천단의 무사들은 호북과 남양으로 칠 할 이상이 출정한 상태라 남은 숫자가 기껏 삼백밖에 되지 않았다. 게다가 천화원은 무력단체가 아니었다. 혁련가의 가족과 호위무사들을·다 합쳐도 이백이 안 되는 숫자였다.

얼핏 숫자는 비슷했지만 그들만으로는 역부족이었다.

반수에 가까운 인원이 절정고수들로 이루어진 패천단이기 때문이었다.

이백팔십 명의 패천단이 진입한 지 얼마 지나기도 전에 쓰러진 무사들의 숫자만 이백이 넘었다.

가공할 그들의 무력에 제무전과 무천단의 무사들은 경악하지 않을 수 없었다.

다행이라면 가로막는 무사들을 죽이지 않고, 그저 혈도를 제압해 움직이지 못하게 할 뿐이라는 것이었다.

갑자기 몰아닥친 폭풍이 내궁을 뒤흔든 지 반 각. 결국 호성당과 밀천단의 무사들은 제천전 앞까지 밀리지 않을 수 없었다.

그때 제천전이 흔들리며 무너져 내리기 시작했다.

좌소천은 밖으로 나오자마자 옆 건물인 제령전의 지붕으로 올라가 재빨리 상황을 살펴보았다.

부슬비가 내리는 내궁 일대에는 일천이 넘는 무사들이 모여 있었는데, 그들은 두 세력으로 갈려 팽팽하게 대치하고 있었다.

천화원과 호성당, 절혼당, 제천단의 무사들이 혁련무천을 따르며 제천전 근처에 모여 있고, 무천단과 제무전, 검혼당, 패천단이 외곽을 둘러싼 상황이었다.

좌소천이 제령전의 지붕에 내려서자 외곽의 무사들이 환호를 내질렀다.

"좌 단주가 나왔다!"

"와하하하! 내 그럴 줄 알았지!"

와아아아아!!

반면에 안쪽에 모여 있던 무사들은 웅성거리며 서로를 쳐다보았다. 혁련무천과 혁련호정이 빠져나오지 못할 거라고 했던 좌소천이 멀쩡한 몸으로 제천전을 나온 것이다.

그때 제천전이 마지막 굉음과 함께 완전히 무너져 내리며 먼지가 구름처럼 일어났다.

동시에 비천사룡이 빠져나와 혁련무천의 뒤쪽으로 사라졌다.

제령전의 지붕 위에서 그들이 몸을 숨기는 걸 무심한 눈으로 바라보고는, 그들이 더는 보이지 않자 혁련무천을 향해 고개를 돌렸다.

"궁주! 그만 포기하시지요!"

"이놈! 포기할 것은 네놈이니라!"

여기저기서, '우우우!' 하는 소리가 터져 나왔다.

와중에 몇 가지 질문이 내궁을 울렸다.

"천외천가가 태군사의 부인을 죽였다는 것을 알고 있었으면서도 그들과 손을 잡으려 하셨다던데. 사실이오, 궁주?!"

"사공 단주의 유언장을 감추기 위해 수하들을 죽였다는 말이 사실이오?!"

"그들을 몰래 황강산에 묻었다던데, 정말입니까?!"

"오늘 좌 단주를 부른 이유가, 좌 단주의 지위를 빼앗고 죽이기 위해서였다던데, 정말 그럴 계획이었습니까?"

혁련무천의 볼이 푸들푸들 떨렸다.

도무지 꿈을 꾸는 기분이었다.

지금쯤은 좌소천에게 배신자의 멍에를 씌워 한쪽 구석에 처박아야 정상이었다.

한데 거꾸로 되었다. 꿈이라면 지독한 악몽이었다.

그때 패천단 무사들이 쫙 갈라지더니 한 사람이 앞으로 걸어나왔다.

그가 혁련무천을 측은한 눈으로 바라보더니 착잡한 목소리로 말했다.

"그만 궁주의 자리를 내놓고 쉬는 게 어떻겠나?"

혁련무천의 눈이 홉떠졌다.

"헌 어르신……?"

동천옹 헌당, 바로 그였다.

"다른 곳이었다면 몰라도, 천외천가와는 절대 손을 잡지 말아야 했네."

"내 어찌 사리사욕으로 그들과 손을 잡으려 했겠소? 다 본궁의 미래를 위해 그런 것이외다! 그렇게 모르겠소?!"

"태군사와 좌 단주를 조금이라도 생각했다면 그리하지 않았겠지."

"그건… 개인의 일일 뿐입니다. 대의를 위한 일에 개인의 일이 끼어들어선 안 된다는 것쯤은 장로께서도 잘 아실 것이 아닙니까?"

혁련호정이 눈을 부릅뜬 채 안간힘을 다해 혁련무천의 입장을 대변했다.

그러자 등소패가 눈살을 찌푸린 채 앞으로 나섰다.

"대의라… 무엇이 대의인가?"

"저희 제천신궁은 패도를 추구하는 방파입니다. 하기에 본궁에는 패를 추구하는 무사들이 모였습니다. 정파도 아니고,

마도도 아닌, 패도 말입니다. 하거늘, 아버님께서 천외천가와 손잡고 하남의 중부를 도모하려한 것이 뭐가 잘못된 일이란 말입니까? 아니 그렇습니까?"

한데 의외로 등소패가 고개를 끄덕였다.

"맞네, 맞아. 자네 말이 맞아."

묵묵히 서 있던 위지승정도 천천히 고개를 끄덕이고, 동천옹과 무영자도 고개를 갸웃거리더니 순순히 그 말을 인정했다.

"맞아, 본 궁은 패도문파지. 본래부터 그걸 목적으로 일어선 문파니까 말이야."

그 말이 의외인지 혁련무천과 혁련호정이 어리둥절한 표정을 지었다.

하지만 어찌 되었든 네 명의 장로가 인정했다. 혁련호정의 목소리에 힘이 실렸다.

"인정하신다면, 좌소천의 배신에 대해 죄를 물어야 하는 게 정상 아닙니까, 장로님!"

혁련무천도 분노를 가라앉히고 지붕 위의 좌소천을 노려보았다.

"들었느냐?! 장로들께서도 본좌의 손을 들어주셨느니라!"

그때다.

"무슨 말인가? 내가 언제 궁주 손을 들어주었단 말인가?"

동천옹이 좌우를 보며 말도 안 된다는 표정을 지었다.

"궁주가 잠시 이성을 잃었나 보군."

무영자에 이어 등소패마저 씁쓸한 표정으로 고개를 저었다.

"그러고 보니 궁주, 말귀가 조금 어둡나 봅니다."

혁련무천은 네 장로가 자신을 놀린다 생각했다.

그가 버럭 소리를 질렀다.

"지금 장난하는 것이오?! 조금 전에 호정이의 말이 맞다 하지 않았소?!"

동천옹이 또 당연하다는 듯 대답했다.

"물론 그랬지."

"그럼 왜……?!"

"옳은 말이었으니까. 궁주가, 아니지, 궁주의 아들이 그랬지 않은가? 본 궁은 패도를 추구하는 방파라고. 대의를 위해서는 개인의 일이 끼어들어선 안 된다고."

"그럼 당연히 소천이가 잘못한 것이 아닙니까?!"

"너무 소리 지르지 말게, 궁주. 나 아직 귀먹을 정도로 안 늙었네."

태연한 동천옹의 말에 무영자가 사태 파악도 못하고 클클거리며 웃었다.

"켈켈켈, 동천옹이 늙지 않았다면 세상에 늙은 놈 하나도 없겠군."

"검둥이, 네놈은 빼고 말해. 세상에다 물어봐라, 흑살신 무영자가 더 늙어 보이는지, 내가 더 늙어 보이는지."

내심 네 장로의 정체를 궁금해하던 사람들이 하나같이 경악성을 내지르며 뒤로 한 걸음씩 물러섰다.

"으헉!"

"파, 팔신 중에 동천웅과 무영자께서 본 궁의 장로셨단 말인 가?"

"저런 분들이 좌 단주와 함께하고 있었다니⋯⋯. 어쩐 지⋯⋯."

은연중 좌소천의 위상이 하늘 높은 줄 모르고 올라간다.

혁련무천은 부글부글 끓어오르는 분노를 억지로 누르고 입을 열었다.

"끄응, 좋습니다. 이제 말씀해 보시지요. 호정이 말이 맞다면서 왜 좌소천을 단죄하면 안 된단 말씀입니까?"

동천웅이 혀를 차며 위지승정에게 대답을 넘겼다.

"쯔쯔쯔, 그렇게 모르나? 네가 말해봐라."

위지승정이 안타까운 표정을 지은 채 입을 열었다.

"궁주께선 본 궁이 패도를 추구하는 방파라는 걸 인정하셨지요? 또한 세력을 키우는 것이 대의라 하셨지요?"

혁련무천이 당당하게 대답했다.

"그렇소, 위지 장로."

"해서 좌 단주에게는 죄가 없다는 겁니다."

"그게 무슨⋯⋯!"

"좌 단주는 패도를 추구하고 있소. 그리고 본 궁을 더 크게 키울 수 있는 사람이기도 하오. 불의를 저지른 것은 둘째 치고라도, 얻는 것도 없으면서 음험한 천외천가와 손을 잡은 궁주가 아니오? 결국 좌 단주는 대의를 위해 궁주에게 물러나라 하는 것이오."

발끈한 혁련무천이 노성을 내질렀다.

"무슨 헛소리를 하는 것이오?! 그럼 소천이가 나보다 더 본 궁을 잘 이끌 거라 이 말이오? 소천이가 나보다 더 본 궁의 세력을 넓힐 수 있다 그 말이오?!"

"바로 그 말이외다."

"흥! 어림없는 소리! 천외천가를 치고자 하면서 어떻게 본 궁의 세력을 키운단 말이오? 그들과 싸우는 것만으로도 본 궁의 힘 중 칠 할은 소모해야 할 거외다. 말도 안 되는 억지는 그만 부리시오!"

"뭘 모르고 있구려. 이미 소천이는… 하늘이 되어 있소이다, 궁주."

등소패의 나직한 목소리가 부슬비처럼 사람들의 귓가를 적셨다.

잠시 혁련무천의 입이 닫혔다. 혁련호정도 굳은 얼굴로 등소패를 뚫어지게 바라보았다.

주위에서 약간의 웅성거림이 일었다.

바로 그때 동천옹의 맑은 목소리가 툭 터져 나왔다.

"나가서 인사들 해!"

순간 패천단의 무사들 중에서 다섯 사람이 앞으로 나섰다.

그들은 앞으로 나서자마자 제령전 지붕 위의 좌소천을 향해 포권을 취하며 허리를 숙였다.

"충! 구포방의 방주 구포봉이 주군을 뵈오!"

"충! 광한방의 부방주 섭관산이 주군을 뵈오!"

"충! 신검장의 신검총령 설무진이 주군을 뵈오!"

"전마성의 부성주 냉화성이 좌 공자를 뵈오!"

"녹림왕 북리환이 좌 공자께 충의를 맹세하기 위해 왔소이다!"

경악이 물결처럼 번졌다.

아무도 입을 열지 못하고 그들과 좌소천을 번갈아 보았다.

심지어 혁련무천과 혁련호정조차 아연한 표정을 지으며 벌린 입을 다물지 못했다.

구포방과 광한방, 호남에 태풍을 일으킨 장본인과 그 태풍에 휩쓸린 두 곳이 좌소천에게 '충!'을 외친다.

무창의 주인 신검장이 좌소천을 주인으로 인정했다.

거기다 녹림의 제왕 북리환이 충의를 맹세하기 위해 왔다고 한다.

하나 그것은 아무것도 아니었다.

전마성!

왜 이곳에 전마성의 이인자인 부성주 냉화성이 왔단 말인가!

사실 난감하기는 좌소천도 마찬가지였다. 설마 이런 일이 벌어질 줄은 몰랐다.

동천웅이 장난기 가득한 눈으로 낄낄거리며 '공손 애송이가 시킨 일이 있는데, 보면 재미있을 거야'라고 했을 때 뭔가 일을 벌이려는 줄은 짐작했다.

그러나 설마하니 이런 것이었을 줄이야…….

어쨌든 나쁘지 않은 방법이었다. 아니, 충격을 주기 위해서는, 피를 줄이기 위해선 최선의 방법이었다.

좌소천은 찰나간의 흔들림을 가라앉히고 냉화성을 직시했다. 지금 가장 중요한 인물은 구포방주 구포봉도, 광한방의 부방주 섭관산도, 녹림왕 북리환도 아닌 냉화성이었다.

"부성주께서 직접 오실 줄은 몰랐군요."

"성주님께서 직접 오시고 싶어하셨습니다만, 저번 좌 공자와의 만남에서 입은 내상이 완쾌되지 않은 걸 알고 군사가 말렸지요."

그 말에 제천신궁의 무사들이 웅성거렸다.

좌소천과 사도철군이 대결을 했는데, 사도철군이 좌소천에 밀려 내상을 입었다는 말이 아닌가.

천하의 전마성주 철혈마제가 말이다!

좌소천은 냉화성이 그 말을 꺼낸 뜻을 알고 속으로 고소를 금치 못했다.

'사도철군이 그리 말하라 시켰나 보군. 물론 사도철군을 움직인 것은 백리 군사일 테지만.'

아마 냉화성은 그 말을 하는 걸 별로 원치 않았을 것이다. 그게 사실이라 해도 전마성의 위신이 깎이는 일이 아닌가.

어쨌거나 냉화성의 말에 분위기가 완전히 기울어졌다.

제천신궁 무사들의 더욱 강렬해진 눈빛이 지붕 위를 향한다.

좌소천은 혁련무천과 혁련호정을 바라보며 한마디 한마디 힘주어 말했다.

"나는 하늘이 되기로 했습니다. 그리고 제가 원했던 바의 일부를 얻었습니다. 호북의 반과 호남의 반을 얻었지요. 전마성마저 친구로 만들었고 말입니다. 궁주는 대의를 위해 신의를 버리고 천외천가와 손을 잡았다면, 나는 대의를 위해 천외천가를 적으로 대할 터. 어느 것이 진정한 패도이며 대의인지, 제천신궁의 전 궁도들이 말해줄 것입니다!"

그의 목소리가 빗속을 뚫고 내궁은 물론 제천신궁 전체에 울려 퍼졌다.

"와아아아아!!!"

우렛소리가 지상으로부터 천공으로 솟구쳤다.

새로운 하늘의 등장을 알리는 소리였다!

"혁련 궁주는 자리에서 물러나라!"

"좌소천 단주야말로 진정한 하늘이다!"

"좌소천! 좌소천!!!"

무사들이 발을 굴러 의지를 알렸다.

쿵! 쿵!! 쿵!!!

혁련무천이 무너지는 소리였다!

어이없는 일이었다.

하늘 끝까지 닿아 있을 거라 여겨졌던 제천무제의 아성이 무너지는 데는 한 시진도 채 걸리지 않았다.

지난 수개월간의 흔들림에 금이 가고, 쩍쩍 벌어진 금 사이로 불의(不義)라는 물이 스며들어 얼어붙은 까닭이다.

거기에 더해, 그를 대체할 기둥이 모든 이의 예상보다 더 크고 튼튼하다는 것이 알려진 때문이다.

혁련무천은 아연한 표정으로 반쯤 넋을 잃었다.

금이 간 것을 인식한 것은 오래전이었다. 하지만 이 정도까지 진행된 줄은 꿈에도 생각지 못했다.

철벽이라 생각했다.

그딴 이유로는 무너지지 않을 거라 생각했다.

그런데 순식간에 쩍쩍 갈라지고 무너져 내린다.

언제, 어떻게 이런 지경이 되었단 말인가!

이런 지경이 되도록 무얼 했단 말인가!

갑자기 분노가 치밀었다. 순수한 분노가 아니었다. 마음속에 도사리고 있던 심마가 분노라는 가면을 쓰고 솟구쳤다.

일순간, 좌소천과의 격전으로 흔들린 혈맥을 보호하고 있던 제천신공이 노도처럼 내달리는 심마에 휩쓸려 와해되었다.

눈앞이 붉게 보였다.

이성으로 대항해야 한다는 생각조차 머릿속에서 지워지고, 남은 것은 오직 분노, 심마에 잡아먹힌 분노뿐이었다.

그는 부들부들 떨며 억지로 목을 쥐어짰다.

분노를 쏟아내지 않고는 참을 수가 없었다.

"나… 제천무제가……. 네 이놈들……. 커억!"

서너 마디의 분노를 쏟아내기도 전, 혁련무천의 입에서 한 움큼의 핏물이 쏟아졌다.

동시에 목구멍으로 다 토해내지 못한 심마가 머리꼭대기를 향해 치달렸다.

"웨엑!"

또 한 번의 토혈.

선홍빛 선혈이 그의 이 사이를 통해 밖으로 흘러나온다.

'이, 이런……!'

주체할 수 없이 맥동치는 혈류에 정신이 아득해진다.

휘청!

천하의 제천무제가 휘청거렸다.

휘청거리는 그를 붙잡기 위해 혁련호정이 손을 내밀었다.

"아버님!"

"됐다!"

혁련무천은 손을 내밀어 혁련호정의 부축을 거부했다.

"내가 누구더냐. 천하제일패 제천무세다! 비켜라!"

그러고는 핏물이 흥건한 입술을 떨며 좌소천을 올려다봤다.

눈앞이 노래졌다.

안간힘을 쓰는데도 좌소천의 모습이 두셋으로 보인다.

그의 마지막 남은 이성이 끊어지려는 그의 정신을 붙잡았다.

"정말 대단하구나, 소천! 나를 이 지경으로 몰아넣다니……."

"아버님! 일단 몸부터……."

행여나 뜻하지 않은 말이 나올까 봐 혁련호정이 다급히 말렸다.

그러나 혁련무천은 입가로 흘러나오는 선홍빛 선혈을 닦지도 않고 고개를 저었다.

"아직도 모르겠느냐? 오늘의 승부는… 우리가 졌다."

혁련호정의 눈이 떨렸다. 인정하지 못한다는 빛이 역력했다.

하지만 혁련무천은 혁련호정을 바라보지 않았다. 바라보면 마음이 바뀔지 몰랐다. 그러면 자신 역시 최악의 상황을 향해 검을 겨누게 될 것이 분명했다.

그럴 수는 없었다. 그것이야말로 원치 않은 최후였다.

그는 참담한 마음을 억지로 누르고 좌소천을 향해 말했다.

"조… 건이 있다, 소천."

좌소천은 물끄러미 그를 내려다보며 최후통첩을 내리듯 물었다.

"말씀하시지요."

혁련무천은 이를 악물고, 세 가지 조건을 걸고 궁주의 지위를 내놓겠다고 했다.

첫째, 천화원에 칩거할 테니 가족들은 건들지 말라는 것.

둘째, 전대 궁주로서 예우를 해달라는 것.

셋째, 자신은 천화원에서 나가지 못하더라도 자식들만큼은 밖을 자유롭게 다닐 수 있도록 해달라는 것.

많은 사람이 우려의 눈빛으로 바라봤지만, 좌소천은 두말 않고 그 조건을 받아들였다.

"좋습니다. 조건을 받아들이겠습니다. 단, 그 말이 어겨졌을 때의 책임 역시 궁주께서 져야 할 것입니다."

"그래야겠지, 그래야……."

혁련무천이 입가로 흘러나온 핏물을 씹었다.

지금 그가 할 수 있는 일은, 인정과 거부, 둘 중에 하나뿐인 것이다.

'끝났나?'

좌소천은 오연한 태도로 하늘을 올려다보았다.

조건을 들어주지 않으면 한쪽이 무너질 때까지 싸워야 할 판이었다. 혁련무천을 따르는 무사들의 숫자만도 이천이 넘는다. 그들이 죽음을 각오하고 대항한다면 얼마나 많은 무사들이 죽어나갈지 모르는 상황.

피로 물든 제천신궁을 얻느니 조건을 들어주는 것이 나았다.

하지만 그러한 이유가 아니더라도 좌소천은 혁련무천의 조건을 받아들이지 않을 수 없었다.

황창안과 약속을 했다.

궁주와 궁주의 가족만은 죽이지 않기로. 제천신궁의 무사들과 정면으로 부딪치는 일만큼은 최대한 자제하기로.

좌소천은 무슨 일이 있어도 그 약속을 지켜야 했다.

신의를 저버린 자가 어찌 하늘이 될 수 있단 말인가!

게다가 혁련무천의 조건이 나쁜 것만은 아니었다. 그들이 옆에 있음으로 해서 나태한 마음을 가질 여유가 없어질 테니까.

어차피 좌소천에게는 제천신궁이 그저 절대의 하늘이 되기 위한 발판 중 하나일 뿐인 것이다!

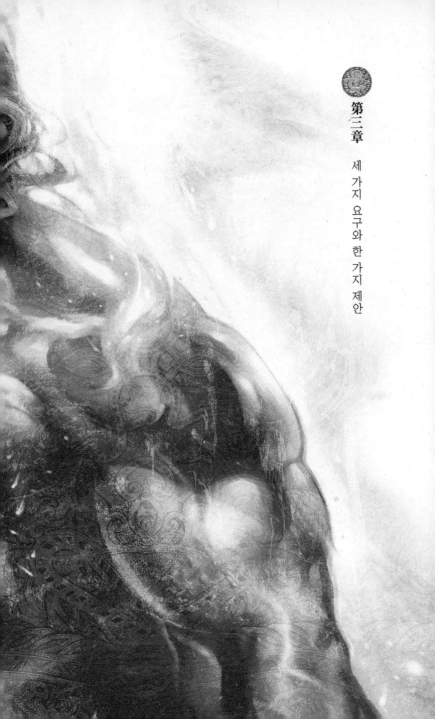

第三章

세
가
지
요
구
와
한
가
지
제
안

絶對天王

아침이 밝자 언제 비가 왔냐는 듯 여느 때보다 찬란한 태양
이 떠올랐다.

화창한 햇살이 오랜만에 황강산 구석구석까지 비추는 그날.

소리 소문 없이 모든 것이 정리되었다.

그동안 정문이 닫히고, 함구령이 내려졌다.

궁 안에 있던 사람들 중 제천신궁의 주인이 바뀌었다는 것
을 모르는 사람은 거의 없었다.

아무리 단속해도 새어나갈 것이었다.

하지만 몇몇이 밖에 나가 떠든다고 믿어줄 사람이 누가 있
을까.

하기에 적어도 며칠간은 조용할 터였다.

좌소천이 원하는 시간은 바로 그 며칠이었다. 그 시간이면 내부의 모든 것을 정리하기에 충분했으니까.

이틀째 되는 날 아침.

만월평에 있던 공손양이 벽수양과 함께 제천신궁에 입궁했다. 뒤이어 악청백과 황창안 등 호북 지부의 지부장들이 일제히 제천신궁으로 들어왔다.

"앙축하옵니다, 주군!"

"진정으로 축하하외다!"

"부상당했다는 소리를 듣고 얼마나 놀랐는지 아시오? 이렇게 건강한 몸을 보니 정말 기분이 좋구려."

모두가 좌소천을 걱정하고, 그러한 상황에서도 제천신궁의 주인이 되었음을 진정으로 축하해 주었다.

그리고 그날 저녁 좌소천은 공손양과 단둘이 마주 앉았다.

"혁련 궁주를 따르던 사람들 중 주군께 반발하는 사람들이 있을 것입니다. 그들에 대한 처리는 생각해 두셨습니까?"

"일단은 그들의 행동을 지켜볼 생각이오. 품을 수 없다면 잘라야겠지요."

담담하게 흘러나오던 그의 목소리가 마지막에 가서는 차갑게 변했다.

수신제가 평천하(修身齊家 平天下)라 했다. 안을 다스리지 않고 천하에 눈을 돌린다는 것은, 볏짚 속에 불씨를 남겨놓고 자리를 뜬 것과 같았다.

많은 피가 흐를지도 모르지만, 전체의 안정을 위해서는 피를 마다하지 않을 생각이었다.

공손양은 가슴이 서늘해지는 기분에 이야기를 돌렸다.

"제갈세가의 일은 잘 마무리가 되었는지요?"

"약간의 사고가 있긴 했지만, 다행히 원만히 해결되었소."

좌소천은 공손양에게 제갈세가에서 있었던 일을 모두 이야기했다. 그리고 마지막으로 무림맹 군사인 제갈진문과의 회담에 대한 것을 말해주었다.

이야기가 진행되면서 공손양의 얼굴이 몇 번이나 변했다. 그러다 마지막이 되어서야 안도의 표정을 지었다.

"하면 무림맹은 그리 걱정하지 않아도 되겠군요."

"나중에는 어떻게 변할지 몰라도, 당장은 서로가 적이 되어서는 안 되오. 제갈 군사도 그걸 알기에 내 의견을 수락한 것이오."

무림맹과 손을 잡은 이상 거칠 것이 없었다.

남은 문제는 하나뿐.

"호남과 호북의 무사들은 언제쯤 불러들이실 생각이신지요? 곧 천외천가 놈들도 이곳의 상황을 알게 될 텐데 말입니다."

"놈들은 분명 계획을 앞당겨 서두르게 될 것이오. 제천신궁이 안정되고, 우리가 본격적으로 움직이면 그만큼 부담이 될 테니까. 공손 형은 각파에 연락해서 최고의 정예들을 추려 이곳으로 보내라 하시오. 그리고 사도 성주에게 보낼 서찰을 써

줄 테니 즉시 전마성으로 사람을 보내도록 하시오."

"예, 주군."

"나는 최대한 빨리 내부의 상황 정리할 생각이오. 천외천가가 움직이기 전에. 그래야 우리의 희생이 그만큼 줄어들 테니 말이오."

공손양의 생각도 마찬가지였다. 아직 제천신궁의 상태는 불완전한 상황이었다. 그리고 그 중심에는 두 사람이 있었다.

"혁련 궁주와 대공자는 어찌하실 생각입니까? 이대로 놔두면 분명 엉뚱한 생각을 할 것 같습니다만."

그 두 사람만이 문제되는 것이 아니다. 그들과 함께 있는 비천사룡 역시 골칫거리로 작용할 것이다.

하지만 좌소천은 비천사룡에 대한 것은 말하지 않았다. 공손양에게 말하면, 보나마나 그들부터 제거하려 할 것이 분명했다.

그들은 당분간 혁련무천의 곁을 떠나지 않을 터. 좌소천은 일단 다른 일부터 마무리 짓고 나서 그들을 처리해도 늦지 않을 거라 생각했다.

"그에 대한 것은 나에게 따로 생각이 있소."

좌소천은 얼굴을 굳히고는, 그동안 가슴속에만 품고 있었던 자신의 생각을 털어놓았다.

그의 이야기가 길어질수록 공손양의 몸도 굳어졌다. 그러더니 나중에는 가늘게 떨며 격동에 찬 표정으로 고개를 숙였다.

한참 만에야 격동을 가라앉힌 그가 다시 물었다.

"하온데, 이대로 제천신궁의 이름을 사용하실 생각입니까?"

좌소천은 찻잔을 들어 입술을 적셨다.

"당장은 그래야 할 것 같소. 하나, 모든 일이 끝나면 당연히 바꿀 것이오."

"생각해 둔 이름이 있으신지요?"

잔뜩 기대하는 눈빛. 공손양을 바라보는 좌소천의 입가에 작은 미소가 매달렸다.

"있긴 있는데…… 공손 형이 웃지나 않을지 모르겠소."

그 후로도 공손양은 좌소천과 한 시진가량 더 이야기를 나눈 뒤 방을 나섰다. 그리고 그가 나간 지 얼마 되지 않아 구포봉과 장하경이 두리번거리며 안으로 들어왔다.

"어서 오십시오, 숙부님."

구포봉의 얼굴에 환한 웃음이 걸렸다. 천하제일패 제천신궁의 궁주에게 숙부라는 말을 들으니 하늘 끝까지 오른 기분일 터였다.

좌소천도 미소를 지으며 장하경에게 눈을 돌렸다.

"장 형, 몸은 괜찮소?"

장하경이 목이 꺾어져라 숙이며 대답했다.

"끄떡없습니다, 주군! 이쯤이야 상처도 아닙니다."

내궁에 진입하며 몇 군데 상처를 입었다. 하지만 워낙 상처가 많은 몸이기에 그 정도는 표도 나지 않을 것이었다.

좌소천은 빙그레 웃으며 구포봉에게 물었다.

"악양으로 돌아가실 겁니까?"

"돌아가야지, 내 터전이 그곳인데."

"육대주나 다른 분들은 바로 돌아갈 수 없습니다. 그래도 괜찮겠습니까?"

"음하하하. 명색이 그래도 호남제일 구포방이네. 걱정 말게!"

호기있게 웃으며 큰소리치는 구포봉이다.

하긴 틀린 말도 아니었다. 제천신궁이 뒤에 있거늘, 누가 감히 구포방을 건드릴 것인가.

좌소천은 가만히 고개를 끄덕이며 장하경을 바라보았다.

"장 형은……?"

장하경이 대답할 새도 없이 구포봉이 눈을 흘기며 먼저 입을 열었다.

"나와 함께 갈 거네."

막 입을 열려던 장하경이 눈을 부릅떴다.

"누구 맘대로요?"

구포봉이 머리를 쑥 내밀고 단호한 어조로 말했다.

"자네, 구포방에 충성 맹세했잖아. 한 입으로 두말할 건가?"

"그, 그거야……."

"그리고 생각해 보게. 이곳에 있으면 자네 실력으로는 용꼬리도 되기 힘들어. 그러니 차라리 닭대가리도 되란 말이야."

"닭대가리는 무슨……."

"감찰총령주 자리를 주지."

"…감찰… 총령주요?"

장하경이 솔깃한 표정으로 구포봉의 눈을 빤히 바라보았다.

그간 좌소천이 준 무공을 죽어라 수련한 덕에 절정의 경지에 발을 디뎠다. 그러나 구포봉의 말대로 그 정도 무공으로는 제천신궁에서 행세하기가 힘들 수밖에 없었다.

그도 그걸 모르지 않았다.

"정말… 입니까?"

"호남제일 구포방의 감찰총령주면 출세한 거지. 아마 여자들도 줄을 설걸?"

그리고 복수할 길도 열릴 것이다. 제갈세가도 구포방을 무시하지 못하는 상황, 실력을 더 쌓은 다음에 제갈승에게 정식으로 대결을 청하면 되지 않겠는가.

"뭐 좋습니다. 정 원하신다면 그럼 그렇게 하죠."

"어쭈? 내가 뭐 아쉬워서 그러는 줄 알아? 구포방에도 사람 많아."

옥신각신하는 구포봉과 장하경의 얼굴이 여느 때보다 밝다.

좌소천은 가만히 두 사람을 지켜보며 조용히 미소를 지었다.

한데 그때, 도유관이 굳은 표정으로 좌소천의 방에 들어왔다.

"주군, 누가 이걸 보이면서 주군을 만나 뵙자고 합니다."

도유관이 내민 것은 두 번 접힌 제법 두꺼운 천으로 거기에는 황금빛 용이 금실로 수놓아져 있었다.

그걸 보는 좌소천의 눈 깊은 곳에서 이채가 떠올랐다.

'음? 이건……?'

눈치 빠른 구포봉이 좌소천의 표정을 힐끔 쳐다보더니 몸을 일으켰다.

"험, 우리는 이만 가보겠네. 쉬시게나."

장하경도 어정쩡한 자세로 의자에서 일어났다.

두 사람이 나간 후에야 좌소천이 도유관에게 고개를 끄덕였다.

"들어오라 하시오."

도유관이 눈을 반짝였다.

"상당한 고수로 보입니다만, 누군지 아십니까?"

투기가 이는 눈빛. 그에게서 호승심을 느낀 듯했다.

좌소천은 조용히 웃으며 고개를 갸웃거렸다.

"알긴 아는데, 정확히는 모르오."

"예?"

"나중에 알려주겠소. 일단 그를 먼저 들어오라고 하시오."

어정쩡한 대답. 도유관은 고개를 갸웃거리며 밖으로 나갔다. 그리고 곧 한 사람이 들어왔다.

들어온 사람은 사십대 중반의 중년인이었다.

그는 방에 들어와 좌소천과 일 장의 거리를 두고 멈춰 서더니, 무뚝뚝한 표정으로 좌소천을 직시했다.

"무슨 일로 나를 찾아왔소?"

중년인은 담담한 좌소천의 말에 살짝 고개를 숙였다.

"금룡이라 하오."

"혁련 전 궁주가 보냈소?"

"아니오."

"하면 왜 나를 찾아온 것이오?"

"임무 때문이오."

"임무?"

"우리의 임무는 단 하나, 궁주를 보호하는 일이오."

좌소천이 의아해하는 눈으로 금룡을 올려다보았다.

금룡은 그 표정을 이해한다는 말투로 입을 열었다.

"사실 나 역시 여기에 오기까지 많은 생각을 해야만 했소. 형제들끼리 이야기를 해봐도 확실한 답이 안 나와 이틀이 지난 오늘에야 오게 된 것이오."

좌소천이 눈살을 찌푸렸다.

"무슨 뜻인지 모르겠군요."

금룡은 곤혹스런 표정으로 좌소천을 바라보았다.

비천사룡의 임무는 오직 하나다. 궁주를 보호하는 것.

그렇다면 그들이 보호해야 할 사람도 바로 좌소천이어야 했다. 과정이야 어찌 되었든 현 궁주는 바로 좌소천이었으니까.

문제는 좌소천이 제천신궁의 진정한 주인인가 하는 것이었다. 정상적으로 이루어지지 않은 양위. 바로 거기에서 문제가 발생했다.

힘으로 빼앗았으니 인정할 수 없다. 아니다, 궁주의 입으로 물려준다 말했으니 아무런 문제없지 않느냐. 그런 식으로 서로 간에 의견이 엇갈린 것이다.

"궁주의 지위가 처음으로 무력에 의해 결정된 것이 문제였소. 정상적으로 물려진 것이라면 이렇게 복잡하게 생각할 것도 없었는데, 그냥 임무대로 바뀐 궁주를 호위하기만 되었는데 말이오."

그제야 좌소천도 금룡의 말뜻을 어렴풋이나마 이해하고 냉랭히 말했다.

"마음에 들지 않으면 포기하면 되지 않겠소?"

그 역시 자신을 마음에 들어하지 않는 사람들이 뒤에 서 있는 것은 원치 않았다.

좌소천이 맘대로 하라며 냉랭히 쏘아붙이자, 금룡이 난감한 표정을 지었다.

"그게… 목숨을 걸고 맹세를 한 터라……."

그러고 보니 조금은 순진하게까지 보이는 금룡이다. 좌소천은 속으로 어이없어하면서도 넌지시 물어보았다.

"전 궁주께선 뭐라 하시오? 순순히 보내주지 않으실 텐데 말이오."

"오래전부터 혁련가와 상관없이 내려온 임무라서, 우리에 대한 것은 전 궁주께서도 마음대로 할 수 없소."

그 말을 듣고 나서야 좌소천은 비천사룡에 대한 것을 알 것 같았다.

간단히 말해, 비천사룡은 제천신궁의 초기부터 대대로 오직 궁주로 임명된 사람의 목숨만을 지키며 살아온 사람들이라는 말이다. 궁주의 뜻에 상관없이.

가만히 앉아서 초절정의 고수 네 사람을 거저 얻을 수 있는 기회.

하지만 좌소천은 이들이 억지로 따르는 것 또한 바라지 않았다.

그의 심해처럼 깊은 눈이 금룡의 눈을 직시했다.

"그대의 말은 잘 알겠소. 가서 동료들에게 말하시오. 깊게 생각할 것 없이 한 가지만 생각하라고. 현재 제천신궁의 주인이 누군지! 그래도 싫다면, 내일 동트기 전 백수정 앞으로 나오시오. 때로는 머리로 이해하는 것보다 칼로 이해하는 것이 빠를 때도 있는 법 아니겠소?"

움찔한 금룡의 눈이 좌소천의 마지막 말에 반짝였다.

백수정이라면 내궁 후원의 한적한 정원에 있는 정자다. 그곳으로 나오라는 말은 한 가지를 의미했다. 게다가 머리보다 칼로 이해하라고 했다.

칼로써 결정내자는 말. 강자의 결정에 따르자는 뜻이다.

그러잖아도 제천전 안에서의 싸움에 은근히 불만을 가지고 있던 비천사룡이었다. 어쩌면 그러한 마음 때문에 옥신각신한 것인지도 몰랐다.

"알겠소이다. 그리 전하지요."

만족한 듯 금룡은 눈을 빛내며 고개를 살짝 숙이고 방을 나갔다.

좌소천은 방문이 닫히자, 씨익 입꼬리를 말아 올렸다.

'아주, 단단히 눌러놔야겠어.'

＊　　　＊　　　＊

다음날 아침 동이 트기 전이었다.

우르르릉! 콰콰광!

콰르르릉!

사람들은 후원 쪽에서 나는 소리에 황급히 방문을 박차고 뛰어나왔다.

하지만 후원으로 접근하기도 전에 좌소천의 직속무사들과 능야산의 형제들이 그들을 막아섰다.

"주군께서 신입 호위들을 교육 중이십니다."

공손양이 왠지 모르게 아까운 표정을 지으며 사람들을 막았다.

공손양뿐이 아니었다. 능야산과 도유관을 비롯해, 헌원신우와 능야산의 형제들 몇몇 역시 주먹을 쥐었다 폈다 하며 손이 근질거려 못 참겠다는 표정을 짓고 있었다.

도대체 무슨 교육을 어떻게 시키기에 마른하늘에 날벼락 떨어지는 소리가 난단 말인가.

모두가 궁금한 눈으로 후원을 바라보았다.

입이 바짝 타고 가슴이 울렁거릴 정도의 호기심에 당장에라도 안으로 들어가 보고 싶었다.

하지만 저만치 후원 담장과 나무 위에 앉아 있는 노인들을 보고는 다리에 힘을 주고 그 자리에서 기다렸다.

모두 열 명 정도로 보이는 노인들. 그중에 동천옹과 무영자, 둥소패, 위지승정이 보인 것이다. 아마 나머지도 원로원의 노인들인 듯했다.

사람들이 몰려 웅성거릴 즈음.

좌소천은 비천사룡을 상대하며 자신의 모든 것을 마음껏 펼쳐 냈다.

비천사룡의 협공은 동천옹의 말대로 오제조차 홀로 상대하기 힘들 정도로 강했다.

혁련무천과 혁련호정의 협공을 상대해 본 좌소천이기에 비천사룡의 강함을 판단하는 것은 그리 어렵지 않았다.

좌소천은 좌수로 건곤신권과 금라천수를, 우수로는 무연만상과 무진칠도를 펼쳤다.

상대는 죽여야 하는 자들이 아닌 거둘 자들. 하기에 좌소천은 격전 와중에도 무진칠도 중 마지막 멸천이식만큼은 펼치지 않았다.

하지만 그것만으로도 비천사룡은 혼신을 다해 좌소천을 상대해야만 했다.

비천사룡은 대를 이어 전해진 제룡사천무(帝龍四天武)를 펼치고도 좌소천에게 밀리자, 악에 바친 듯 공력을 전력으로 끌어올렸다.

백수정의 정자 앞의 공터는 직경 이십 장 정도.

다섯 사람이 격전을 벌이기 전만 해도, 그곳에는 사람 키만 한 멋진 정원석이 몇 개 서 있었다. 그러나 십여 초가 지날 무렵, 정원에는 정원석이 하나도 남아 있지 않았다.

심지어 여기저기 바닥에서 튀어나와 있던 돌조차 으깨져 공터가 평평하게 변해 버렸다.

그렇게 이십여 초가 지날 즈음.

좌소천은 비천사룡이 하나의 진세에 의존한 채 협공을 펼친다는 것을 깨달았다. 그리고 곧 진세의 흐름이 눈에 들어왔다.

모르면 몰라도, 진세를 파악한 이상 더는 비천사룡의 협공이 좌소천에게 위협이 되지 않았다.

그렇게 십여 초가 더 흐를 때였다.

구성의 공력이 실린 천공멸혼이 청룡의 머리 위로 떨어져 내렸다.

아연한 청룡이 검을 들어 무진도의 도세에 정면으로 맞섰다.

쾅!

"크읍!"

무진도의 도세를 이기지 못한 청룡이 먼저 비칠거리며 검을 늘어뜨렸다.

동시에 기회라 생각한 듯 석 자 길이의 검강을 앞세운 백룡의 검이 좌소천의 배후를 노리며 파고들었다.

순간, 좌소천의 신형이 셋 넷으로 갈라지는가 싶더니, 십여 개의 권영이 백룡의 눈앞을 가득 메웠다.

극성으로 금환비영을 펼친 좌소천이 건곤신권의 삼초식을 찰나간에 펼친 것이다.

삼초연환권은 건곤합일에 못지않은 위력을 발휘했다. 더구나 수십 초의 대결 중에 비천사룡이 펼치는 진세의 약점을 파악한 좌소천이었다.

십여 개의 권영이 회오리치며, 일 장 반의 거리를 둔 채 백룡의 검세를 휘감았다.

석 자 앞까지 다가온 검강이 옆으로 미끄러진 순간,

퍼버벅!

백룡이 가슴을 부여잡고 뒤로 튕겨졌다.

둘이 무너지자 금룡과 적룡도 더 이상 견디지 못했다.

채 오 초가 더 지나기도 전이었다.

"허억!"

금라천수와 건곤신권에 온몸을 두들겨 맞은 적룡이 헛바람을 토해내며 뒤로 나가떨어지고, 장포를 난도질당한 금룡이 비칠거리며 황급히 물러섰다.

고오오오······.

다섯 사람의 진기가 공터를 휘돌고는 바람에 실려 천공으로 휘말려 올라갔다.

좌소천은 무진도를 늘어뜨린 채, 우뚝 서서 금룡을 바라보았다.

"그대들이 인정하든 안 하든 상관하지 않소. 나는, 그대들의 인정을 받기 위해 이곳에 있는 것이 아니니까. 그리고 한 가지 더, 나에겐 그대들보다 궁도들이 더 소중하오. 그러니 나를 따르지 않을 생각이거든 오늘 중으로 떠나시오. 내일까지 남아 있다면, 궁도들에게 위협이 된다 생각하고 목숨을 거둘 것이오."

스릉.

무진도가 도집을 찾아들어 갔다.

좌소천은 조금도 아쉬울 것 없다는 표정으로 몸을 돌렸다.

동천옹이 턱에 손을 괸 채 담장 위에 앉아 있다가, 좌소천이 몸을 돌리자 무릎을 쳤다.

탁!

"말 하나는 청산유수다. 캬아!"

무영자가 진즉부터 알고 있었다는 듯 중얼거렸다.

"저 꼬마는 칼보다 입이 더 무섭다니까? 저 말 듣고 어떤 놈이 떠나겠다고 하겠어?"

동천옹과 무영자 옆에 앉아 있던, 대나무처럼 비쩍 마른 노인이 눈을 빛내며 좌소천을 노려보았다.

"강호가 한바탕 난리나게 생겼군요."

"클클클, 이미 난리는 시작되었지."

"얼굴도 잘생겼네."

뜬금없는 말에 동천옹이 비쩍 마른 노인을 흘겨보았다.

"대꼬챙이, 행여나 네 못생긴 손녀딸 생각하고 있으면 일찍 접어. 이미 임자 있는 몸이니까."

"거, 술 들어가는 배 따로 있고, 밥 들어가는 배 따로 있다지 않습니까? 혹시 압니까? 내 손녀를 마음에 들어할지."

"신경 끄라니까. 자네 손녀보다 백배는 이쁜 아이가 궁주 마누라니까."

하지만 비쩍 마른 노인은 생긴 모습대로 곧은 대나무만큼이나 고집이 셌다.

"얼굴만 예쁘다고 다는 아니죠."

"그 애는 심성도 맑고 하는 행동도 아주 착실해."

"그것도 좋지만, 여자란 자고로 밤에……."

"근데 이 자식이……."

끝내 동천옹의 동그랗고 귀여워 보이는 눈이 쭉 찢어졌다.

무영자도 이때만큼은 동천옹의 편을 들었다.

"죽귀(竹鬼), 너 죽을래?"

담장 위에서 노인들이 옥신각신할 때였다. 금룡의 몸이 힘없이 무너져 내렸다.

"금룡이… 궁주를 뵈오."

겨우 몸을 일으킨 적룡이 한숨을 내쉬며 무릎을 꿇었다.

"적룡이 궁주를 뵈오이다."

뒤이어 백룡과 청룡이 합창하듯 입을 열었다.

"백룡이……."

"청룡이 궁주께 인사드리오."

돌아선 좌소천의 입가에 보일락 말락 웃음이 매달렸다.

단순히 뛰어난 고수를 얻어서만이 아니었다.

혁련무천의 그림자가 하나 걷어진 만큼, 장애물도 하나 사라진 것이다.

'이 기회에 담판을 지어야겠군.'

좌소천은 무릎을 꿇은 비천사룡을 내려다보며 담담히 말했다.

"두 시진 후에 봅시다."

그러고는 후원을 빠져나왔다. 금방 멱살이라도 잡을 것처럼 서로를 노려보는 노인들은 그냥 놔둔 채.

'하다 그만두시겠지. 애들도 아니신데……'

2

아침 햇살에 감싸인 천화원은 너무 조용해서 사람 사는 곳 같지가 않았다. 좌소천은 공손양과 도유관과 능야산만 대동한 채 천화원으로 향했다.

그들이 천화원으로 다가가자, 호성당의 무사들이 딱딱하게 굳은 얼굴로 즉시 허리를 숙였다.

"궁주를 뵈옵니다!"

정식 취임은 하지 않았다. 하지만 제천신궁의 모든 사람들에게 좌소천은 이미 하늘이었다.

"기별을 넣어주시오."

"알겠사옵니다!"

일곱 채의 건물이 들어선 천화원 안에 사는 사람은 모두 오십이 조금 넘었다. 전에 비하면 삼분의 일도 안 되는 인원이었다. 그나마도 시비와 천화원 내부를 감시하는 무사들을 뺀 혁련가의 사람들은 서른이 채 되지 않았다.

인원이 적으니 오가는 사람이 거의 없었다. 웃음소리는 이미 사흘 전부터 사라진 상태. 심지어 큰 소리도 흘러나오지 않았다.

좌소천은 천화원의 정원을 가로질러 혁련무천이 기거하고 있다는 천화전으로 갔다.

천화전에는 혁련무천 혼자 책을 보고 있었다. 그는 좌소천의 방문이 뜻밖인지 굳은 얼굴로 책을 덮었다.

좌소천은 태연한 걸음걸이로 혁련무천 앞까지 걸어간 후, 의자를 당겨 앉고 앞을 바라보았다.

단 사흘이 지났을 뿐이다. 그사이 백발이 되어 있는 혁련무천이다.

"찾아뵙는 게 조금 늦었습니다."

좌소천이 먼저 말을 건넸다.

혁련무천은 입을 꾹 닫고 좌소천을 바라보기만 했다.

"제가 원망스러우십니까?"

혁련무천의 눈빛이 잘게 흔들렸다.

원망, 분노, 후회, 허탈함까지. 그의 눈빛에는 많은 것이 녹아 있었다.

"왜 왔느냐?"

"세 가지 요구할 것과 한 가지 제안할 것이 있어서 왔습니다."

허옇게 선 혁련무천의 눈썹이 발에 밟힌 송충이처럼 꿈틀거렸다.

요구할 것만 말했다면 노성을 내지르며 당장 나가라고 했을 것이다. 그러나 그 말에 이어진 '제안'이라는 말이 그로 하여금 분노를 억누르게 했다.

"말해봐라."

"하나는 제천동을 여는 방법입니다."

혁련무천의 몸이 잘게 떨렸다.

제천동은 제천신궁의 진정한 무공이 보관된 곳으로 천화원 내부에 그 입구가 있었다.

좌소천이 제천동을 여는 방법을 알려달라는 말은, 혁련무천의 남은 힘마저 모두 빼앗겠다는 말과 다름없었다.

속에서 분노의 불길이 일었지만, 혁련무천은 대답을 미루고 다음 요구 사항을 물었다.

"또 다른 한 가지는?"

"아버지와 어머니의 영정 앞에 무릎 꿇고 잘못을 빌어주십시오."

이를 악다문 혁련무천이 눈을 내리깔았다.

"세 번째는… 뭐냐?"

"단전을 비워주십시오."

혁련무천이 고개가 번쩍 쳐들렸다.

"네놈이 감히……!"

좌소천은 이미 혁련무천의 반응을 예상했기에 무심한 눈으로 그를 마주 보았다. 매몰차게 느껴질지 몰라도 어쩔 수 없었다.

"어차피 쓰지 못할 무공, 차라리 범인으로 살아가시는 게 나으실 겁니다."

"이미 심마에 들어 내력의 반을 소실한 나다. 한데 그것마저 염려된다는 것이냐?"

사실이 그랬다. 사흘 전의 심마가 본신의 진원진기를 흔들어놓았다. 그 바람에 그는 반에 가까운 내력을 소실했다. 그의 머리가 사흘 만에 백발이 된 데에는 그러한 이유가 있었다.

혁련무천은 파르르 떨며 좌소천을 향해 고함을 치려다, 갑자기 든 생각에 멈칫했다.

"설마 호정이와 호운이도……?"

좌소천은 천천히 고개를 가로저었다.

혁련무천의 눈에 의혹이 떠올랐다.

별다른 위험이 되지 않을 자신에게는 단전을 비우라 하면서, 훗날 자신보다 훨씬 강력한 위협이 될 게 분명한 아들들은 그냥 놔두겠다고 한다.

뭔가 앞뒤가 맞지 않았다.

그때 문득 든 생각.

"제안이란 것이 그럼……?"

좌소천은 혁련무천의 두 눈을 똑바로 바라보았다.

"그 두 사람은 잘못한 것이 없습니다. 있다면, 잘못을 저지른 부모를 둔 것뿐이지요."

"……."

혁련무천의 입이 아교에 달라붙은 듯 떨어지지 않았다.

좌소천은 그런 혁련무천을 바라보며, 가슴 깊숙이 품고 있던 생각을 끄집어냈다.

"믿고 안 믿고는 알아서 할 일입니다만, 저는……."

반 각.

좌소천이 말을 끝내고 입을 다물자, 혁련무천의 몸이 폭풍우를 만난 난파선처럼 흔들렸다.

"너, 너는… 대체……."

좌소천은 몸을 떠는 혁련무천을 놔두고 자리에서 일어났다.

"오늘 자정까지 답을 주시기 바랍니다."

바로 그때였다.

콰당!

방문이 거칠게 열리더니 고함이 터져 나왔다.

"네가 왜 여기를 온 것이더냐! 아직도 훔쳐갈 것이 더 남았더냐?!"

얼굴이 벌게진 혁련호정이었다.

밤새 술을 마신 듯, 그가 가까이 다가오자 숨소리에 섞인 술 냄새가 확 코를 찌른다.

"가져가라! 다 가져가! 하지만 잊지 마라! 나 혁련호정은 아

직 네놈을 인정할 수 없다! 언제고, 언제고 네놈을 꺾고 내 것을 되찾을 것이다!'

으르렁거리는 목소리가 주향과 함께 밀려들었다.

좌소천은 무심한 눈으로 혁련호정을 응시했다.

충격이 컸을 것이다.

한순간에 천하제일의 자리에서 밀려났다. 두 아이를 둔 아버지로서, 남편으로서, 가족과 함께 포로나 다름없는 신세가 되었다. 아마 미칠 것 같은 마음이었을 것이다.

하지만 좌소천의 눈에는 그런 혁련호정의 몸부림이 투정처럼 보일 뿐이었다.

'태어나서 지금까지 사소한 어려움 한 번 없이 자란 당신이 내 마음을 어찌 알겠소?'

아마 혁련호정이 고난 속에 커왔다면, 저렇게 쉽게 흔들리지 않았을 것이었다.

좌소천은 노성을 내지르며 눈에서 불길을 뿜는 혁련호정을 향해 냉랭히 말했다.

"마음대로 해보시오. 그러나 이것만은 알아두시오. 세상은 귀하가 생각하는 것만큼 쉽지 않다는 걸 말이오."

"오냐, 이놈! 두고 봐라! 내 반드시……."

그때다. 혁련무천이 버럭 소리를 내질렀다.

"그만 해라, 호정!"

"아버님, 저놈이……."

"그만 하라지 않느냐?!"

"……."

혁련호정은 시뻘게진 얼굴로 입을 다물었다. 자신보다 더 분노해야 할 혁련무천이 왜 그러는지 모르겠다는 표정을 지은 채.

좌소천은 차가운 눈으로 그를 한번 바라보고 걸음을 옮겼다.

그가 방을 나가려는데, 등에 대고 혁련무천이 나직이 물었다.

"믿어도 되겠느냐?"

좌소천은 가볍게 고개를 끄덕이고는 방을 나왔다.

혁련무천의 입이 다시 열린 것은, 좌소천이 나가고 한참이 지나서였다.

"호승이 상태는 어떠하냐?"

"끊어진 혈맥은 붙었습니다만, 그놈들이 뭘 먹였는지 아직 정신을 차리지 못하고 있습니다."

"으음, 황 당주는 뭐라 하더냐?"

"아무래도 약기운이 머리에 영향을 미친 것 같다면서, 일단은 좀 더 두고 보면서 손을 쓰자고 합니다."

"후우……."

혁련무천의 입에서 한숨이 흘러나왔다. 천하를 호령하던 그의 입에서 한숨이 흘러나오자, 혁련호정이 입술을 깨물며 물었다.

"놈이 뭐라고 했습니까? 뭐라고 했기에 아버님께서 그런 표정이신 겁니까?"

혁련무천은 눈꺼풀을 파르르 떨며 혁련호정을 바라보았다.

"오늘부터 술을 마시지 마라. 그 이유는… 곧 알게 될 것이다. 그가 직접 말할 테니까."

"……?"

3

서신을 내려놓은 사도철군은 의자에 깊숙이 몸을 묻었다.

"어떻게 생각하느냐?"

"주군의 마음과 같습니다."

"쿵. 내 마음을 다 들여다보다니, 어디 무서워서 살겠나?"

짐짓 콧소리를 내며 흘겨보는 사도철군이다.

백리도운은 빙긋이 웃으며 자신의 생각을 말했다.

"속하의 생각으로는, 일차 출정에 대공자를 보냈으면 합니다, 주군."

"진무를?"

사도철군은 눈을 들어 백리도운을 바라보았다.

백리도운은 못 본 척 말을 이었다.

"이런 기회가 아니면 언제 천하를 질타해 보겠습니까? 더구나 좌 궁주와 함께 다니다 보면 대공자께서도 많은 것을 깨닫게 되실 겁니다."

"그거야 뭐……."

사도철군은 못마땅한 표정을 지으며 고개를 돌렸다.

사실 자신이 가고 싶었다. 지루하게 성 안에 처박혀 있느니, 강호에 나가 자신의 웅심을 펼치고 싶었다. 그런데 백리도운이 사도진무를 보내자고 하자 골이 난 것이다.

백리도운은 작정한 듯 사도철군의 속을 박박 긁었다.

"솔직히 말해서, 좌 궁주와 함께 출정하시면 주군께선 좌 궁주의 들러리 역할을 할 수밖에 없게 될 겁니다."

사도철군은 의자에서 등을 떼고 벌떡 몸을 세웠다.

"그 말, 진심으로 하는 소린가? 감히 그런 말을 하다니! 도운, 네가 그런 말을 했을 때는 그만한 이유가 있을 터! 나를 납득시켜라! 만일 허튼소리로 나를 놀리려 했다면, 내 용서치 않을 것이다!"

싸늘한 눈빛이 백리도운의 눈에 꽂혔다.

하지만 백리도운은 꿈쩍도 않고 사도철군의 눈을 똑바로 바라보았다. 그리고는 사도철군의 마음을 긁다 못해 심장을 푹푹 찔렀다.

"제천전에 단신으로 들어가 제천신궁을 거머쥔 좌소천입니다. 듣기로는 제천무제와 잠룡공자를 혼자서 상대하고도 밀리지 않았다 합니다. 과연 주군께서는 그렇게 할 수 있으시겠습니까?"

사도철군의 눈에서 시퍼런 광채가 흘러나왔다.

백리도운은 오금이 저리는 상황에서도 끝까지 입을 열었다.

"저를 죽이신다 해도, 사실은 사실입니다."

순간 사도철군이 털썩 의자에 몸을 묻었다. 금방이라도 눈알을 터뜨릴 것 같던 안광도 거짓말처럼 사라졌다.

"큼. 그놈의 고집은……."

백리도운은 내심 안도하며 숨을 몰아쉬었다.

모험이라면 모험이었다. 사도철군의 성격을 몰랐다면 감히 시도조차 할 수 없었던 모험.

백리도운은 자신의 모험이 성공하자 다음 계획을 털어놓았다.

"그리고 주군께서는 이차 출정에 나서십시오."

"이차 출정을?"

사도철군의 표정이 조금 풀어졌다.

백리도운이 넌지시 말을 이었다.

"천하의 형세를 좌우하는 일에 주군께서 빠지면 안 될 말이지요. 일차 출정에 좌 궁주가 수장으로 나갔으니 이차 출정에선 주군의 앞을 막을 사람이 없습니다. 그러니 주군께선 이차 출정의 수장이 되어 천하에 주군의 위엄을 알리십시오."

"흠, 그건 좀 괜찮군."

사도철군의 표정이 완전히 풀어졌다.

마치 자신이 천하의 주인이라도 된 듯한 표정이었다.

백리도운은 웃음을 참고 한번 더 사도철군의 마음을 허공으로 띄워주었다.

"사실 좌 궁주 같은 괴물만 아니라면 누가 감히 주군 앞을 막겠습니까?"

"험, 뭐 꼭 그렇지는 않지만……. 그래, 본 성의 위엄을 알리려면 한가락 하는 놈들을 보내야 할 텐데, 일차 출정에는 어떤 놈들을 딸려 보낼 생각인가?"

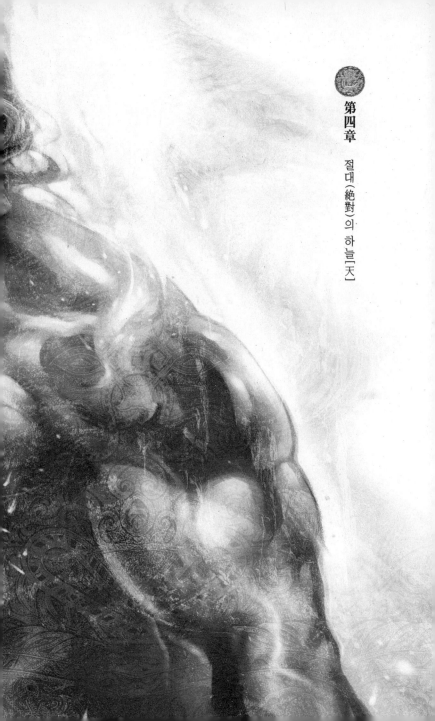

第四章

절대(絶對)의 하늘[天]

絶對天王

제천신궁의 주인이 바뀐 것쯤은 신경 쓸 것도 없다는 듯 황강산에서 부는 바람은 변함이 없었다.

둥! 둥! 둥!

바람을 타고 북소리가 울린 것은 혁련무천이 궁주 위에서 물러난 지 칠 일째 되던 날이었다.

정오의 북소리가 울린 지 반 시진 후.

좌소천은 공손양을 대동한 채 제령전으로 들어섰다.

제령전 안에 앉아 있던 사람들이 자리에서 일제히 일어섰다.

사단과 내오당, 외오당의 주인들은 물론이고, 신검장과 광한방을 비롯해 외부 세력의 수장들 일곱. 그리고 십구지부(十

九支部)의 지부장들 중 열다섯 명이 모인 상황이었다.

연락을 받고도 불참한 자들은 남양과 당하, 각산, 등주 등, 신양 북쪽의 지부장들뿐이었다. 그들은 혁련무천의 심복으로 아직 명확한 입장을 밝히지 않고 있었다.

좌소천은 공손양과 함께 맨 앞의 상석으로 가서 앉았다.

모든 사람들이 자리에 앉자 좌소천의 입이 열렸다.

"대충 정리가 된 것 같군요."

격전 와중에 중상을 입거나, 죽어 공석이 된 자리에 새로운 책임자들이 임명되었다.

제천단은 황창안, 패천단은 악청백, 호성당은 조철신, 명혼당은 단사용. 그리고 밀천단은 새로운 군사인 공손양을 주인으로 맞이했다.

비록 반강제이긴 했지만, 혁련무천이 순순히 궁주의 위를 내놓고 물러났기에 별다른 마찰은 생기지 않았다.

"이제 앞날을 위해 머리를 맞대봅시다."

좌소천의 말이 떨어진 순간, 기다렸다는 듯 이광이 물었다.

"궁주, 북쪽 지부에 대해선 어찌 처리할 생각이신지……?"

"걱정하실 것 없습니다. 혁련 궁주가 물러난 이상 그들은 기댈 언덕이 필요할 겁니다. 놔두면 저절로 고개를 숙이고 들어오지 않을 수가 없게 될 것입니다."

"전 궁주나 대공자가 그들을 부추기면 반기를 들지도 모르오, 궁주."

"아마 그럴 여유가 없을 겁니다."

좌소천의 확신에 찬 대답에 사람들이 일제히 좌소천을 바라보았다.

공손양이 조용히 입을 열었다.

"무림맹이 남양과 등주, 방성을 압박하게 될 겁니다. 이미 주군과 사전에 협의가 된 만큼 지금쯤은 그 일이 진행되고 있을 것입니다."

장내가 웅성거렸다.

"설마 그 세 곳을 무림맹에 넘겨주겠다는 말씀은 아니시겠지요?"

좌소천이 직접 말했다.

"넘겨줄 생각입니다."

그 말에 웅성거림이 멎었다. 간부들은 이해할 수 없다는 표정을 지은 채 좌소천을 쳐다보았다.

"본 궁의 북서 경계는 앞으로 당하와 심양이 될 것입니다."

"궁주, 그것은……?"

"애써 얻은 곳을 그냥 넘겨주다니요? 재고해 주시지요, 궁주!"

웅성웅성…….

간부들의 목소리가 커졌다. 하지만 좌소천은 변함없는 표정으로 말을 이었다.

"대신 북동부의 경계를 회양과 박주까지 늘릴 작정입니다."

웅성거림이 갑자기 뚝 멈췄다.

"회, 회양과 박주라 하셨습니까?"

이광이 호안을 크게 뜨고 물었다.

회양과 박주를 얻을 수 있다면 남양이나 방성은 아무것도 아니었다.

북(北)으로는 하남 중부까지 치고 올라가고, 서(西)로는 그 동안 손을 대지 못했던 안휘로 들어간다는 말이었다.

물론 뜻이 있다고 해서 덥석 집어먹을 수 있는 곳은 아니었다.

그곳까지 진출하기 위해서는 적지 않은 곳과 마찰을 빚어야만 했다. 그리고 더 큰 문제는 무림맹의 간섭이었다.

그것을 누구보다 잘 아는 단목연호가 물었다.

"무림맹이 그냥 놔두겠소이까?"

"그래서 남양과 방성을 포기하기로 한 것입니다. 혁련 궁주는 협상을 맺은 천외천가가 섬서를 치는 사이 평정산과 노산까지 치고 올라가 무림맹 코밑까지 얻을 계획이었지요. 그러나 그것은 천외천가가 동료이고 무림맹이 적이었을 때 이야깁니다."

좌소천의 목소리가 조용히 장내에 울려 퍼졌다.

"우리가 남양과 방성을 포기하면, 무림맹은 우리 쪽을 신경 쓰지 않고 무사들을 천외천가를 상대하는데 돌릴 수 있습니다. 그리고 우리는, 그 대가로 회양과 박주를 얻는 것이지요. 남양과 방성을 내어준 이상 무림맹도 더 이상 관여하지 않을 것입니다."

둘을 내어주고, 적어도 다섯은 얻는 격이었다.

더구나 북동부가 북서부에 비해 훨씬 발전 가능성이 많았다. 다섯이 아니라 열이 될 수도 있다는 말이다.

그런데도 무림맹이 눈감아주는 것은, 그곳이 무림맹의 주력을 이루는 구파오가와 멀리 떨어져 있기 때문이다.

장내의 간부들은 좌소천의 계략에 혀를 내둘렀다.

단순히 친구와 적이라는 관계를 바꾸기만 했을 뿐이다. 그러나 그러함으로써 얻고 잃는 것은 천양지차였다.

절대의 패주!

그러한 현실이 눈앞에 다가온 것처럼 느껴진다.

심장이 벌떡거리며 뛰었다.

주체할 수 없는 호기에 소리라도 내지르고 싶었다.

사람들은 두근거리는 자신의 심장박동이 남의 귀에 들릴까봐 숨을 들이쉬어 마음을 진정시켰다.

한참만에야 숨을 고른 단목연호가 조심스럽게 입을 떼었다.

"한데, 천화원에 대해선 어떻게 하실 생각이시오?"

말로는 천화원에 대해 묻지만, 실상은 혁련무천과 혁련호정을 그대로 놔둘 것이냐 하는 물음이다.

혼자의 생각이 아닌 듯했다. 다른 사람들이 그에게 물어볼 것을 강요한 듯했다.

천화원에 있는 혁련가의 인원은 모두 오십여 명. 여자가 삼십여 명이고, 남자는 이십여 명이었다.

그중 일류 이상의 고수로 분류되는 자는 모두 아홉 명.

좌소천은 조철신을 호성당의 신임 당주로 임명하고, 일백의 무사를 파견해 그들을 감시토록 했다.

한데도 단목연호가 그런 질문을 했다는 것은, 그것만으로는 안심할 수 없다는 뜻이었다.

좌소천은 한마디로 잘라 자신의 생각을 피력했다.

"천화원은 제천신궁의 한 조각일 뿐입니다. 앞으로는 그들 역시 제천신궁의 일원으로서 움직여야 할 것입니다."

사람들의 눈이 커졌다.

자신들은 혁련무천과 혁련호정의 꿍꿍이를 염려하고 있는데, 좌소천은 그들을 단순히 제천신궁의 일부로 생각하고 있다.

한데 그것뿐만이 아니었다.

"나는 혁련호정을 북벌의 수장 중 한 사람으로 삼을 생각입니다."

연속되는 충격에 대부분의 사람들이 아연한 표정을 지었다.

"궁주, 그건 너무 위험합니다! 반감을 가지고 있는 그를 전면에 내세우다니요!"

이광이 결사적으로 반대하고 나섰다. 단목연호는 물론이고, 호연금 등 나머지 사람들도 마찬가지였다.

"그것만큼은 심사숙고해 주시오, 궁주!"

"말도 안 됩니다! 그는 너무 위험한 자이옵니다!"

좌소천이 사람들을 둘러보며 낭랑히 말했다.

"여러분의 생각을 모르는 바는 아닙니다. 그러나 이것만은 알아두십시오."

좌소천의 맑고 힘있는 목소리가 고막을 흔들자 사람들이 조용해졌다.

그사이로 좌소천의 목소리가 흘렀다.

"누구든 능력만 있다면, 수하들의 인정을 받을 수 있다면, 다음 대 궁주가 될 수 있을 것입니다. 거기에 예외는 없습니다. 혁련호정은 죄인이 아닙니다. 단지 잘못을 저지르고 물러난 전대 궁주의 아들일 뿐이지요. 하니 혁련호정도 자격이 있다고 봐야 할 겁니다. 하기에 그에게도 능력을 발휘할 기회를 주고자 하는 것이지요."

숨이 턱 막혔다.

머릿속에서 불꽃이 폭발하는 기분이었다.

설마 좌소천이 그러한 생각을 가지고 있을 줄은 몰랐다는 표정들이다.

하긴 천하의 어떤 패주가 누가 그런 생각을 가지고 있을까.

자식들, 가족들, 하다못해 제자가 대를 잇는 것이 관행처럼 되어온 강호가 아니던가!

"구, 궁주……."

이광이 말을 더듬었다. 그의 성격을 생각하면 의외였지만, 누구도 말을 더듬는 그를 이상하게 보지 않았다.

좌소천은 입만 벙긋거리는 이광을 바라보았다.

"정 그가 걱정이 되신다면, 이 단주께서 북벌의 총 수장이 되어 이끌어주시면 되지 않겠습니까?"

순간 이광의 눈이 튀어나올 듯이 크게 떠졌다.

그의 나이 육십셋. 만월평의 혈전 이후 전각에 틀어박힌 지 십 년이 다 되어간다.

죽기 전에 한 번쯤 강호에 나가 칼바람 속을 뛰어다니고 싶었다.

그러나 생각뿐이었다. 남들이 주책 떤다고 할까 봐 말도 꺼내지 못했다.

한데 북벌의 수장을 맡으라며 멍석을 깔아주질 않는가.

이광은 벌게진 얼굴로 자리에서 일어났다.

그때 단목연호가 먼저 입을 열었다.

"험, 궁주. 그 일을 내가 하면 어떻겠소?"

이광이 버럭 소리 질렀다.

"어허! 단목 전주! 궁주께서 나에게 물었지 않소!"

"그야 이 단주가 싫어하는 것 같아서 말한 것이 아니외까?"

"내가 언제 싫다고 했소!"

갑자기 조용하던 장내에 불꽃이 튀었다.

어이없는 이유로 두 노익장이 눈싸움을 하자 사람들은 꿀먹은 벙어리처럼 입을 열지 못했다.

좌소천은 그들을 바라보며 나직하면서도 힘있는 목소리로 말했다.

"하나, 북벌에 앞서 천외천가를 먼저 제거할 것입니다. 악의 씨앗인 천해 역시."

눈싸움을 하던 이광과 단목연호가 슬며시 자리에 앉았다.

바로 그때, 좌소천이 마지막 충격을 던졌다.

"그리고 그들을 제거하고 돌아오는 날, 나는 우리가 이룬 하늘의 이름을 바꿀 겁니다."

자리에 앉은 이광과 단목연호가 동시에 휙 고개를 돌렸다.

사람들도 잔뜩 긴장한 채 좌소천을 주시했다.

좌소천은 무겁고도 힘있는 목소리로 새로운 하늘의 탄생을 알렸다.

"새로운 하늘의 이름은, 절대의 하늘! 절대천성(絶對天城)이 될 것입니다!"

쿠구궁!

심장이 터질 것 같은 충격에 사람들이 일제히 눈을 홉떴다.

절대천성!

전설이 될 그 이름이 처음으로 세상에 알려진 순간이었다.

2

산허리에 감긴 안개가 황금빛으로 물들어가는 미시 무렵.

태백산 천선곡 천궁전에 십여 명이 모여들었다. 그들은 갑자기 전해진 한 가지 소식에 침 삼키는 것조차 참고 상석을 바라보았다.

"놀랍군. 정말 놀라워. 그놈이 제천신궁을 집어삼킬 힘을 키울 때까지 아무도 모르고 있었다니 말이야."

"솔직히 보고를 받고도 믿을 수가 없을 지경입니다, 가주."

"하긴 혁련무천조차 눈뜨고 당했거늘……."

순우연은 설레설레 고개를 젓고는 순우기정을 바라보았다.

"조금 급하게 되었군."

"어쩌면 기회일지도 모릅니다."

"기회라······."

"내부를 정비하려면 시간이 걸릴 것입니다. 그전에 두 번째 계획을 실행에 옮겼으면 합니다."

"흠······."

콧소리를 내며 반쯤 감은 순우연의 눈빛이 깊어졌다.

순우기정이 빠르고 나직하게 말을 이었다.

"천해가 함께 움직인다면, 굳이 혁련무천의 도움이 없어도 충분합니다, 가주."

"천해가 나오려면 아직 보름 정도 남았지 않은가?"

"상황이 급해졌으니 당겨야지요."

"당긴다?"

순우연은 팔걸이를 톡톡 치고는, 어느 순간 조용히 웃음 지으며 고개를 끄덕였다.

"그것도 괜찮은 생각이군. 좋아, 내가 그들을 끌어내지."

그러고는 앞에 앉은 십여 명의 각 단체 수장들을 향해 눈을 돌렸다.

"들었소? 천해가 나오면 곧바로 두 번째 계획을 실행에 옮길 것이오. 섬서 전체에 본가의 깃발이 꽂히는 날, 우리 모두 장안에서 술 한잔하며 천하를 향해 나아갈 계획을 짜봅시다."

수장들이 일제히 일어나며 순우연을 향해 손을 맞잡고 허리를 숙였다.

"천외천가의 영광을 위하여!"

"가주께서 천하의 주인이 되시는 그날을 위하여!"

천해의 노야가 순우연을 찾아온 것은 저녁 무렵이었다.

그는 순우연으로부터 사정을 전해 듣고 눈살을 찌푸렸다.

하지만 급박하게 흘러가는 상황을 생각하면 순우연의 말도 틀리지 않았기에 순순히 대답했다.

"정 가주의 생각이 그렇다면 내 말씀은 드려보겠소. 하나, 해주께서 어떤 결정을 내리실지는 나도 장담할 수 없으니 그리 알고 있으시오."

"하루가 늦어지면 그만큼 많은 피해를 보게 됩니다, 노야. 천하를 상대로 싸워야 할지 모르는데, 최대한 피해를 줄여야 하지 않겠습니까? 해주께 그 사실을 잘 좀 말씀드려 주십시오."

"으음, 어쨌든 뜻밖이구려. 혁련무천이 그렇게 쉽게 무너지다니."

"아마 천하의 누구도 예상치 못했던 일일 것입니다."

"오래전에 제거했으면 이런 일도 없었을 텐데……. 하다못해 놈이 금라천의 후예라는 것이 알려졌을 때만 제대로 처리했어도 어찌 이런 일이 벌어졌겠소?"

순우연의 사람 좋아 보이는 얼굴이 살짝 이지러졌다.

노야의 말뜻을 아는 까닭이다.

진즉 좌소천에 대한 처리를 자신에게 맡겼으면 일이 어찌 이리 되었겠느냐? 하는 질타였다.

두 번이나 실패한 순우연으로선 할 말이 없었다. 그렇다고 모든 것을 자신의 잘못만으로 돌린 채 고개를 숙이고 싶지도 않았다.

"저도 지금은 후회하고 있습니다. 설마 삼혼마저 실패할 줄이야······. 아마 천해제일의 살수라는 귀암이 갔어도 성공하기 힘들었을 것이라는 것이 저희의 생각입니다."

너희가 했어도 별수없었다. 그러니 잔말 말아라, 그런 말이다.

노야는 내심 냉랭히 코웃음 치면서도 겉으로는 모른 척했다.

"좌우간 든든했던 우군이 치명적인 적으로 돌변했으니 참으로 큰일이구려. 어쩌다 일이 이 지경으로 되었는지······."

거기에 대해서만큼은 순우연도 대꾸하지 못했다.

노야는 혀를 차며 자리에서 일어났다.

"쯔쯔쯔, 해주께서 보통 실망이 아닐 텐데······. 이만 가보겠소."

순우연은 그런 노야를 바라보며 이를 지그시 깨물었다.

'너구리 같은 늙은이.'

돌아서는 노야의 입가에 옅은 비웃음이 걸렸다.

'애송이, 네놈이 아무리 뛰어도 본 해의 발밑에 있다는 것을 알아야 할 것이다.'

노야는 석문 앞에 서서 문이 열리기만을 기다렸다. 발밑을
지나가는 벌레 한 마리를 슬며시 문지르며.

쿠르르르!

그때 두께 다섯 자의 석문이 천천히 옆으로 밀려났다.

노야는 천천히 한쪽 무릎을 꿇고, 안에 대고 순우연과 나눈
이야기를 보고했다.

그의 보고가 끝나자 석실 안에서 심혼을 짓누르는 목소리가
흘러나왔다.

"그래? 닷새 후라……. 그것도 나쁘지 않군."

석실 안은 그리 어둡지 않았다. 그러나 보이는 것은 온통 붉
은 안개뿐이었다.

"하오나, 해주님의 연공이 아직……."

노야는 염려가 가득 담긴 목소리로 간접적인 반대 의사를
밝혔다.

자신이 아는 한, 해주가 연공을 마치려면 최소한 보름은 더
있어야 했다. 어쩌면 천외천가에서 진정으로 원하는 건, 해주
의 연공을 방해하는 것일지도 몰랐다. 그는 그것이 염려된 것
이다.

"우후후후후……."

그때 석실 안에서 나지막한 웃음이 흘러나왔다. 고막을 흔
드는 웃음소리는 서서히 석실과 통로를 잠식하더니, 절대지경
에 다다른 노야의 고막마저 흔들었다.

'허엇!'

그가 급히 공력을 끌어올린 채 웃음소리에 대항할 때다. 안에서 해주의 목소리가 다시 흘러나왔다.

"걱정 말아라. 나의 연공은 이미 보름 전에 끝났다, 척발조."

"해, 해주? 하오시면……?"

"혹시 몰라서 한 달의 여유를 두었을 뿐이야."

"오오오오!"

"후후후후, 그 사실을 모르는 한 순우연은 자기 발등을 찍을 수밖에 없게 될 것이다."

노야, 척발조가 그 자리에서 넙죽 엎드렸다.

"과연, 과연 해주시옵니다!"

"가서 사사에게 일러라. 내일 아침, 본좌가 직접 회의를 주관할 것이니라."

"예, 해주!"

척발조는 몸을 반쯤 일으키고서, 뒷걸음질로 석실에서 멀리 물러났다.

그가 사라진 직후, 붉은 안개를 헤치고 한 사람이 걸어나왔다.

사방에 박힌 붉은 야명주 때문인지 붉게 보이는 머리카락이 허리까지 늘어진 그는 이제 마흔 정도로 보였다.

칼날을 뚝 부러뜨려 붙여놓은 것 같은 두 눈. 우뚝 솟은 코. 선이 굵게 각진 얼굴.

그 아래로 벌거벗은 그의 몸은 마치 석공이 섬세하게 조각을 한 듯 완벽에 가까웠다.

더구나 그의 가슴에 새겨진 타오르는 불꽃 문양은, 그의 모습을 더욱 신비스럽게 만들어주었다.

가슴의 불꽃 문양은 인위적인 것이 아니었다. 그가 익힌 절대의 마공이 극한에 이르렀음을 증명하는 것이었다.

천 년 만에 절대의 마공을 극성으로 익힌 유일인이 바로 그인 것이다.

하기에 그는 천하에 자신의 적수가 없음을 자신하고 세상으로 나갈 생각을 한 것이기도 했다.

"이제 천하는 나, 공야황과 천해의 위대함을 알게 될 것이다. 천외천가는… 그 선봉에서 우리의 손발 역할만 해주면 돼. 하인이란 원래 그런 것이니까. 후후후후……."

3

삼천 리 길을 달려 태백산에 도착한 것은 제천신궁을 떠난 지 칠 일 만이었다.

가마꾼들의 경공이 뛰어나 흔들림은 거의 없었다. 더구나 가식이든 진실이든, 순우무종이 세심하게 살펴줘서 별다른 불편도 느끼지 못했다.

그래도 오랜 여행은 무공을 일류 수준까지 익혔다는 혁련미려조차 피곤하게 만들었다.

하지만 그것은 아무래도 좋았다. 피곤이야 운기행공 몇 번 하면 풀릴 테니까.

정작 혁련미려를 힘들게 한 것은 자신의 처지였다.

마치 팔려온 것처럼 느껴지는 마음.

그녀는 아버지가 원망스럽기도 했다. 꼭 그렇게 할 수밖에 없었는지. 자신을 이 먼 곳으로 보내야 했는지.

그녀는 그런 생각이 날 때마다 눈물이 나오려는 것을 가까스로 참고 섬섬옥수를 꼭 쥐었다.

아직 끝난 것이 아니었다. 지금은 단지 예비 신부로서 천외천가를 방문한 것에 지나지 않았다.

사흘 후면 제천신궁으로 돌아간다. 돌아가면 아버지에게 말할 것이다. 절대 천외천가로 시집가지 않겠노라고.

한데 그것도 잠시였다.

천외천가에 도착한 지 채 두 시진이 지나기도 전, 혁련미려는 넋을 잃고 말을 잊었다.

몸을 씻고 차를 마시는데 순우연에게 갔던 순우무종이 돌아왔다. 그는 잔뜩 짜증을 내더니, 비웃음 가득한 어조로 말했다.

"제천신궁이 무너졌다는구려. 좌소천이라는 애송이에게 말이오. 그 양반도 참, 수하를 어떻게 관리했기에 그런 애송이에게 무너진단 말이오?"

그러더니 눈을 가늘게 뜨고 혁련미려의 몸을 훑어보았다.

"그래도 당신이나마 구했으니 다행이 아니겠소? 아마 당신

아버지도 내게 고마워할 거요. 후후후후."

뱀이 훑고 지나가는 듯했다.

혁련미려는 그동안 보여주었던 그의 행동이 얼마나 가식된 것이었는지를 깨닫고 몸서리가 쳐졌다.

그때 순우무종이 음험한 표정을 지으며 말을 이었다.

"이제 돌아갈 곳도 없으니, 이곳이 당신 집이다 생각하고 사시오, 미려."

혁련미려는 비집고 나오려는 비명을 목구멍 안으로 밀어 넣고 이를 악물었다.

'그럴 수 없어! 절대 그럴 수 없어!'

제천신궁이 무너진 것도 충격이었다.

좌소천에게 무너졌다는 것은 더욱 큰 충격이었다.

그러나 그것은 수천 리 밖의 상황. 실감이 나지 않았다.

오히려 자신이 천외천가에 갇혀서 몸서리쳐지는 자와 함께 살아야 할지 모른다는 것이, 그녀에게는 더 큰 충격을 주었다.

'나갈 거야! 어떻게든 나갈 거야! 나가서 어떻게 된 것인지 내가 직접 알아볼 거야!'

4

제천전이 무너진 지 보름.

하늘이 쩍쩍 갈라지고 천둥벼락이 쳤다.

전 중원이 지진이라도 난 듯 흔들리며 요동쳤다.

닷새 전부터 떠돌기 시작한 소문 때문이었다.

―제천신궁의 주인이 바뀌었다!

―제천무제 혁련무천이 물러나고 좌소천이 궁주가 되었다!

―권력 싸움에서 혁련무천이 밀렸다고 한다!

―알고 보니 좌소천이 바로 호남에서 태풍을 일으킨 구포방의 주인이라고 한다!

―전마성의 성주 철혈마제 사도철군이 좌소천과 동맹을 맺었다고 한다!

정확한 사정은 알려지지 않았다. 헛소문이 아니냐는 의심의 눈길도 있었다.

그러나 그러한 소문이 도는 데도 제천신궁이 조용한 걸로 봐서 사실일 거라는 주장이 지배적이었다.

혁련호운이 그 소식을 들은 것은 소영령과 함께 산을 내려와 송집(宋集)이라는 마을의 객잔에서 식사를 할 때였다.

혁련호운은 따라놓은 술잔을 잡고 한참 동안 움직이지 못했다.

'무, 무슨 말이지? 제천신궁의 주인이 바뀌었다니?'

처음에는 헛소리라 생각했다.

자신이 궁을 나선 지 얼마나 되었다고 주인이 바뀐단 말인가.

한데 여기저기서 똑같은 말이 들려온다. 아무래도 사실인 것 같았다.

그나마 다행이라면 아버지와 형이 죽지 않았다는 말이었다.

'소천 형이 아버지를 몰아냈다고?'

자신도 좌소천과 혁련무천과의 관계가 순탄치 않다는 것은 알고 있었다. 하지만 이러한 일이 벌어질 정도라고까지는 생각하지 않았다. 누가 뭐래도 백부와 조카 사이가 아닌가.

그런데 그게 아닌 것 같다.

뭔가가 더 있는 것 같다. 서로의 목에 칼을 겨눠야 할 정도의 뭔가가.

'사실을 정확히 알아봐야겠어.'

그는 앞에 앉은 여인을 바라보았다.

옷을 찢어 얼굴을 가린 여인. 그는 눈앞의 여인과 동굴을 떠나 닷새 동안 동행했다.

자신조차 범접하기 힘들 만큼 싸늘한 표정의 여인은 이름을 '령'이라고만 밝혔다. 그러면서 죄인이라고 했다.

혁련호운은 신비한 여인의 이름이 '령'이든 뭐든, 죄인이든 아니든 상관없었다.

그저 그녀와 함께 있는 것이 즐거웠고, 그녀의 옆에 있을 때만큼은 세상 모두를 가진 것 같은 기분이 들었다.

그는 이대로 영원히 둘이서 여행이나 했으면 하는 마음이었다. 그리고 실제로 그럴 생각이었다.

그러나 이제는 그럴 수가 없었다.

"저기……. 령 낭자."

혁련호운이 어렵게 말문을 열었다.

"괜찮다면 잠시 나와 함께 신양으로 가지 않겠소?"

묵묵히 고개를 숙이고 있던 소영령이 고개를 들었다.

그녀는 혁련호운의 정체를 정확히 알지 못했다. 하지만 혁련호운의 정체를 짐작하는 것은 그리 어려운 일이 아니었다.

혁련 성에 초절정의 무위.

이제 이십대 초반의 나이에 초절정의 경지에 다다른 고수를 길러낼 곳이 천하에 얼마나 될까. 게다가 제천신궁에 대한 이야기를 듣더니 안색이 확연하게 달라진다.

'제천신궁의 사람이었던가?'

그뿐이 아닐지도 몰랐다. 어쩌면 혁련무천과 매우 가까운 사이일 것이 분명했다.

'그의 아들일지도······.'

그녀는 입을 닫은 채 혁련호운을 바라보았다.

"어차피 이제는 헤어져야 할 때가 되었어요. 당신은 당신대로, 나는 나대로 갈 길을 가면 되니 마음 쓰지 말아요."

"잠깐이면 되는데······."

안타까움이 가득한 눈으로 바라보는 혁련호운이다.

소영령은 이를 지그시 깨물고 고개를 저었다.

"그냥 잠깐 스쳐 간 사람이라 생각하세요."

항상 듣던 싸늘한 목소리다. 하지만 혁련호운은 그녀의 목소리가 예전과 다르게 느껴졌다.

"내 어찌 낭자를 스쳐 간 사람처럼 생각할 수 있겠소? 그것은 나더러 강물에 머리를 처박고 죽으라는 말과 다름없소."

소영령이 슬며시 고개를 돌렸다.

그녀도 자신의 목소리가 전과 다르다는 것을 모르지 않았다. 그만큼 혁련호운은 그녀에게 잘해주었다.

넋 나간 그녀를 위해 사냥을 해오고, 고기를 굽고, 물까지 떠다 받쳤다. 그러면서 좌소천 생각에 슬픔이 밀려들면, 귀신같이 알아채고 온갖 장난스런 표정을 지으며 어떻게든 그녀의 얼굴에서 슬픔을 걷어내려고 했다.

가끔은 그 바람에 웃을 뻔 한 적도 있었다. 속마음까지 얼어붙은 신녀인 자신이 말이다.

집안의 혈겁 이후, 무은도에서 생활할 때를 빼곤 처음으로 느껴본 따뜻한 감정.

혁련호운은 자신에게 그런 감정을 느끼게 해준 세 번째 남자였다.

좌소천과 사부, 그리고 혁련호운.

사실 처음에는 혁련호운의 동행이 달갑지 않았다. 그냥 갈 길을 가라며 싸늘히 소리쳐 화를 내기도 했었다.

그런데도 부상당한 자신을 혼자 보낼 수 없다면서 혁련호운이 막무가내로 따라붙었다.

그게 벌써 열흘째다.

소영령은 막상 혁련호운과 헤어진다 생각하자 이상한 기분이 들었다.

하지만 이 이상은 허락할 수 없었다. 이제 몸도 거의 다 나은 상태였다.

마지막이 될지도 모르지만, 그녀는 자신을 위해 목숨을 바친 정한녀들을 위해 섬서로 가야 했다.

물론 부모님에 대한 복수를 생각해 보지 않은 것은 아니다. 그 일부터 해결하고 태백산으로 갈 생각조차 했었으니까.

그런데 며칠 전 소문을 들었다.

호남에 나타났다는 강호제일의 신궁에 대한 소문을.

탈혼신궁(奪魂神弓) 소광섭.

신검장과 광한방에 찾아간 숙부가 펼친 궁술에 천하가 엄지를 치켜들었다.

—호남에 천하제일궁이 나타났다!

숙부가 부모님의 한을 갚기 위해 나왔다. 그리고 복수를 했다.

광한방과 신검장을 멸망시키지는 않았지만, 숙부의 손에 수십 명의 고수들이 죽었다. 그중에는 신검장의 총관 설위진도 있었고, 광한방의 장로들도 있었다.

심지어 광한방주 섭정산과 군사인 섭양산조차 탈혼마궁에 부상을 당하고, 그나마도 섭정산은 신비고수의 손에 팔이 잘렸다고 한다. 좌소천에게 말이다.

결국 유서 깊은 두 문파는 수백 명의 무사를 잃고, 제천신궁의 지부로 전락하고 말았다.

물론 완벽하진 않다. 정말 당시의 범인들이 다 죽었는지도 확실하지 않다. 그러나 범인에 대해 아는 건 숙부다. 알아서 처리했을 터, 그곳은 우선 그것으로 되었다.

'숙부, 미안해요. 모든 걸 숙부에게만 맡겨서……'

달려가서 숙부를 만나고 싶었다. 만나서 그간 살아온 이야기를 듣고 싶었다. 그러나 그걸 듣다 보면 떠날 수 없을지 모른다.

자신이 누군 줄 알면 숙부는 절대 떠나보내려 하지 않을 테니까. 소천 오빠는 더더욱 그럴 것이다.

두 사람의 만류를 뿌리치고 떠날 수 있을까?

쉽지 않을 것이다.

'가야 돼! 마음이 흔들려선 안 돼! 한탄곡에 떨어진 이후의 목숨은 내 것만이 아니잖아?'

한 서린 여인들의 얼굴이 어른거린다.

사지가 잘린 몸으로 적을 가로막으며 외치던 그녀들의 목소리가 아직도 귀에 쟁쟁하다.

"신녀시여! 저희들의 한을 풀어주소서!'

그래서인가, 그녀의 목소리가 여느 때보다 차갑게 가라앉았다.

"여기서 끝내요."

혁련호운이 버럭 소리를 질렀다.

"그럴 수는 없소! 그럴 수는……! 내 어찌 당신을 잊는단 말이오? 그것은 죽음보다 더한 형벌이 될 것이오. 당신은 정말 내가 그런 형벌을 받고 평생을 괴로워하다 죽길 바라는 것이오?"

절절한 목소리가 혁련호운의 입술 사이로 떨려 나온다.

소영령은 자신도 모르게 이를 악물었다.

"나는… 내년까지 살 수 없을지도 몰라요. 그러니 잊어요."

더는 참을 수 없었다. 이 자리에 있으면 무슨 말이 나올지 몰랐다.

소영령은 자리에서 벌떡 일어나 거침없이 발길을 객잔 밖으로 돌렸다.

뒤에 대고 혁련호운이 소리쳤다.

"어디로, 어디로 가는 것이오?! 내 최대한 빠른 시일 내에 찾아가겠소!"

차라리 말을 하지 말았어야 했을지도 몰랐다.

하지만 소영령의 목에서 저절로 목소리가 새어 나왔다.

"…태백산……"

공연히 말했다는 후회에 찬 마음이 그녀의 발걸음을 재촉했다.

혁련호운은 소영령이 한순간에 사라져 버리자, 털썩, 그 자리에 주저앉았다.

지금이라도 쫓아가고 싶었다. 그럴 수 없다는 것이 미칠 것 같았다.

혁련호운이 두 손으로 머리를 감싸고 고개를 숙인 채 괴로워하는데, 두 장한이 그의 곁으로 다가왔다.

"이 새끼, 젊은 놈이 남자 망신 다 시키고 있네."

"얼굴 가리고 다니는 계집이 뭐가 좋아서 그 난리야? 야 인마, 그 계집에게 쓸 돈 있으면 우리나 줘라. 응?"

"꺼져!"

음울한 목소리가 고개 숙인 혁련호운의 입에서 흘러나왔다.

두 장한은 서로를 마주 보더니 슬쩍 고개를 끄덕였다.

"이런 자식이 꼭 하나씩 있다니까."

"어떤 놈이 부모인지 모르지만, 속깨나 썩었겠군. 우리가 교육 좀 시켜주지."

순간, 벌떡 일어선 혁련호운이 탁자를 양손으로 잡고 그대로 휘둘렀다.

"꺼지라니까!"

휘이잉!

빠박!

손바닥에 얻어맞은 파리처럼, 두 장한이 탁자에 맞아 밖으로 날아갔다.

쾅!

혁련호운은 탁자를 내려놓고 입술을 깨물었다.

'태백산이라 했지?'

한시가 아까웠다. 괴로워할 시간조차 없었다.

신양에 가서 상황을 알아보고, 태백산까지 쫓아가려면 최대한 서둘러야만 했다.

5

천선곡 서쪽 깊숙한 곳.

깎아지른 절벽의 바위틈을 타고 떨어지는 폭포의 굉음이 계곡을 울린다.

천선곡 내부에서도 가장 아름다운 곳 중 하나인 용추폭이었다.

용추폭 아래쪽에는 일천 평에 달하는 평평한 암반이 펼쳐져 있었는데, 그 한 켠에는 천평정이라는 고풍스런 정자 하나가 지어져 있었다.

태양빛이 황금빛 꽃가루처럼 쏟아지는 어느 날.

천평정에 두 사람이 마주 앉았다.

사람 좋은 웃음을 짓고 있는 오십대 중년인은 순우연이었고, 붉은 머리에 바위를 깎은 듯한 무표정의 사십대 중년인은 공야황이었다.

"얼마나 내보내실 생각이십니까, 해주?"

"일단 척발조가 사사 중 두 사람과 삼백의 인원을 이끌고 나갈 것이네."

당연하다는 듯 하대를 하는 공야황이다.

순우연은 조금도 기분 나쁜 표정을 짓지 않았다.

"본 가에선 일천의 가솔들이 나갈 것입니다. 이미 나가 있는 오백과 한중에서 모은 일천오백의 무사면 섬서를 얻는 것은 그리 어렵지 않을 것입니다."

"아무래도 강호에 대한 것은 그대가 잘 아는 만큼, 내가 나갈 때까지는 그대가 알아서 지휘하도록 하게."

"알겠습니다, 해주."

"듣자 하니 강호의 정세가 많이 달라졌다 하던데, 자신있는 가?"

"달라졌다고 해봐야 같은 독 안에서 자리바꿈이 있었을 뿐입니다."

"그 중심에 금라천의 후예가 있다 했던가?"

"그렇습니다, 해주."

"훗! 역시 동방가의 핏줄이라, 그 말인가? 어떤 놈인지 한번 보고 싶군."

무표정하던 공야황의 얼굴에 가느다란 웃음이 떠오른다. 살기와 호기심, 자신보다 한발 앞서 나갔다는 질시가 뒤범벅된 웃음이다.

순우연은 가만히 그 모습을 바라보며 조용히 웃음 지었다.

"곧 만날 수 있을 것입니다. 그때가 해주께서 천하 강호의 주인이 되시는 날일 것입니다."

"천하 강호의 주인이라……. 말만 들어도 기분이 좋군."

순우연은 공야황의 흐뭇해하는 표정을 보며 고개를 숙였다.

'하지만 그리 오래가지는 못할 것이오, 해주.'

그의 생각을 아는지 모르는지 공야황은 담담히 술잔을 들어 올렸다.

第五章

혈풍(血風)은 동쪽으로

안개가 나뭇가지 사이에 걸쳐져 음산하기만 한 새벽녘.

종남의 송정자는 턱까지 치민 숨을 거칠게 내쉬며 혼신을 다해 내달렸다.

"헉, 헉! 알려야 돼! 놈들이……. 놈들이 작정을 했어!"

그는 죽음이 두렵지 않았다. 자신이 본 사실을 종남에 알릴 수만 있다면, 당장 죽어도 여한이 없었다.

어제저녁.

그는 열두 명의 순찰조를 이끌고 주지(周至) 서쪽 태백산 자락에서 천외천가의 움직임을 감시하고 있었다.

한데 해시가 넘어갈 무렵이었다. 그동안 사람의 그림자도 보이지 않던 태백산 동쪽의 능선을 타고 수백의 그림자가 물살처럼 흘러내리는 게 보였다.

'웅? 저건 또 뭐지?'

의아해진 그는 순찰조와 함께 가까이 가보았다. 그리고 곧 흘러내리는 그림자의 정체를 확인할 수 있었다.

계곡의 성난 물살처럼 흘러내리는 그림자. 그것은 적어도 오백에 이르는 무사들이었다.

그것도 하나하나가 고수들!

등줄기로 식은땀이 흘렀다. 소름이 끼쳤다. 바위 뒤에 숨어 있는데도 몸이 떨렸다.

'천외천가다!'

태백산에서 오백에 이르는 무사를 움직일 자들은 그들밖에 없다.

그들이 동쪽으로 내려오는 이유는 하나, 동쪽을 치겠다는 것이다. 자신의 사문이 있는 종남 쪽을!

송정자는 슬금슬금 뒤로 물러났다.

사문에 알려야 했다. 천외천가가 마침내 동쪽 진출을 시작했다는 걸.

그때 그들이 자신들을 발견했다.

특별한 움직임도 없었다. 그저 그들 중 대여섯 명이 검은 물살에서 갈라져 나왔을 뿐이다.

하지만 백여 장을 가기도 전에 뒤에서 비명이 들렸다.

송정자는 돌아서서 맞서고 싶었다. 그러나 그런 마음을 먹었을 때는 이미 반수 이상이 죽은 후였다.

꼬리를 이어 터져 나오는 비명.

죽어가면서도 외치는 그들의 목소리!

"송정 도장님! 어서 가십시오!"

"이놈들! 으아악!"

"저희들의 죽음이 헛되지 않게 꼭 알려주십시오!"

"놈들을 막아! 시간을 벌어야 된다!"

그는 멈출 수 없었다. 어쩌면 비겁한 마음이었을지도 몰랐다. 다만 분명한 것은 그들의 출현을 알려야 한다는 것이었다.

산을 내려왔을 때, 순찰조 중 살아남은 사람은 오직 자신뿐이었다.

그런데도 그는 멈추지 않고 끊임없이 달렸다.

자신이 죽으면 그만큼 소식이 늦게 전해진다. 그리고 그 시간 차이만큼 사형제들이 그들에게 죽어갈 것이다.

송정자는 쉬지 않고 진령 줄기를 따라 동쪽으로 달렸다.

적의 추격을 뿌리치기 위해 남들이 잘 모르는 지름길을 택해 달렸다. 그 덕인지 진시가 될 무렵 호운(戶雲)에 이르렀다.

다행히 추적해 오는 자는 보이지 않는다.

자신감 때문인 듯하다.

미리 알려져도 상관없다는 오만의 독선!

그래도 걸음을 늦출 수는 없었다. 지금은 조금이라도 빨리 알리는 것만이 최선이었다.

"헉, 헉. 늦으면 그만큼 피해가 커진다. 심장이 터져 죽더라도 멈출 수는 없어."

종남에 도착한 것은 석양이 지기 전이었다.

송정자는 쓰러지기 직전인데도 악착같이 산을 올랐다.

이제 이십여 리만 가면 종남파가 나올 것이었다.

"제발, 원시천존이시여! 저에게 힘을 주소서!"

그는 자신의 모든 내력을 두 쏟아 부어 흔들리는 다리를 바로 세웠다.

그때 저만치 산에서 내려오는 사람들이 보였다.

세 명의 푸른 도복을 입은 젊은 도인들. 종남파의 제자들이었다.

종남파의 제자들은 거친 숨을 몰아쉬며 산을 오르는 송정자를 보고 놀라서 달려 내려왔다.

"엇? 저분은 무림맹에 파견 나가신 송정 사숙이시잖아?"

"송정 사숙! 어찌 된 일이십니까?"

송정자는 이제 되었다는 심정에 온몸의 기력이 빠져나갔다.

"헉헉헉, 어, 어서… 장문인께……."

한데 이상하다. 이십여 장 앞까지 달려오던 세 명의 사질이 갑자기 멈춰 선다.

"뭐, 뭐 하느냐? 헉헉, 어서……."

그때 문득 등줄기에 소름이 돋고, 눈구덩이에 빠진 듯 온몸이 떨려왔다.

송정자는 휙, 고개를 돌려 뒤를 돌아다보았다.

핏빛 적의를 중년인 하가가 십여 장 뒤에서 다가오고 있었다. 손에는 붉은빛이 나는 검을 한 자루 빼 든 채.

"안내하느라 수고했다. 무림맹의 개."

송정자의 뇌리가 하얗게 타 들어갔다.

처음에 보인 건 한 사람뿐이었다. 그러나 그를 바라보는 사이 저 멀리 산 아래 쪽에서 검은 구름이 몰려온다.

"서, 설마 내가 저들을 지름길로……?"

얼굴이 납덩이처럼 굳어진 송정자의 몸이 부들부들 떨렸다.

그때 이 장 앞까지 다가온 중년인이 희미한 살소를 지은 채 검을 치켜들었다.

"덕분에 서너 시진은 아낀 것 같구나. 잊지 않지."

찰나 붉은 선이 길게 늘어졌다.

번쩍!

송정자의 눈에 마지막으로 보인 것은 하늘 높이 솟구치는 자신의 핏줄기였다.

"사숙!"

"이놈!"

동시에 사질들의 목소리가 아련히 들려왔다.

'아, 안 돼! 어서 가서 알려야……'

저벅. 저벅……

천해의 십암 중 둘째 혈암은 송정자의 옆을 스쳐 가며 입꼬리를 말아 올렸다.

"종남에 첫 번째 지옥을 만든다? 그것도 나쁘지 않군."

2

무림맹의 전서구를 관리하는 정첩당의 이향주 방추안은 기지개를 켠 후 눈을 비비다 말고 흠칫했다.

전서구들이 오가는 창문 쪽에서 전서구 한 마리가 모이를 먹고 있었다. 한데 전서구의 모습과 색깔이 조금 이상했다.

붉게 보이는 갈색으로 엉긴 털, 뭔가 덩어리진 것이 묻은 다리.

결코 정상적인 전서구의 모습이 아니었다.

"뭐야? 상처라도 입었나?"

처음에는 그리 생각할 수밖에 없었다. 전서구의 깃털과 다리에 묻은 것은 피가 분명했다. 전서구가 빠르긴 해도 완벽한 연락 수단이 되지 못하는 것은 가끔 하늘을 날다 맹금류에게 당할 때가 있기 때문이다.

눈앞의 전서구도 그런 듯 보였다.

"쯔쯔쯔… 조심하지."

방추안은 혀를 차며 전서구를 잡아 들었다.

일순간, 그의 얼굴이 굳어졌다.

전서통 역시 붉은 덩어리가 묻어 있는 것이 아닌가.

방추안은 등에 얼음물이 부어진 기분이 들었다.

피 묻은 손으로 전서구를 날렸다는 것은 한 가지를 의미했다. 그만큼 상황이 급박했다는 말.

그는 급히 전서통을 잡아떼고 덩어리진 피로 얼룩진 뚜껑을 열었다.

역시 안에든 서신도 피가 묻어 있었다.

서신을 펼치는 방추안의 손이 가늘게 떨렸다. 왠지 모를 불길한 느낌에 가슴이 두근거렸다. 그러나 그것은 아무것도 아니었다.

서신의 앞에 적힌 아홉 글자는 그의 심장마저 뚝 떨어지게 만들었다.

천외천가(天外天家) 침공(侵攻). 종남(終南) 멸(滅).

제천신궁으로 인한 충격이 가시기도 전, 종남이 피로 물들었다.

화산으로 피신한 생존자는 밝혀진 것만 팔십여 명. 무려 육백여 명의 종남 제자들이 장문인인 송원자와 함께 종남에서 죽었다.

그뿐이 아니었다. 종남에 이어 섬서 중부의 십여 개 문파가 천외천가의 습격을 받고 모조리 무너졌다.

심지어 안강에 나가 있던 삼백의 무림맹 무사도 힘 한 번 제대로 쓰지 못한 채 전멸해 버리고 말았다.

난데없는 천외천가의 급습에 무림맹이 발칵 뒤집혔다.

종남의 장로인 송양자는 당장 무림맹에 파견 나와 있는 제자들과 함께 종남으로 달려갈 태세였다.

"이놈들이 미쳤구나!"

"지금은 놈들을 탓할 때가 아니외다! 속히 사람들을 보내 놈들에게 뜨거운 맛을 보여줍시다!"

"감히 종남을 치다니! 전쟁을 해보자는 건가?"

"도무지 믿을 수가 없군! 제갈 군사! 정말 종남이 천외천가에가 당했단 말이오?!"

맹주인 우경 진인조차 벌겋게 달아오른 표정을 지은 채 제갈진문을 닦달했다.

그로선 그럴 수밖에 없었다. 종남이 무너졌으니 놈들은 화산을 노릴 것이 분명했다.

전이었다면 코웃음 쳤을 그였다. 그러나 지금으로선 화산이 천외천가를 막을 수 있을지 누구도 장담할 수 없는 상황이었다.

"맹주, 지금 본 맹의 모든 정보원들이 사력을 다해 놈들에 대한 정보를 모으고 있습니다. 소식이 도착하는 대로 대책을 강구할 것입니다."

"그사이에 다른 곳이 당할지도 모르잖소?"

공동의 장로인 기주 도장의 카랑카랑한 목소리가 제갈진문을 압박했다. 송양자는 그것도 못마땅한지 엉덩이를 들썩이며 탁자를 내려쳤다.

탕탕!

"지금이 대책이나 세우고 있을 때요?! 당장 무사들을 총출
동시켜서 놈들을 칩시다!"

하지만 제갈진문은 쉽게 흔들리지 않았다. 대비도 어느 정
도 해둔 상태였다.

"지금 백호당과 청룡당 전원이 출동태세를 갖추고 대기하
고 있습니다. 그리고 주작당과 현무당 역시 소집된 상탭니다.
그들이 가면 천외천가도 함부로 움직이지 못할 것입니다."

무림맹의 주력인 사신당 무사 전원이면 이천에 이른다.

하나같이 각 문파에서 고르고 고른 정예들. 특히 백호당과
청룡당은 중견 무사들로 이루어진 단체로, 천무단을 제외한
무림맹 최강의 무력이었다.

하지만 종남이 무너진 상태다. 지금은 그들만으로도 안심을
할 수가 없었다.

마음 같아서는 장로 급 고수들로 이루어진 천무단을 움직이
고 싶었지만, 천무단은 그 특성상 짧은 시간 안에 모이기가 힘
들었다.

우경 진인은 굳은 얼굴로 정천전에 모인 장로들을 둘러보았
다.

"제천신궁의 새로운 주인은 본 맹과 손을 잡기로 했소. 하니
남쪽은 당분간 신경 쓰지 말고 천외천가를 치는데 최선을 다
해야 할 것이오. 장로들은 자파에 연락해서 최대한의 무사들
을 모아주길 바라겠소. 그리고 천무단을 소집할 것이오. 각파
의 장문인들께 본 맹주의 고심을 전하고, 빠른 시일 내에 천무

단원의 자격이 되는 사람들을 보내달라 하시오."

장로들의 얼굴이 굳어졌다. 천무단이 소집되면 각파에서는 장로 급 고수 열 명 이상을 보내야 한다.

본산의 힘이 그만큼 약해질 수밖에 없다.

하나 이 상황에서 누가 반대 의견을 내놓을 수 있을까.

내심은 어떨지 몰라도, 장로들은 겉으로나마 힘차게 대답하지 않을 수 없었다.

"그리하겠소이다, 맹주!"

"바로 연락하겠습니다, 맹주!"

우경 진인은 만족한 듯 고개를 끄덕이고는 제갈진문을 바라보았다.

"제천신궁에서 천외천가를 함께 치기로 했다 했소?"

"예, 맹주. 지금쯤 그들도 소식을 접하고 뭔가 방법을 강구하고 있을 것입니다."

"군사는 즉시 연락해서 빠른 시일 내에 만났으면 한다고 전하시오."

"알겠습니다, 맹주."

이미 제천신궁에 사람을 보낸 터였다.

그러나 제갈진문은 대답을 하며 고개를 숙였을 뿐 별다른 말은 하지 않았다.

'좌소천, 그의 성격대로라면 분명 수하들을 이끌고 올 것이다. 아니면 수하들을 미리 섬서 쪽으로 움직여 놓고 자신만 오든지.'

그 말을 하면, 쥐뿔도 없으면서 반발하는 사람들이 나올지 몰랐다. 지금으로선 명문정파라는 쓸데없는 자존심보다 좌소천이 장악한 제천신궁의 도움이 더욱 절실한 상황이었다.

'생각보다 빨랐어. 혁련무천이 무너졌다는 것이 그들을 다급하게 만든 것 같군. 이럴 줄 알았으면 더욱 철저히 준비했어야 했거늘.'

아쉬웠다.

좌소천의 말을 들었을 때 미리 사람들을 파견해 놓았다면, 일이 이 지경이 되지는 않았을 터였다.

그러나 이미 때늦은 후회였다. 후회하고 있을 시간에 천외천가를 상대할 방법을 생각해 보는 것이 나았다.

문제는 사람을 모으는 것 외에는 당장 마땅한 방법이 없다는 것이다.

'후우, 일단은 그를 믿어보는 수밖에……'

                    *   *   *

무림맹이 충격에 빠진 그 시각.

제천신궁의 제령전에는 제천신궁을 움직이는 최고위 급 간부들과 각 세력에 모여든 고수들의 수장이 모두 모여 있었다.

결연한 표정을 지은 채 죽 늘어선 사람들은 모두 이십여 명.

좌소천은 늘어선 사람들을 둘러보다 시선을 구석에 고정시켰다.

그가 그곳에 서 있었다. 혁련호정, 바로 그가.

그는 아무런 표정도 짓지 않은 채 팔짱을 끼고 외따로 떨어져 있었다. 가끔씩 반대편에 서 있는 사도진무를 바라볼 뿐 그의 시선은 바닥을 향한 채 쉽게 움직이지 않았다.

자신이 찾아갔을 때와는 많이 달라진 모습이었다. 물론 그 이전과도 달라져 있었다. 그는 더 이상 제천신궁의 후계자가 아닌 것이다.

자신과 눈이 마주치자 눈이 가늘어진다. 가늘어진 눈 속의 눈동자가 미미하게 떨린다.

분노인가, 살의인가. 그도 아니면 반드시 과거의 영광을 되찾겠다는 의지의 눈빛인가.

어쨌든 상관없었다.

혁련호정의 죽어가던 눈빛이 되살아났다는 것. 그것만으로도 족했다. 초절정에 달한 고수 하나가 더해졌다는 뜻이니까.

'그로 인해서 천외천가는 살귀 하나를 더 상대해야 할 것이다.'

좌소천은 그에게서 눈을 돌리며 무심한 목소리로 말문을 열었다.

"마침내 놈들이 야욕을 드러냈소. 아마 내 예상이 잘못되지 않았다면, 결코 천외천가만 나온 것이 아닐 것이오."

"종남을 친 무리 중에, 인성이 말살된 것처럼 손속이 지독히도 악랄한 자들이 수십 명 끼어 있었다 들었습니다. 그들이 바로 천해에서 나온 자들인 것 같습니다, 주군."

공손양의 보충 설명에 좌소천의 고개가 위아래로 두어 번 끄덕여졌다.

"그들이 나왔다는 것은, 그들의 목표가 단순히 섬서에서 그치지 않는다는 거와 같소."

악청백이 경악한 눈으로 좌소천을 쳐다보았다.

"하면 궁주께선 그들이 하남이나 호북, 산서를 칠 거라 보시는 거요?"

"그럴 것이 아니라면 나올 이유가 없지요. 종남을 치는 것은 천외천가만으로도 가능했을 테니 말입니다."

"어쨌든 지금쯤 무림맹은 난리도 아니겠구려."

"곧 제갈진문으로부터 사람이 올 겁니다만, 그와 상관없이 내일 아침에 출발할 것입니다. 장거리 이동에 불편함이 없도록 철저히 준비해 주시기 바랍니다."

"예, 주군!"

"알겠소이다, 궁주!"

공손양이 악양과 황파와 형주로 전서구를 날린 지 나흘째 되던 날. 호북의 각 지부는 물론, 구포방과 광한방과 신검장에서 가리고 가린 고수들이 제천신궁에 들어왔다.

심지어 전마성에서도 일백의 최정예가 사도철군의 큰아들인 사도진무와 함께 왔다. 그들 중에는 전마성의 최정예라는 이십팔전마와 백팔철혈대가 반이나 섞여 있었다.

좌소천은 일차로 모두 오백의 무사들을 모아 지난 닷새간 손발을 맞췄다.

이제 그들과 함께 섬서로 갈 터였다.

마침내, 불구대천의 원수 천외천가에 혈채를 받으러 갈 날
이 다가오고 있는 것이다.

'천외천가여! 너희들의 피로 어머니의 한을 씻어드릴 것이다!'

3

사람들이 많이 빠져나가서 그런지 곡 내가 한산하다.

다행히 순우무종은 사흘 만에 양가장으로 되돌아갔다.

그는 떠나기 전 혁련미려를 몇 번이나 겁탈하려고 했다.

혁련미려는 자신의 몸을 욕심내는 그에게 간절한 표정으로
애원했다. 몸만 차지해서 무슨 소용이냐고, 마음이 준비될 때
까지만 기다려 달라고.

하지만 순우무종은 자신의 욕망을 쉽게 포기하지 않았다.

결국 혁련미려는 비수를 목에 대고서, 만일 강제로 자신을
범하려 한다면 스스로 목숨을 끊겠다는 협박까지 했다.

그제야 순우무종은 한 발 물러섰다.

대신 자신이 돌아오는 날, 그날은 무슨 수를 써서라도 그녀
를 가지겠다고 했다. 거부하면 그만한 대가를 치러야 할 거라
면서.

그녀는 순우무종이 돌아올 때까지 천선곡에서 기다리고 싶
지 않았다. 어떻게 해서든 빠져나갈 생각이었다.

그러기 위해선 우선 입구에 펼쳐진 진세부터 알아야 했다.

혼자 남은 혁련미려는 주위의 시비는 물론이고, 순우가의

사람들에게 접근해 주위에 펼쳐진 진세에 대한 것을 물었다.

신비하다며, 세상에 이런 진세가 있는 줄 몰랐다며 환하게 웃는 낯으로.

사람들은 그녀에게 쉽사리 마음을 열지 않았다.

그러나 그녀는 천외천가의 대공자인 순우무종의 부인이 될 여인. 그녀의 집요한 접근에 하나둘 입을 열기 시작했다.

그렇게 며칠, 이제 진세의 대부분은 파악한 상태였다.

안개가 짙어지기 시작하는 인시 무렵.

혁련미려는 어렵사리 구한 허름한 경장으로 옷을 갈아입고, 제천신궁에서 떠날 때 가지고 온 비수를 품속 깊숙이 집어넣었다.

그러고는 허리띠를 졸라매고 자리에서 일어났다.

진세에 대해선 수십 번에 걸쳐 마음속으로 연습을 해보았다. 이제는 실행이 남았을 뿐이었다.

그녀는 슬며시 창문을 열고 밖을 바라보았다.

어두운 천선곡 안에는 옅은 안개가 흐르고 있었다. 간간이 피워진 화톳불의 불빛이 하얀 안개를 주황빛으로 물들이며 흘러간다.

그녀는 지나다니는 사람이 보이지 않자 재빨리 창문을 뛰어넘었다.

이미 탈출 경로는 머릿속에 숙지한 상태. 그녀는 좌우를 둘러보고는, 심호흡을 하고 앞으로 내달렸다.

비연선자의 제자인 그녀였다.

신법만큼은 절정의 고수 못지않았다.

그녀는 순식간에 두 채의 건물을 돌아 나뭇잎이 울창한 나무 위로 올라갔다.

"크크크크……."

바로 그때, 건너편 건물의 창에서 쇠를 긁는 듯한 웃음소리가 들렸다.

뒤이어 맑은 듯하면서도 기이한 사기가 느껴지는 목소리가 귓속을 파고들었다.

"감히 도둑 따위가 본 곡에 침입하다니."

혁련미려는 그 전음에 소름이 쫙 끼쳤다.

어디선가 들어본 목소리였다. 그것도 어쩌다 한 번 들은 것이 아니라 자주 들었던 목소리.

'서, 설마?'

어느 순간 그녀의 머릿속에 한 사람의 얼굴이 떠올랐다.

일순간 몸이 사시나무처럼 떨렸다.

'수, 순우무궁……'

그녀는 도저히 참지 못하고 즉시 몸을 날렸다.

"켈! 어딜!"

동시에 기괴한 한마디 웃음과 함께 건너편 건물에서 흰 그림자가 솟구쳤다.

천해의 독혼관에서 나온 순우무궁, 바로 그였다.

혁련미려는 한 마리 송충이가 척추를 타고 맨살 위를 기어가는 기분이 들었다.

'분명 그야. 듣기로는 어딘가에 격리되어 있다고 했는데……'

순우무궁이 당장 눈앞에 나타날 것만 같아 떨리는 가슴이 진정되지 않았다.

수십 번에 걸친 예행연습을 하지 않았다면 진즉 길을 잃었을지도 몰랐다.

그녀는 뒤돌아보고 싶은 것을 억지로 참고 앞만 본 채 움직였다.

'돌아보면 안 돼!'

뒤를 돌아보면 길을 잃는다. 그것이 천선곡에 펼쳐진 진을 통과하기 위한 첫 번째 조건이었다.

"킬킬킬, 어떤 놈이 가르쳐 준 거지? 제법인데?"

너울지며 들리는 목소리가 점점 가까워진다.

혁련미려는 입술을 깨물었다. 짜릿한 통증과 함께 핏물이 배어 나오며 비릿한 맛이 느껴졌다.

'조금만 더 가면 돼! 조금만 더……'

다행히 순우무궁은 자신이 누군지 모르는 것 같았다. 알았다면 저렇게 여유를 부리지 않았을 터였다.

그가 자신을 알아보기 전에 진세를 빠져나가야 한다.

다른 것은 몰라도 경공만큼은 자신이 있는 그녀가 아닌가. 진세를 통과한 후 전력을 다해 달리면 제아무리 순우무궁이라 해도 자신을 잡지 못할 것이었다.

아닐지 몰라도, 지금은 그것만이 유일하게 순우무궁의 손에서 벗어날 수 있는 길이었다.

좌로 가다가 갑자기 우로 꺾어졌다.

다섯 걸음을 더 걷고 일 장 직경으로 빙 돌았다. 눈앞에 희미하게 기둥 같은 것이 보였다.

'기둥을 향해 열두 걸음을 걸으면 문이 보인다 했지?'

그때 뒤에서 살소가 흘러나왔다.

"흐흐흐, 이제 보니 계집이었구나. 계집이라……. 킬킬킬."

바로 뒤다. 멀어봐야 이삼 장의 거리.

벌벌 떠는 쥐를 모는 고양이처럼 즐기는 말투다.

혁련미려는 떨리는 다리에 혼신의 내력을 집어넣고는, 달리듯 걸음을 옮겼다.

바로 뒤에서 숨소리가 들리는 듯했다.

그리고 실제로 그녀의 바로 뒤에 흰 그림자가 따라붙고 있었다.

"우흐흐, 냄새가 기가 막히구나. 천해의 계집들은 절대 이런 냄새가 없지. 빌어먹을 계집들. 가슴 좀 도려냈다고 나를 박대하다니."

혁련미려의 어깨가 사시나무처럼 떨렸다.

힘을 내어 앞으로 나아가려 해도 몸이 떨려 걸음이 늦추어졌다.

여자의 가슴을 도려냈다고? 악마 같은 놈!

웃으며 함께 거닐고, 마주볼 때마다 가슴이 설레었던 세월이 이 년이나 된다. 지금은 그 세월이 악몽처럼 그녀의 뇌리를 휘저었다.

후읍, 후읍.

바로 뒤에서 들리는 냄새를 음미하는 콧소리.

그녀는 더 참지 못하고 악을 쓰듯 외쳤다.

"무궁! 제발 따라오지 마!"

안개가 출렁였다.

뒷목을 움켜잡으려던 손길이 멎었다.

그사이 악을 쓰며 한 소리 외친 혁련미려는 미친 듯이 앞을 향해 나아갔다.

"무, 무궁? 너… 너였나, 혁련미려?"

손을 반쯤 내민 순우무궁의 눈에서 붉은 기운이 돌았다.

"형이 계집 하나를 데려왔다더니, 그 계집이 바로 너였어? 천해로 찾아온 형의 눈빛이 비웃는 것처럼 느껴진다 했는데…… 그래서였나?"

어느 순간, 그의 눈에서 돌던 붉은 기운이 불길처럼 타올랐다.

"그랬단 말이지? 형이 저 계집을 차지했단 말이지? 크크크, 킬킬킬! 찢어 죽일 것들이 감히 나를 가지고 놀아?"

순우무궁의 고개가 번쩍 쳐들렸다.

한데 괴이하게도 조금 전과 달리 그의 얼굴이 묘하게 일그러져 있었다.

쭉 찢어진 눈 속의 붉은 눈동자, 곤두선 머리카락, 일그러진 얼굴.

수라귀!

전설에서나 나옴직한 수라귀의 얼굴이었다.

"둘 다 갈기갈기 찢어서 생으로 씹어 먹고 말겠다! 크카카카카!"

일순간, 괴소를 터뜨린 순우무궁이 기둥 밖으로 벗어나고 있는 혁련미려를 향해 몸을 날렸다.

바로 그때, 땡그랑! 종소리가 울리는가 싶더니, 천선곡 안쪽에서 다급한 외침이 들려왔다.

"누가 허락없이 곡을 빠져나갔다! 잡아라!"

문처럼 보이는 돌기둥 사이를 빠져나간 순간 종소리가 울렸다.

혁련미려는 종소리를 뒤로 한 채 정신없이 달렸다.

우여곡절 끝에 천선곡의 진세를 빠져나왔다. 하지만 진세를 벗어났다고 끝난 것이 아니었다. 진세보다 더 지독한 방해물에서 벗어나야 했다.

순우무궁, 그가 쫓아오고 있는 것이다!

"혁련미려, 네년은 절대 내 손을 벗어날 수 없다!"

그녀는 정신없이 달리는 와중에도 몇 번씩 방향을 바꿨다.

길이 나오면 피해가고, 탁 트인 곳이 나오면 몸을 숙인 채 기다시피 통과했다.

행여나 부러진 나뭇가지가 자신의 행로를 알릴까 봐 작은 나뭇가지도 함부로 꺾지 않았다.

그녀는 그렇게 자신이 어릴 때부터 들었던 추적에 대한 기본을 지키려 최대한 애를 썼다.

문제는, 그녀가 태백산의 지리를 알지 못한다는 것과 날이 밝아오려면 반 시진 정도 더 있어야 한다는 것이었다.

그로 인해 정신없이 달리던 그녀는 십 리도 가지 못한 채 걸음을 멈추지 않을 수 없었다.

허탈한 탄성이 그녀의 입에서 절로 흘러나왔다.

"오! 맙소사!"

까마득한 절벽이 앞을 가로막고 있다.

거꾸로 꺾어진 절벽은 제아무리 경공이 뛰어난 혁련미려라 해도 오를 수 없을 정도로 높았다.

그러나 언제까지 망설이고 있을 수만은 없는 일. 그녀는 황급히 좌우를 둘러보고는, 나무가 유난히 우거진 숲을 향해 뛰어들었다.

"킬킬킬. 혁련미려, 네년이 죽을 자리를 제대로 찾아가는구나."

이십여 장 뒤에서 들리는 순우무궁의 말이 무엇을 뜻하는지 생각할 겨를도 없었다.

공력을 끌어올려도 앞이 잘 보이지 않았다. 하지만 순우무궁에게 잡히는 것보다는 나을 터. 그녀는 최대한 조심하며 앞으로 전진했다.

그렇게 숲으로 들어간 지 얼마, 혁련미려는 다리에 힘이 풀려 그 자리에 주저앉고 싶었다.

양편이 깎아지른 절벽으로 이루어진 협곡이 앞에 있다. 빙판처럼 반질거리는 암벽은 물기마저 있어서 올라갈 엄두도 나지 않는다.

앞이 막힌 것은 아니었다. 하지만 막힌 거와 다름없었다.

협곡의 절벽 사이에는 정체를 알 수 없는 검은 색깔의 물이 가득 차 있었는데, 그곳에서 코를 찌르는 악취가 나고 있었던 것이다.

'독기……?'

그랬다. 어스름 속에 물안개처럼 피어오르는 그것은 독기였다.

머리가 멍해진 혁련미려는 가까이 갈 엄두도 내지 못한 채 당황하며 주위를 둘러보았다.

"켈켈켈. 미려, 왜 더 가지 않는 거지?"

그때 목소리가 점점 가까워지는가 싶더니, 곧 숲을 헤치고 순우무궁이 천천히 걸어나왔다.

"무… 궁……."

"크크크, 내 형의 여자가 되려고 왔나? 아주 재미있군, 아주 재밌어."

"그게 아니라……."

"아니라고? 그럼 내가 보고 싶어서 온 건가? 정말 그런 거야, 미려?"

붉게 보이는 눈동자가 일렁인다.

혁련미려는 소름이 끼쳐 말이 잘 나오지 않았다.

"무궁, 제발… 나를… 보내줘요."

그녀는 눈물을 글썽거리며 애원을 해보았다.

그러나 순우무궁의 붉은 눈동자는 조금도 흔들리지 않았다.

그가 혁련미려를 향해 걸음을 옮기며 유난히 붉어진 입술을 벌렸다.

"좀 더 일찍 잡을 수도 있었지. 그런데도 여기까지 그냥 따라오기만 했어. 왜 그런지 알아?"

어느덧 이 장의 거리.

혁련미려는 뒷걸음질을 치며 고개를 저었다.

"몰라요, 정말 몰라요. 제발… 보내줘요."

순우무궁의 혀가 입술을 핥았다.

"아무도 없는 곳에서 오랜만에 여자의 살맛을 보려고 했는데, 그럴 수는 없지."

혁련미려는 그 말을, 자신을 겁탈하겠다는 뜻으로 알아들었다.

하기에 고개를 저으며 한가닥 지푸라기라도 잡는 심정으로 말했다.

"나는… 당신 형의 아내가 될 여자예요. 그럴 수는 없어요. 그럼 안 돼요."

그러나 순우무궁의 말뜻은 그런 것이 아니었다.

"뭘 잘못 알았군. 나는 너와 그 짓거리를 하고 싶은 것이 아니야. 그저 부드러운 네 살을 먹고 싶은 것뿐이지. 킬킬킬……."

그제야 순우무궁의 말뜻을 정확히 알아들은 혁련미려의 눈에 공포가 서렸다.

"서, 설마……?"

그녀가 비틀거리며 물러설 때다. 스윽, 코앞까지 다가온 순우무궁이 손을 내밀었다.

순간 쫙 펼친 다섯 손가락에서 푸른빛이 번쩍였다.

미처 물러날 틈도, 대항할 새도 없이 순우무궁의 지력이 혁련미려의 전신대혈을 두들겼다.

동시에 순우무궁이 우수를 뻗고, 강력한 흡력이 혁련미려의 몸을 당겼다.

"헉! 아, 안 돼!"

혁련미려는 딸려가는 몸을 억지로 비틀며 대항했다.

하지만 마혈이 찍힌 그녀가 대항할 방법은 아무것도 없었다.

순우무궁은 바로 앞까지 딸려온 혁련미려를 바라보며 음소를 흘렸다.

본래 겁탈할 생각은 없었다. 천외천가의 추적대가 오기 전에 죽여서 자신의 식욕을 채울 생각뿐이었다.

한데 어린 사슴처럼 공포에 질린 혁련미려를 보자 갑자기 엉뚱한 생각이 든 것이다.

"우흐흐흐. 물론 먹기 전에 즐기는 것도 나쁘지는 않겠지."

그는 혁련미려의 멱살을 잡아가며 착 달라붙은 경장으로 인해 굴곡이 완연한 혁련미려의 몸을 쓸어보았다.

"제, 제… 발……."

혁련미려의 입에서 떨리는 목소리가 사향내와 함께 섞여 나올 때마다, 순우무궁은 벼락이 뇌리에 꽂힌 듯한 쾌락에 몸을 떨었다.

바로 그때, 벼락이 떨어졌다.

쉬이이익!

막 혁련미려의 멱살을 움켜쥐려던 순우무궁의 고개가 하늘로 쳐들렸다.

하늘이 길게 베어지며 한 자루 검이 떨어진다.

보는 것만으로도 몸이 두 쪽 날 것 같은 검세!

이전에 비해 월등히 강해진 자신으로서도 전력을 다하지 않으면 막을 수 없을 것 같다.

"웬 놈이 감히!"

분노가 치민 순우무궁은 혁련미려를 움켜쥐려던 손을 거두고 검세에 대항해 두 손을 휘둘렀다.

콰과광!

협곡을 울리는 굉음과 함께 순우무궁의 몸이 주르륵 밀려났다.

"아악!"

그 여파에 혁련미려의 몸도 뒤로 튕겨졌다.

곧이어 두 번째 공격이 다시 떨어져 내렸다.

쒜에에엑!

상대의 무기는 기다란 연검이었다.

하지만 연검에서 펼쳐진 것이라 믿을 수 없는 강력한 힘이 담겨 있었다.

순우무궁은 조금도 방심하지 못하고 전력을 다해 공격을 막았다.

떠엉!

절벽을 거대한 망치로 두드린 듯 천공을 울리는 북소리가 났다.

동시에 선우무궁의 몸이 뒤로 퉁겨지고, 허공에서 두 번째 공격을 펼친 자도 하늘로 높이 솟구쳤다.

"크읍! 이런 개 같은……!"

순우무궁은 중심을 잡자마자 앞을 노려보았다.

천해에서 온갖 고생을 하며 힘을 키웠다.

독물에 물리고, 배가 고프면 자신을 물어댄 독물을 잡아먹고, 온몸을 갉아대는 독기를 이기기 위해 혼신을 다해 운기해야만 했다.

그러고도 시간이 나면 천해에서 배려해 준 무공을 익혔다.

그러한 세월이 수년. 와중에 몸속에 잠자고 있던 잠력을 자신의 것으로 만들 수 있었다. 하기에 이제 자신이 있었다.

형이라 해도 자신을 이기지 못할 것이다. 그렇게 생각했다.

한데 세상에 처음 나와 부딪친 자를 이기지 못했다.

'이럴 수는 없어! 저딴 놈 하나 이기지 못하다니!'

분노가 이성을 가리고, 몸속 어딘가에 숨어 있던 마기가 스멀거리며 기지개를 켜기 시작했다.

"찢어서 개밥으로 만들어주마!"

얼굴이 일그러진 순우무궁의 두 눈이 다시 붉게 변하기 시작했다. 얼굴과 두 눈뿐이 아니었다. 가슴으로 들어 올리는 두 손도 피에 담군 듯 시뻘겋게 변해갔다.

그사이 넘어져 있던 혁련미려가 안간힘을 다해 소리쳤다.

"제 혈도 좀……."

혁련미려의 공포에 찬 목소리를 즐기려 했는지, 순우무궁이 마혈을 심하게 제압하지 않은 것이 천만다행이었다.

그녀는 자신의 앞에 내려선 중년인에게 재빨리 자신이 찍힌 혈도를 불러주었다.

"거골, 곡지, 비유를 먼저……."

그가 적인지 아닌지 생각할 겨를이 없었다.

다행히 적은 아니었던지 눈앞에 서 있던 자가 번개처럼 손을 놀려 자신의 혈도를 풀어준다.

혁련미려는 팔과 어깨의 마혈이 풀리자, 몸을 부르르 떨고는 비틀거리며 몸을 일으켜 절벽 쪽으로 몸을 피했다.

독기로 인해 머리가 어질어질했지만, 당장은 두 사람으로부터 멀어져야 했다.

그때 두 사람이 서로를 향해 몸을 날렸다.

연검을 든 중년인. 그는 다름 아닌 귀영천살 기천승이었다.

기천승이 수천 리 밖의 태백산에 나타난 것은 우연이 아니었다.

좌소천에게 특별한 명을 받은 그는 이미 한 달 전부터 태백산에 들어와 있었다.

그가 받은 명령은 두 가지.

하나는 천선곡의 위치를 파악한 후 안으로 들어갈 수 있는 방법을 알아보면서, 훗날 태백산을 칠 때를 대비해 근처의 상세한 지리를 조사하는 것.

그리고 또 다른 하나는, 천해에 대한 정보를 모으는 것이었다.

그건 아무에게나 시킬 수가 없는 일이었다. 둔형술 등을 익혀 잠입술이 뛰어난데다, 무위마저 높은 기천승을 보내는 것조차 좌소천으로선 조심스러울 수밖에 없었다.

그렇게 태백산에 온 기천승은 열흘 만에 천선곡을 찾아냈다. 그 후부터는 진세를 파악하고 근처의 지리를 조사했다. 이제 남은 것은 천해에 대한 것을 알아보는 것뿐.

한데 아무리 태백산을 뒤져도 천해가 존재할 것이라 생각되는 곳이 보이지 않았다.

결국 기천승은 천해가 천선곡 안에 있을지도 모른다는 생각을 하고, 사흘 전부터 천선곡의 입구로 보이는 곳을 감시했다.

마침 천외천가에서 엄청난 인원이 쏟아져 나간 상황. 들어갈 수만 있으면 자신의 몸 하나 숨기는 것은 가능할 것 같았다.

바로 그때 안개 속에서 경장을 입은 여인이 튀어나오고 종소리가 울렸다.

종소리가 울린 이상 천외천가의 무사들이 나타날 것은 당연한 일. 기천승은 잠시 망설이지 않을 수 없었다.

하지만 망설임도 잠시였다.

경장을 입은 여인의 뒤를 따라 수라귀처럼 변한 자가 안에서 뛰쳐나오는가 싶더니, 그의 입에서 혁련미려란 이름이 들린다.

기천승은 미련없이 몸을 돌렸다. 그리고는 조심스럽게 두 사람의 뒤를 쫓았다.

그러다 결국, 혁련미려가 위기에 처하자 모습을 드러낸 것이다.

콰쾅!

십여 초가 지나도록 두 사람의 공방은 팽팽하게 이어졌다.

하지만 이십여 초가 지나자, 노련함이 앞선 기천승이 조금씩 우세를 점하기 시작했다.

순우무궁의 얼굴은 더욱 벌겋게 달아오르고, 두 눈에서 뿜어지는 붉은 기운도 더욱 강렬해졌다.

그러던 어느 순간이었다.

순우무궁의 두 눈이 완전히 붉게 변하는가 싶더니, 그의 입에서 괴성에 가까운 소리가 터져 나왔다.

"크아아아!"

떠더더덩!

네 번에 걸친 격돌음이 이어지며 기천승의 몸이 뒤로 일 장가량 밀렸다.

갑자기 강해진 순우무궁의 무위에 기천승의 얼굴이 굳어졌다.

아무리 봐도 정상이라 볼 수 없는 눈빛이다.

단순히 마공을 익혔기 때문이 아닌 듯하다. 광기에 젖은 것이 완전히 이성을 상실한 것처럼 보인다.

"우측의 숲으로 들어가시오. 어서!"

기천승은 혁련미려에게 소리치고 순우무궁을 향해 검을 치켜들었다.

그의 연검 끝이 파르르 떨리는가 싶더니, 짙푸른 검강이 검 첨에서 쭉 뻗었다.

동시에 순우무궁이 핏빛 혈수를 앞세운 채 달려들었다.

콰르룽!

두 사람의 기운이 정면으로 충돌한 순간, 기천승의 몸이 우측의 숲을 향해 튕겨지듯이 날아갔다.

다섯 걸음을 물러선 순우무궁이 몸을 세웠을 때, 기천승은 이미 숲 속으로 사라진 뒤였다.

그때다. 천외천가의 무사 십여 명이 어스름을 헤치고 좌측의 숲 속에서 나왔다.

그들은 협곡 안에서 거친 숨을 몰아쉬는 괴인을 보고는 재빨리 공세를 취했다.

"웬 놈이냐?!"

"수상한 놈이다! 놈을 잡아라!"

그들을 향해 천천히 돌아서는 순우무궁의 입가에 잔악한 미소가 번졌다.

"크크크크, 네놈들의 피를 마셔서라도 갈증을 해소해야겠다."

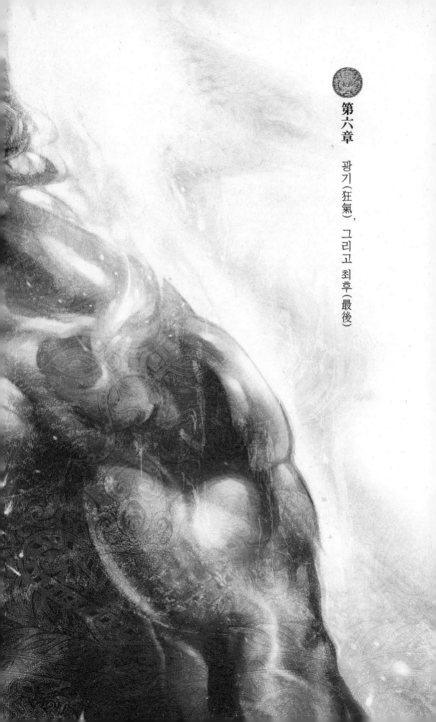

第六章

광기(狂氣), 그리고 최후(最後)

絶對天王

천공에 걸린 반쪽난 달이 수줍은 소녀마냥 구름 속을 비집으며 파고든다.

승화담에 비친 반쪽 달도 수련 속으로 사라져 보이지 않는다.

바람에 날린 머리카락이 목덜미를 쓸며 지나가자, 좌소천은 승화담에서 눈을 돌려 하늘을 바라보았다.

한때 이곳에서 혁련호승과 자주 다툼이 있었다. 솔직히 다툼이라기보다는 자신이 일방적으로 얻어맞았지만.

당시 선우 백부를 만나지 못했다면, 그분의 도움이 없었다면, 과연 지금의 자신이 존재할 수 있었을까?

그것은 아무도, 자신조차 확신할 수가 없었다. 다만 선우 백부의 도움이 지금의 자신을 만들었다는 것만큼은 확실했다.

어쩌면 혁련호승의 괴롭힘 역시, 자신의 의지를 단단하게 만드는데 조금은 도움이 되었을지도 몰랐다. 물론 용서할 수 없는 자임에는 분명했지만.

예상대로 유시 무렵에 무림맹의 긴급 전령이 왔다. 이제 내일 이곳을 떠나면 언제 올지 아무도 모르는 일. 좌소천은 왠지 모르게 그때의 고난조차 추억처럼 느껴졌다.

'그건 그렇고, 호운이 어디로 갔는지 모르겠군.'

혁련가의 사람 중 자신을 좋아했던 두 사람. 그중 한 사람이 혁련호운이다.

이틀 전, 안에 있는 물건을 절대 반출시키지 않는다는 조건 하에 혁련가의 비밀 연무장인 제천동을 열었다.

한데 당연히 안에 있을 거라 생각했던 혁련호운이 보이지 않고, 대신 두 마리 통통하게 살찐 쥐만이 살고 있었다. 아마도 넣어주었던 음식을 그 쥐들이 모두 처리한 듯했다.

혁련호운이 사라진 것을 혁련무천과 혁련호정도 몰랐던 듯 그들 역시 놀란 표정을 지었었다. 속일 이유가 없으니 거짓은 아닌 것으로 보였다.

대체 그는 언제 나갔을까?

있을 리 없는 쥐가 있는 걸로 봐서 쥐는 그가 가져다 놓은 것 같았다. 그런데 쥐가 아직 새끼를 낳지 않았다는 건, 그가 제천동을 나간 지 오래되지 않았다는 말.

왜 그는 몰래 제천동을 빠져나간 걸까? 앞이 막혔는데 어디로?

의문이 일었다. 하지만 어디로 나갔는지는 곧 밝혀졌다. 혁련무천과 혁련호정조차 몰랐던 비밀 통로가 제천동 끝에 있었던 것이다.

두 사람은 좌소천과 함께 반 시진 가까이 제천동을 뒤지고서야 그 통로를 발견했는데, 그때 보았던 두 사람의 허탈한 표정으로 봐서는 말 못할 뭔가가 있는 것 같았다.

좌우간 혁련호운은 그렇게 아무도 모르게 사라져 버렸다.

'소식을 들었으면 돌아올 텐데, 호운이 어떻게 나올지 모르겠군.'

하늘을 바라보는 좌소천의 입가에 쓴웃음이 맺힐 즈음, 구름에 숨었던 반쪽 달이 다시 모습을 드러냈다.

그때다. 자신조차 쉽게 느낄 수 없는 미세한 기운이 느껴졌다. 비천사룡이나 도유관 등의 직속무사들에게서 느껴지는 것이 아니었다.

매우 조심스러운 움직임.

적의는 느껴지지 않지만, 그렇다고 내궁의 사람도 아닌 듯했다.

비천사룡도 뒤늦게 그 기운을 느꼈는지, 금룡의 전음이 귓속으로 파고들었다.

"궁주, 접근하고 있는 자가 있사온데 그냥 놔둬도 되겠습니까?"

"놔두고 모른 척하시오."

간발의 차이로 도유관도 전음을 보냈다.

"주군, 상당한 고수가 바로 앞까지 접근했습니다. 속하가 처리해도 되겠습니까?"

"그냥 놔두시오. 적은 아닌 것 같으니까."

아직 누군지는 모른다.

뭔가 정보를 얻으려고 왔을 수도 있고, 아니면 새로운 제천신궁의 주인에 대한 궁금증 때문에 왔을 수도 있다.

걸리는 점이라면, 접근하는 자의 무위가 생각보다 뛰어날지 모른다는 것 정도.

어쨌든 살기가 없는 이상 과잉대응할 필요는 없었다.

'누군지는 몰라도 이곳의 지리를 잘 아는 것 같군.'

좌소천은 아무것도 모른 척 몸을 돌려 승화담을 등졌다.

순간 바람이 부는가 싶더니, 승화담 가에 자라는 버드나무 잎이 몸을 비벼대며 노래를 불렀다.

스스스스⋯⋯.

그때 그가 나타났다.

천공에 떠 있는 반쪽 달을 가린 채, 하늘에서!

좌소천은 다시 고개를 들어 하늘을 올려다보았다.

얼굴을 천으로 가린 검은 그림자 하나가 소리없이 떨어져 내리고 있었다.

무기는 들려 있지 않았다.

하지만 좌소천은 무기가 들려 있지 않은 습격자의 두 손이 그 어떤 무기보다 더 위협적이라는 것을 본능적으로 깨달았다.

묘한 것은 그토록 강력한 공격을 하면서도 살기가 느껴지지 않는다는 것이다.

둘 중 하나. 상대가 살기를 완벽히 감출 정도의 절대고수거나, 아니면 자신을 시험하기 위한 공격이라는 말이었다.

비천사룡과 도유관은 여전히 움직이지 않고 있는 상태.

좌소천은 보는 사람이 답답해 보일 정도로 천천히 두 손을 들어 올렸다.

찰나, 상대의 짙푸른 청광이 번뜩이는 쌍수가 머리 위로 떨어졌다.

떵! 떵! 떵!

쇠망치로 바위를 두들기는 소리가 연이어 터졌다.

좌소천은 건곤신권으로 상대의 쌍수를 막아내며 내심 경악을 금치 못했다.

강할 거라 예상은 했다. 하지만 비천사룡과 도유관에게 들켰을 정도면 그들보다 떨어지지 않을까 하는 생각도 했었다.

한데 그것이 아니었다. 적어도 습격자의 수공만큼은 절대 그들 밑이 아니었다.

첫 번째 부딪침에서 자신의 손이 밀려났다. 기이한 반탄력 때문이었다.

좌소천은 연이어 세 번의 주먹질을 하고 나서야 상대의 손에 실린 반탄력을 완화시키고, 두 손을 엇갈려 쳐내며 반격을 가했다.

쾅!

건곤합일에 습격자의 몸이 이 장 밖으로 튕겨졌다.

좌소천은 훌훌 날아 내려서는 상대를 향해 두 손을 느릿하니 내밀었다.

후웅!

순간, 어둠이 그의 두 주먹 사이로 빨려 들어갔다.

건곤합일의 극치, 건곤통천이 처음으로 모습을 보이기 시작한 것이다.

소용돌이처럼 휘도는 어둠이 묵빛으로 변하고, 어느 순간 두 주먹이 사라졌다!

"허엇!"

두 번째 공격을 하려던 습격자의 입에서 헛바람 빠지는 소리가 절로 흘러나왔다.

상대의 주먹은 보이지도 않는데, 온몸을 짓이겨 버릴 것 같은 가공할 압력이 밀려든다.

숨이 턱 막힌다.

주먹을 들어 대항하고 싶은데도 몸을 움직일 수가 없다. 조금이라도 움직이면 당장 상대의 주먹이 자신의 심장을 부숴 버릴 것만 같다.

습격자는 이를 악물고 전신 공력을 다 끌어올렸다.

행여나 하는 생각에 팔성의 공력만 썼거늘, 모든 것이 기우였다. 아니, 말도 안 되는 착각이었다.

'제기랄! 이렇게 강하다니!'

그는 전 공력이 실린 쌍수를 내밀어 천강무령수를 펼쳤다.

좌소천과 습격자의 기운이 정면으로 부딪친 순간!

퍽!

쇠가죽으로 된 거대한 북이 터지는 소리가 나더니, 허공이 뻥 뚫렸다.

"헉!"

주르륵, 뒤로 물러선 습격자의 입에서 거친 신음이 흘러나왔다.

좌소천은 두 걸음 물러서서 습격자를 바라보았다.

"호운, 제법인데?"

습격자는 급히 얼굴로 손을 올리고는, 얼굴을 가린 천이 그대로 있자 의아한 표정을 지었다.

"어떻게 난 줄 알았어?"

"몇 년 못 봤다고 네 눈빛을 몰라볼 줄 알았냐?"

"제기랄!"

습격자, 혁련호운은 좌소천의 말에 얼굴을 가린 천을 거칠게 잡아뗐다.

좌소천은 그를 바라보며 잔잔한 웃음을 지었다.

"네가 호랑이냐?"

"뭔 소리야?"

"호랑이도 제 말하면 나타난다고 하지 않냐. 그런데 널 생각하고 있을 때 네가 나타났으니 네가 곧 호랑이일 수밖에."

혁련호운의 이마에 주름이 졌다.

"왜 날 생각한 거지?"

"보고 싶었으니까."

"왜?!"

단순히 궁금해서 묻는 것이 아니다. 기분이 좋아 묻는 것도 아니다.

아버지와 큰형을 쫓아내고 제천신궁을 차지한 좌소천이 아닌가. 그런 좌소천이 자신을 보고 싶어한다는 것이, 혁련호운에게는 이중적으로 느껴진 것이다.

"차지할 것 다 차지하고 나니까, 여흥거리가 필요한 거야?"

그래선지 혁련호운의 말투에 날이 섰다.

좌소천은 천천히 고개를 저었다.

"내가 왜 제천신궁을 차지했는지 알아?"

혁련호운의 눈빛이 흔들렸다.

자신이 신양에 도착한 것은 사흘 전이었다. 신양에 들어가자마자 상황을 알아보았다. 오래 걸릴 것도 없었다. 하루도 지나지 않아, 바로 옆에서 보았던 것처럼 상황을 생생하게 전해 들을 수 있었으니까.

아버지와 형이 물러났다는 말은 사실이었다. 좌소천이 제천신궁의 주인이 되었다는 말도 어김없는 사실이었다.

소문은 결코 자신이 원했던 것처럼 헛소문이 아니었다.

어이가 없었다. 천하제일을 자랑하던 세력의 주인이 하루아침에 바뀌다니.

한데 자신을 충격에 빠뜨린 것은 그것만이 아니었다.

아버지가 왜 수하들에게 신망을 잃었는지, 좌소천이 어떻게 제천무제의 아성을 하루아침에 무너뜨릴 수 있었는지 그 이유를 안 순간, 허탈감에 하루 종일 아무것도 할 수가 없었다.

자신이 제천동에서, 아버지가 그렇게 찾으려 했던 천강무령수를 찾아 익힌 것이 덧없이 느껴질 정도였다.

화를 내고, 분노해서 좌소천을 찾아가야 하는데, 이상하게 화도 나지 않았다.

그렇게 하루를 신양에서 더 보내고 몰래 아버지를 찾아가 보았다.

아버지는 자신이 제천동에 들어가기 전보다 많이 늙어 보였다. 머리는 백발이 되었고, 얼굴의 주름살도 배는 더 늘어나 있었다.

"어떻게 된 겁니까? 정말 시중에 떠도는 말이 다 사실입니까? 태군사님에 대한 이야기부터 소천이 형을 죽이려 했다는 것까지 전부, 정말로 그랬던 것입니까?"

"그래, 사실이다."

"그래서 분노한 소천이 형이 아버지와 큰형님을 몰아냈습니까?"

"조금은 변질된 것도 있지만, 어쨌든 전체적인 것은 그렇다고 할 수 있지."

자신의 질문에 아버지는 담담한 표정으로 답했다. 도무지 남의 이야기를 하는 듯했다.

권력을 잃은 권력자답지 않은 태도.

패왕이라 불리던 아버지가 그런 식으로 말할 거라고는 상상도 못했던 자신으로선, 눈앞에 있는 분이 정말 아버지인지 의문이 들 정도였다.

"그런데… 왜 그렇게 태연하십니까, 아버지?"

"패도를 추구하던 나다. 그리고 나는 나를 대장부라고 생각하며 살아왔다. 남자는 깨끗하게 승복할 줄도 알아야 하는 법이지."

믿을 수 없을 정도로 담담한 아버지의 말에 다시 물어봤다.

"그럼 앞으로도 그냥 이렇게 사실 거라는 말씀이십니까?"

뜻밖에도 아버지는 조용히 웃었다. 한데 묘하게도, 전에 보았던 그 어떤 웃음보다 더 친근하게 다가왔다.

"그럴 수는 없지."

대답도 뜻밖이었다. 깨끗이 승복한다면서 그럴 수 없다니.

그때 의아해하는 자신을 아버지가 가만히 바라보았다. 그러고는 그 어느 때보다 따뜻한 목소리로 말했다.

"이제 내가 직접, 아들들과 손자들을 정말 그럴듯하게 키워볼 생각이다."

자신도 모르게 가슴이 울렁거렸다. 눈가가 찡해져서 억지로 눈물샘을 막아야 했다.

언제 저렇듯 따뜻한 말을 들어봤던가?

자신의 생각으로는 열 살이 넘은 이후로는 들어보지 못했던 듯했다.

그런 한편으로는, 이분이 정말 내 아버지 맞아? 그런 생각이 들었다.

"아버지……?"

"그렇게 키워서 좌소천을 이겨볼 생각이다. 그래야 남들도 내가 결코 못나서 좌소천에게 자리를 빼앗긴 것이 아니라는 것을 알 것이 아니냐?"

그제야 조금 패왕 제천무제다웠다.

하지만 혼란스러운 것은 여전했다.

"알겠습니다, 아버지. 일단 큰형님을 만나고 나서 제가 어떻게 할 것인지 결정하도록 하겠습니다."

자신이 일어서려 하자 아버지가 물었다.

"한 가지만 묻자. 제천동에서 그걸 얻었느냐?"

무엇을 말하는지는 묻지 않았다. 뭘 묻고자 하는지 자신도 알고 있었으니까.

"예, 아버지."

아버지는 그 말에 조용히 웃으며 힘있게 고개를 끄덕였다.

"잘했다. 가서 큰형을 만나봐라."

그 후 큰형을 만났다.

한데 큰형도 전과 많이 달라져 있었다.

항상 큰형의 몸에서 피어나던 강자의 오만은 어디에서도 보이지 않았다. 이를 갈며 큰형이 말했다.

"좌소천은 강하다. 나는 더 강해질 것이다. 그래서 힘으로 좌소천을 이기고 진정한 패왕이 될 것이다, 호운!"

혁련호운은 혁련호정의 목소리가 아직도 귀에서 들리는 듯했다.

그도 이제야 알 것 같았다. 왜 아버지와 큰형의 독선과 오만이 날개 꺾인 독수리 신세가 되었는지.

고금에서 가장 강한 무공 중 하나라는 천강무령수를 익히고도 좌소천의 권에 밀렸다. 비록 팔성의 성취에 머물러 아직 완성이 요원하다지만, 그 정도만으로도 남에게 쉽게 밀릴 거라고는 생각지 않았다.

한데 그것이 아니었다.

게다가 좌소천의 도는 주먹보다 무섭다고 했다.

과연 천강무령수를 극성에 이르도록 익히면 좌소천의 도를 막아낼 수 있을까?

왠지 자신이 없었다. 그렇다고 천강무령수가 좌소천의 도보다 못하다는 것을 인정하기도 싫었다.

'완성한 후에 다시 도전하겠어!'

혁련호운은 굳어진 얼굴로 좌소천을 똑바로 바라보았다.

"아버지에게 들었어. 소문이 모두 사실이라고 하더군."

"맞다. 모두 사실이지. 내 아버지가 네 아버지의 방조 하에 죽어간 것, 어머니를 돌아가시게 한 천외천가와 손을 잡고 나를 멀리한 것, 그리고 나를 불러 죽이려 하신 것까지 모두."

"그런데… 왜 아버지와 큰형을 물러나는 것만으로 끝나게 한 거지?"

차마 물어보기가 힘들었다.

남들이 들으면, 그럼 아버지와 형이 죽었어야 했단 말이냐? 하고 욕할 수도 있는 말이었으니까.

그러나 묻지 않을 수가 없었다. 그걸 알아야 자신의 길을 선

택할 수 있을 것이었다.

"이유야 어쨌든 아버지의 목숨을 십삼 년이나 보살펴 주신 분이다. 그리고 한때 내가 백부라 불렀던 분이지. 너는 나를 너무 독한 사람으로 보고 있구나."

혁련호운은 고개를 들고 대뜸 소리를 질렀다.

"젠장!"

그러고는 좌소천을 뚫어지게 바라보았다.

"좋아, 좋다고! 다 인정하지! 하지만 이것만은 알아둬. 형이 강한 것은 인정하지만, 내가 언젠가는 형을 꺾을 거야. 그리고 다시 제천신궁을 찾을 거야. 알았어? 그때 가서 내 도전을 피하지 않는다고 약속해!"

좌소천은 혁련호운의 눈을 피하지 않고 대답했다.

"약속하지. 한데… 떠나려고 하는 거냐?"

"그래!"

"차라리 이곳에 있는 게 낫지 않을까 싶은데, 왜 가려는 거지?"

움찔한 혁련호운이 머뭇거리더니 하늘을 바라보며 독백하듯이 말했다.

"그게 말이지…… 나에게 좋은 여자가 하나 생겼거든. 정말 예쁜 여자야. 그런데 그 여자가 위험해질지 몰라. 그래서 가려는 거야. 그 여자를 지키러. 다행히 아버지하고 큰형도 괜찮은 거 같고……. 뭐 화는 나는데, 죽자 사자 싸울 정도는 아닌 것 같고 말이지."

좌소천의 눈빛이 흔들렸다.

문득 사랑하는 여자를 지키기 위해 떠난다는 혁련호운이 부럽게 느껴졌다.

"언제 돌아올 거냐?"

"글쎄… 그건 나도 모르겠어."

뒤늦게 알았지만, 자신보다 강한 여자다.

그런 여자가 결연한 표정으로 떠났다. 그만큼 위험한 길이라는 말. 앞날은 자신도 장담할 수 없었다.

"좌우간 다시 돌아와 반드시 형에게 도전해서 꺾을 거야. 그때까지 기다려!"

혁련호운은 고개를 내밀며 으르렁거리듯 말하고 허공으로 솟구쳤다.

그가 갑자기 떠나자 좌소천이 급히 물었다.

"어디로 가려는 거냐?"

지붕 너머에서 혁련호운의 목소리가 아련히 들려왔다.

"태백산……."

순간 좌소천은 알 수 없는 느낌에 전율이 일었다.

＊　　　　＊　　　　＊

혁련호운이 떠나간 그 시각.

천화원 깊은 곳에서 한 사람이 눈을 떴다.

"크으윽!"

그는 인상을 잔뜩 찌푸린 채 머리를 두 손으로 쥐어 감쌌다.

바늘로 뇌를 휘젓는 듯한 고통에 머리가 터질 듯했다.

눈앞의 모든 것이 붉게만 보였다.

방 안에는 불이 켜져 있지 않아 칠흑처럼 어두운데도 모든 것이 붉었다.

"흐으으으!"

그는 참을 수 없는 통증이 멈추지 않자 벌떡 자리에서 일어났다.

쾅!

방문을 박차고 나간 그는 좌우를 훑어보았다.

역시나 모든 것이 붉기만 했다. 건물도, 나무도, 정원의 바위도 붉었다. 그리고 저만치서 다가오는 사람도 붉게 보였다.

한데 이상하다. 사람을 보자 고통이 누그러진다.

대신 기이할 정도로 가슴이 두근거린다. 심장이 벌떡거리며 고동 소리가 귀청을 울린다.

'흐으, 저놈을 죽여 버리고 싶어. 내 머리를 아프게 한 놈.'

그는 자신을 향해 다가오는 순찰무사를 향해 다가갔다.

그가 자신을 알아봤는지 의아한 표정을 짓는다.

"어? 둘째 공자님? 괜찮으십니까?"

'괜찮냐고? 그럼! 머리 아픈 것만 빼면 다 괜찮지. 물론 그것도 네놈을 죽이면 다 나을 것 같지만. 그런데… 둘째 공자란 놈은 누구지? 아! 난가?'

혁련호승은 순찰무사가 눈앞까지 다가오자 하얗게 웃었다.

순찰무사는 혁련호승의 웃음에 멈칫했다.

순간 혁련호승의 손이 번개처럼 순찰무사의 심장을 향해 뻗었다.

퍽!

"크억!"

입을 쩍 벌린 순찰무사의 눈이 화등잔처럼 커졌다.

혁련호승은 순찰무사의 심장에 박힌 손을 쑥 잡아 뽑았다. 그러고는 뒤로 넘어가는 순찰무사는 보지도 않은 채, 탐욕에 젖은 눈으로 손에 들린 심장을 입으로 가져갔다.

"크크크, 이제야 머리가 맑아지는 것 같군."

그때 입구 쪽에서 무사들이 몰려왔다.

"비명이 들렸는데 무슨 일이야?"

"누가 침입한 것이지? 모두 경비를 강화하고 속히 상황을 알아봐라!"

한 사람이 혁련호승을 발견하고 소리쳤다.

"저기 수상한 놈이 하나 있다! 잡아!"

혁련호승은 그들을 한번 바라보고는 귀찮다는 듯 눈살을 찌푸리고 신형을 날렸다.

"건방진 놈들이 감히 내 식사를 방해하다니……."

그가 사라짐과 동시 네 명의 무사가 현장에 도착했다.

그들은 바닥에 쓰러진 순찰무사를 보고는 대경했다.

"심장이 뽑혔어!"

"어떤 놈이……!"

"비상을 걸어! 어서! 아까 그놈을 잡아야 돼!"

그때 한 사람이 혁련호승의 방을 바라보고 말을 더듬었다.

"두, 둘째 공자의 방이……?"

옆에 서 있던 자가 급히 부서진 방문을 옆으로 치우고 안으로 들어갔다.

"없어. 둘째 공자가 사라졌다."

"그럼… 조금 전의 덩치 큰 그 사람이… 둘째 공자?"

제령전의 내실로 돌아가려던 좌소천은 천화원 쪽에서 들려오는 급작스런 소란에 몸을 돌렸다.

'무슨 일이지?'

즉시 도유관이 나섰다.

"속하들이 알아보겠습니다, 주군!"

그는 종리명한과 사인학을 데리고 소리가 들려온 천화원 쪽으로 달려갔다.

그가 돌아온 것은 반의 반 각도 지나지 않아서였다.

굳은 그의 얼굴로 봐서 심상치 않은 일이 벌어진 듯했다.

"주군, 천화원에서 심장이 뽑힌 순찰무사의 시신이 발견되었습니다. 한데… 아무래도 범인이 혁련호승 같습니다."

도유관은 당시 혁련호승을 목격했던 자들의 말을 그대로 옮겼다.

그의 이야기가 이어질수록 좌소천의 표정도 굳어졌다.

출정을 하루 앞둔 날, 예상치 못했던 일이 벌어졌다. 그것도 자신과 악연이 있다 할 수 있는 혁련호승이 관계된 일이.

뜻하지 않은 일에 좌소천의 마음이 무거워졌다.

"그의 행방은 찾았소?"

"지금 전 지역에 비상을 걸고 찾고 있는 중입니다."

문득 이상한 생각이 들었다.

혁련호승은 혈맥이 세 군데나 끊어진 상태다. 호성당의 순찰무사는커녕 일반무사들조차 상대하기가 쉽지 않을 터였다.

뭔가 비정상적인 일이 벌어졌다는 말이었다.

"알겠소. 내가 직접 천화원으로 가볼 테니 소식이 오면 바로 전하라 하시오."

"예, 주군!"

마주 앉은 혁련무천의 얼굴이 참담하게 일그러져 있다.

혁련호정도 평소와 달리 입을 꾹 다문 채 굳은 표정이다.

좌소천은 두 사람의 태도만으로도 뭔가 일이 있다는 확신을 얻었다.

"어떻게 된 일입니까? 왜 호승 형이 그리 갑자기 변한 것입니까?"

좌소천의 재촉에 혁련무천의 눈매가 잘게 떨렸다.

"으음……. 내 다 말하지."

"아버님……."

혁련호정은 혁련무천을 말리려다, 더 이상은 어쩔 수 없다는 걸 알고 고개를 돌렸다.

그리고 마침내 혁련무천의 입이 열렸다.

"천외천가의 놈들이 둘째의 끊어진 혈맥을 이어준다고 사람을 데려왔는데…… 아무래도 부작용이 일어나서 결국 그리 된 것 같네."

"순찰무사가 죽고, 심장이 뽑혔다는 것은 들었겠지요?"

"들었네."

"그가 왜 심장을 뽑아서 가져갔을 거라 보십니까?"

"그건……."

혁련무천도 뭔가를 짐작한 듯했다. 하지만 차마 자신의 입으로 말하지는 못했다.

좌소천은 무심한 표정으로 결론을 내리듯 말했다.

"만일 제가 생각한 일이 벌어진다면, 그냥 둘 수 없습니다. 그 점 미리 용서를 구하겠습니다."

거기에 대해선 혁련무천도, 혁련호정도 생각하고 있는 것이 있었다. 아마 세 사람의 생각이 거의 같을 것이다.

혁련호정이 가래 끓는 목소리로 입을 열었다.

"그전에, 내가 먼저 호승이의 일을 처리할 수 있도록 해주게."

혁련호승의 뒤를 쫓는 일은 생각보다 어렵지 않았다.

그가 들고 간 심장에서 떨어진 핏방울이 황강산 쪽으로 길게 이어져 있었던 것이다.

추적이 시작된 지 반 시진.

삐이이이이!

황강산 중턱에서 기다란 신호음이 울렸다. 핏방울을 쫓아간 호성당과 절혼당, 순찰당의 무사들이 혁련호승의 위치를 파악한 듯했다.

신호음이 울리자 황강산 일대에 천라지망이 펼쳐졌다.

천화원을 나가 연락을 기다리고 있던 좌소천도 직속호위무사들과 함께 황강산으로 향했다.

그러길 일각.

좌소천은 황강산의 묘역이 있는 곳에서 걸음을 멈추고 또 다른 신호음이 울리길 기다렸다.

그때 좌측 계곡 안쪽에서 괴성과 비명과 무사들의 외침이 뒤섞여 터져 나왔다.

"크아아아!"

"으아악!"

"놈이다! 잡아라!"

"살귀가 도망간다! 쫓아!"

좌소천은 그 소리를 듣고도 움직이지 않았다. 움직일 필요가 없었다. 진득한 살기가 자신이 서 있는 묘역 쪽으로 빠르게 다가오고 있었던 것이다.

'그래, 이리 와라, 혁련호승. 우리의 악연을 여기에서 끝내자.'

문득 고개를 돌려 위쪽을 바라보았다. 아버지와 어머니의 묘소가 보였다.

'묘한 일이군. 아버지와 어머니가 바라보이는 곳에서 혁련호승을 만나다니.'

그때였다.

"크아아아!"

괴성과 함께 커다란 덩치의 검은 그림자가 좌측 계곡에서 솟구쳤다. 혁련호승이었다.

그가 묘역에 내려서자 도유관과 능야산을 비롯한 직속호위 무사들이 기다렸다는 듯 그를 포위했다.

광기에 젖은 붉은 눈, 시뻘게진 얼굴. 손가락 굵기로 툭툭 튀어나온 혈관.

사람의 형상이 아니었다. 미쳐 버린 수라귀의 모습이었다.

그는 자신을 둘러싼 사람들에게서 뿜어지는 기세에 쉽게 몸을 움직이지 못했다. 본능적으로 상대의 강함을 느낀 것이다.

좌소천은 천천히 걸어서 포위망 안으로 들어갔다.

"내가 누군지 알겠나?"

혁련호승이 좌소천을 보더니 고개를 갸웃거렸다.

"크크크크, 네놈은… 네놈……. 크으윽! 머리가 아파. 네놈의 심장을…… 피를 마셔야겠어!"

머리를 쥐어 싼 혁련호승의 눈에서 혈광이 흘러나왔다. 어둠 속에서 붉게 타오르는 두 눈은 결코 사람의 눈이 아니었다.

그는 좌소천을 노려보더니 갑자기 몸을 날렸다.

좌소천을 향해 뻗는 시뻘건 두 손에서 붉은 기운이 너울댔다.

좌소천은 그를 향해 마주 다가가며 두 주먹을 휘둘렀다.

콰광!

혁련호승의 몸이 이 장 밖으로 튕겨졌다.

좌소천은 그를 향해 다가가며 무심한 목소리로 입을 열었다.

"좌소천이라는 이름을 모르는가?"

"좌소…… 좌소천……."

혁련호승은 비틀거리며 일어서더니, 그런 것은 아무 상관없다는 듯 다시 달려들었다.

"누구든 상관없어! 심장을 내놔!"

한쪽 팔이 부러져 덜렁거리는데도 그는 아무런 고통도 느끼지 못하는 듯했다.

그가 일 장 안으로 들어왔을 때다.

번쩍!

무진도가 어둠을 길게 가르며 혁련호승의 어깨를 스쳤다.

툭!

혁련호승의 부러진 오른팔이 어깨 부위에서 떨어지고, 어둠을 뚫고 시뻘건 핏줄기가 허공으로 솟구쳤다.

좌소천은 한 걸음 더 앞으로 나아가며 싸늘하게 말했다.

"우리의 악연을 여기서 끝내자, 혁련호승."

찰나, 혁련호승이 득달같이 달려들었다. 팔이 떨어져 나간 것쯤은 자신과 아무런 상관이 없다는 듯이.

"크아아!"

좌소천은 예상치 못한 혁련호승의 공격에 걸음을 멈추고 좌수를 뻗었다.

우두둑!

그는 혁련호승의 왼손 팔목을 부러뜨리고, 무진도를 사선으로 올려쳤다.

바로 그때, 한 사람이 장내로 날아들며 소리쳤다.

"잠깐만 기다려라!"

목을 향했던 무진도가 방향을 틀더니 혁련호승의 머리카락을 잘라냈다.

좌소천은 무진도의 방향을 바꾸고는 발을 뻗어 혁련호승을 이 장 밖으로 걷어차 냈다.

퍽!

동시에 두 사람 사이로 한 사람이 내려섰다. 혁련호정이었다.

혁련호정은 내려서자마자 비틀거리며 일어서는 혁련호승을 노려보았다.

"호승! 대체 어떻게 된 일이냐?"

혁련호승은 세차게 머리를 흔들고 혁련호정을 노려보았다.

시뻘건 그의 두 눈이 찰나간 흔들렸다. 좌소천은 알아보지 못했으면서도 혁련호정은 알아본 듯했다.

"크크크, 형? 우흐흐흐, 항상 나를 주눅 들게 한 형인가? 몇 번이나 죽여 버리고 싶었던 그 형이 나를 찾아온 건가? 큭큭! 형…… 나 심장이 필요해. 피를 마셔야 돼. 머리가 아파. 피를 마셔야 나아……."

웅얼거리며 혁련호정을 노려보는 혁련호승의 눈에서 붉은 빛이 쏟아졌다.

"그게 무슨 말도 안 되는……."

혁련호정은 어이가 없어 힘이 빠졌다.

자신을 몇 번이나 죽이려 했다니. 도대체가 믿을 수 없는 말이었다.

"네가 왜 나를 죽이려 했단 말이냐?"

"크크크크, 형이 어떻게 내 마음을 알아! 벌레처럼 구석에 웅크리고 온갖 비웃음이나 받는 내 심정을 잘난 형이 어떻게 아냐고! 내 비참한 마음을 한 번이라도 생각해 본 적이 있어?!"

그때다. 혁련호승이 버럭 소리를 지르더니 몸을 날리며 손을 뻗었다.

"죽어!"

생각지도 못했던 공격에 혁련호정도 마주 손을 내밀었다.

갈퀴 같은 손가락이 가슴을 찍어오는데도 혁련호정은 그에 아랑곳없이 쫙 펼친 손바닥으로 혁련호승의 가슴을 때렸다.

퍽! 쾅!

"푸헉!"

혁련호승이 피를 뿜으며 일 장 밖으로 나가떨어진다.

한순간, 이를 악문 혁련호정의 눈이 잘게 떨렸다.

혁련호승의 손가락에 찍힌 가슴에서 배어 나오는 피가 옷자락을 타고 길게 흘러내리지만, 그의 눈은 혁련호승을 향한 채 움직일 줄을 몰랐다.

"호승아……."

꿈틀거리며 벌레처럼 바닥을 기는 동생의 얼굴이 조금씩 정상으로 돌아온다. 입에서 핏물을 쏟아내며 자신을 바라보는 눈에 원망이 가득하다.

혁련호정은 이제야 혁련호승이 왜 그렇게 편협해졌는지 어렴풋이 알 것 같았다.

　자질이 뛰어나 남들에게 칭찬만 받던 자신과 비교되며 살아온 동생이다. 사람들은 자신과 비교하며 동생을 향해 혀를 차고 뒤에서 손가락질을 했다.

　결국 동생이 그렇게 된 데에는 형인 자신의 책임이 크다는 말이었다.

　'그랬단 말이지?'

　혁련호정의 몸이 잘게 떨렸다.

　항상 못난 놈이라 질타만 했다.

　바보같이 굴다가 병신이 되었다며 호되게 야단을 쳤다.

　그리고 이제는, 그런 동생의 심장을 자신의 손으로 부숴 버렸다.

　가슴이 떨리고 움켜쥔 손이 떨렸다.

　혁련호승의 손가락에 찍힌 가슴의 고통은 느껴지지도 않았다.

　바들바들 떨며 마지막 숨을 몰아쉬는 동생의 모습이 눈 안에 가득 차 온다.

　울컥, 치솟는 감정에 그는 입을 열 수가 없었다.

　안간힘으로 버텨보지만 자꾸만 눈물이 나오려 한다.

　혁련호정은 이를 악물고 좌소천을 향해 고개를 돌렸다.

　"호승이 시신을… 내가 처리해도 되겠나?"

　좌소천은 말없이 고개를 끄덕였다.

　혁련호정은 겨우 입을 열고 고개를 돌렸다. 하지만 혁련호승의 모습이 보이자 끝내 눈가에 안개가 끼었다.

"……고맙다, 소천."

2

찻잔을 거칠게 내려놓은 순우연이 순우기정을 바라보았다.

"무슨 말인가? 혁련미려가 곡을 빠져나갔다니? 그게 사실인가?"

"예, 가주."

"호곡무사들은 모두 눈 뜬 장님이었단 말인가?"

"그게… 십여 명이 혁련미려를 쫓았사온데……."

보고를 하는 순우기정이 답을 망설이자 순우연이 의아한 표정으로 물었다.

"쫓았는데? 설마 모두 혁련미려에게 죽었다는 말은 아니겠지?"

"그들 대부분이 둘째 공자에게 죽었습니다."

"뭐야?"

"두 명이 살아서 돌아왔는데, 그들 말에 의하면, 모두 심장이 뽑혀서 죽었다고 합니다, 가주."

순우연의 표정이 딱딱하게 굳어졌다.

"그럼 설마, 천해에서 무궁이에게 혈령마기를 심기라도 했단 말인가?"

"지금으로선 그런 추측밖에는……."

"이놈들이!"

"다행히 성취가 높아서 자주 피를 섭취할 필요는 없어 보입니다만, 아무래도 밖에 내놓을 수는 없을 것 같습니다."

"감히 내 아들에게 그런 사법을 펼치다니. 노야, 이 늙은이가 어디서 잔꾀를……."

순우연의 두 눈에서 붉고 푸른 광채가 넘실거렸다.

하지만 그는 곧 마음을 가라앉히고 순우기정을 향해 입을 열었다.

"지금 무궁이는 어디 있느냐?"

"아직 곡으로 돌아오지 않았습니다. 저의 생각으로는 지금도 혁련미려를 쫓고 있는 것 같습니다."

"무궁이를 잡아올 사람을 보내라. 태백산 밖으로 나가면 문제가 커질 수도 있다."

"이미 만사령주가 직접 나섰습니다, 가주."

"혈령마기가 심어져 있다면 만사령주만으로는 잡을 수 없다. 천앙동에 말해서 사람을 지원받아. 그들에게 무궁이를 잡아오라 이르고, 만사령주에게는 혁련미려를 처리하라고 해."

순우기정의 눈이 커졌다.

천앙동(天仰洞)은 천외천가의 마지막 힘이라 할 수도 있는 곳이다. 비록 인원은 열 명밖에 되지 않지만, 그들은 사사와 십암을 상대하기 위해 비밀리에 키워진 자들. 하기에 이번 섬서 정벌에서도 내보내지 않고 철저히 숨겨두었던 터였다.

그들에게 지원을 받으라는 말은, 그만큼 순우무궁이 강하다는 말. 순우무궁의 능력을 알고 있다 생각했던 순우기정으로선 놀라지 않을 수 없었다.

"그 정도입니까?"

"혈령마기는 몸의 잠력을 극대화시키는 사법이다. 적어도 전에 비해 서너 배는 강해져 있을 것이야."

그 정도면 자신이 예상했던 것보다 두 배 정도 강한 무위. 그렇다면 순우연 말대로 만사령주만으로는 잡기 힘들 것이 분명해 보였다.

"알겠습니다, 가주."

그때 순우연이 화제를 돌렸다.

"그건 그렇고…… 공야황이 마공을 완성했을까?"

흠칫한 순우기정이 고개를 들었다.

"완성되었다면 왜 시간을 끌고 있겠습니까? 아직 미진한 것이 있어 그런 것이 아니겠습니까?"

"그럴까?"

순우연의 눈이 깊어졌다.

"그는 완벽을 추구하는 자다. 그런 자가 단지 상황이 급해졌다는 말에 천해를 열었다? 왠지 이상해."

"하면 가주께선 그가 마공을 완성했다 여기시는 것입니까?"

"확실치는 않아. 하지만 그렇다 생각하고 대비하는 것도 나쁘지는 않을 것이야. 어차피 며칠 후면 천선곡을 나가야 할 터. 항상 최악의 경우를 생각하고 계획을 짜도록."

"알겠습니다, 가주."

말없이 내미는 손에 이름 모를 과일이 들려 있다.

"고마워요."

혁련미려는 고맙다는 말을 하고는 과일을 받아 들었다. 하루 종일 아무것도 먹지 못해서 그런지 과일을 보자 침이 고였다.

한데 한 입을 다 삼키기도 전에 눈물이 먼저 흘러나왔다.

암벽에 몸을 기대고 있던 기천승이 눈을 뜨고는 나직이 말했다.

"신양까지 가려면 마음을 굳게 먹어야 할 것이다."

순간 혁련미려의 고개가 번쩍 들렸다.

그녀는 불안한 눈으로 기천승을 보며 앉은자리에서 살짝 뒤로 물러났다.

"어, 어떻게……?"

"놀랄 것 없다. 그 괴인이 너를 혁련미려라고 불러서 아는 것뿐이니까."

그래도 불안한지 혁련미려가 다시 물었다.

"당신은… 누구시죠?"

기천승이 멈칫하더니 자신의 이름을 말했다.

"나는 기천승이라고 한다."

남의 눈치 보지 않겠다는 좌소천의 말이 생각나자, 자신도 이제는 특별한 일이 아니면 이름을 숨기며 살고 싶지 않다는 생각이 든 것이다.

하지만 혁련미려는 기천승이라는 이름을 알지 못했다. 어쩌면 당연했다. 귀영천살의 본이름을 알고 있는 사람은 천하를 다 뒤져도 그리 많지 않을 테니까.

혁련미려는 처음 들어보는 이름에 불안감을 떨치지 못했다.

"왜 저를 도와주신 거죠?"

"아직 자세한 이유를 알려줄 수는 없다만, 일단 너의 적이 아니란 것만 알고 있어라."

혁련미려가 입술을 잘근 깨물었다.

하긴 앞에 있는 사람이 누구든, 자신을 순우무궁의 손에서 구해준 사람이다. 의심을 한다는 자체가 우스운 일일 뿐이다. 아무리 험한 일이 닥친다 해도 순우무궁의 손에 걸린 것보다는 나을 것이었다.

그녀는 슬며시 손에 들린 과일을 입으로 가져갔다.

그때 기천승이 물었다.

"그 괴인이 누군지 알고 있느냐?"

멈칫한 혁련미려가 겨우 입을 열었다.

"그자는… 순우무궁이란 자예요."

그 말에 기천승이 놀란 표정을 지었다.

"순우무궁? 천외천가 가주의 둘째 아들이라는 자 말이냐?"

"예."

"그자의 무공이 그렇게 강하지 않은 것으로 알고 있다만."

"저도 확실한 것은 몰라요. 얼마 전까지 어딘가에 갇혀서 벌을 받고 있었다는데, 며칠 전에 풀려났어요."

'어딘가?'

그 말에 기천승의 눈이 반짝였다.

"천해 말이냐?"

혁련미려가 의아한 눈으로 기천승을 바라보았다.

기천승은 그녀의 눈빛을 보고, 그녀가 천해에 아무것도 모른다는 것을 알았다.

조금 아쉬웠지만, 그것 말고도 혁련미려가 도움이 될 것은 얼마든지 있었다.

"천외천가의 내부에 대해 아는 것이 있느냐?"

과일을 삼킨 혁련미려가 고개를 끄덕였다.

"조금요."

"입구의 진세는?"

"나오는 것은 겨우 알았는데, 들어가는 것은 확실히 자신할 수가 없어요."

기천승에게는 그것조차 커다란 정보였다.

"천외천가에 대한 것과 나오는 방법을 나에게 말해줘라."

혁련미려가 기억을 더듬어 천선곡 내부에 대한 것과 입구의 진세에 대한 것을 모두 알려주는 데는 반 시진이 걸렸다.

"진은 바뀔지도 몰라요. 제가 빠져나왔으니까요."

혁련미려의 말에 기천승도 공감을 했다.

그래도 기본적인 것은 변하지 않을 터. 변한 것은 나중에 알아보면 될 일이었다.

"그도 그렇군. 좌우간 시간이 없으니 다 먹었으면 일어나자. 몸을 다스리느라 너무 오래 지체했다."

"예, 기 아저씨."

기 아저씨라는 말에 기천승이 멈칫했다. 하지만 별다른 불만은 없는 듯 별말없이 몸을 일으켰다.

두 사람이 하루 동안 이동한 거리는 겨우 삼십여 리에 불과했다.

그럴 수밖에 없는 것이, 혁련미려가 부상을 입은 것도 그렇고, 기천승 역시 작지 않은 내상을 입어 몸을 먼저 돌보지 않을 수 없었다.

더구나 혁련미려가 천선곡을 빠져나간 이상 천외천가가 가만히 있을 리는 만무한 일. 그들의 추적을 피해야 했다.

기천승은 태백산 일대를 조사하며 봐두었던 동굴 중 사람들이 찾기 힘든 곳을 골라 일단 몸을 숨겼다. 그리고 하루, 어느 정도 몸이 회복된 상태였다.

"가자."

기천승은 조심스럽게 동굴을 나섰다. 그리고 곧이어 혁련미려가 동굴을 나왔다.

바로 그때였다.

"클클클, 겨우 여기까지밖에 도망치지 못했나?"

순우무궁의 목소리가 암벽 위에서 들려왔다.

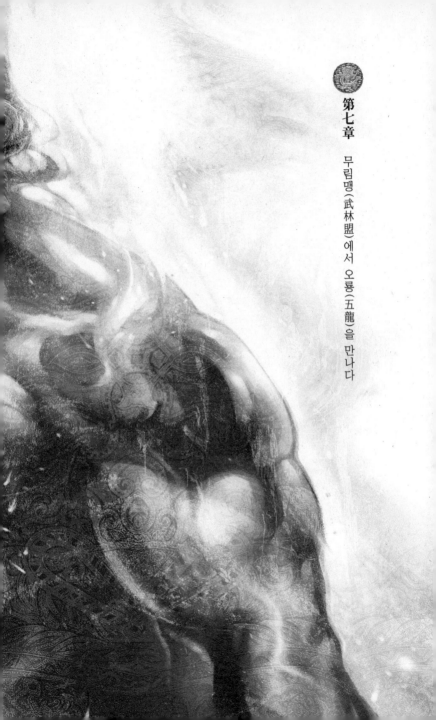

第七章

무림맹(武林盟)에서 오룡(五龍)을 만나다

絶對天王

구름 한 점 없이 화창한 날 아침, 오백이십여 명의 무사가 제천신궁을 출발했다.

좌소천은 검왕 위지승정을 임시 궁주로 앉혀놓고, 원로원의 장로들 중 등소패를 비롯해 몸이 약한 사람들은 출정단에 포함시키지 않았다. 가야 할 길이 워낙 먼데다가, 그들이라도 궁 안에 있어야 궁의 기강이 흔들리지 않을 것이기 때문이었다.

하지만 그런 와중에도 동천옹과 무영자, 염불곡, 죽귀는 끝까지 출정단을 따라 나왔다. 죽기 전에 섬서의 유명한 곳을 구경해야겠다면서.

"장안이 그렇게 구경할 게 많다던데……."

"종남산도 괜찮아."

"화산에 귀령이 제법 많은데, 그놈들을 잡으러 가야겠습니다."

"여산의 온천물이 그렇게 좋다고 하니 정말인가 알아봐야겠어. 우리 손녀딸 피부와 맞을지……."

좌소천도 그들을 말리지는 않았다. 말려봐야 몰래 따라올 것이 분명한 일. 차라리 행방이라도 미리 아는 것이 나았으니까.

그렇게 하늘에 간간이 떠다니는 구름을 벗 삼아 걸음을 옮긴지 사흘째.

좌소천은 여주에 도착하자마자 곧바로 무림맹이 있다는 오룡산(五龍山)을 향해 서쪽으로 방향을 틀었다.

여주까지 그와 동행한 사람은 직속호법 열 명과 비천사룡. 그리고 능야산의 형제들 중에서 추린 열 명을 합쳐 스물네 명에 불과했다.

그들을 제외한 나머지 주력은 북리환의 인솔 아래 웅이산(熊耳山) 북쪽에 있는 산채로 가도록 했다.

녹림왕이라 불리는 북리환 덕에 산적들의 소굴인 산채를 훌륭한 중간 거점으로 활용할 수 있게 된 것이다.

여주에서 오룡산까지는 사십여 리.

좌소천 일행이 쭉 뻗은 관도를 따라 이십여 리 정도 갔을 때였다. 십여 명이 앞쪽에서 달려왔다.

그들 중 마흔 정도 되어 보이는 자가 앞으로 나서며 큰 소리로 물었다.

"제천신궁에서 오신 분들이 아니신지요?!"

인상 좋은 사인학이 앞으로 나섰다.

"그렇습니다. 무림맹에서 오신 분이십니까?"

"맞소이다. 우리는 제천신궁에서 오신 분들을 본 맹으로 안내하기 위해 나왔소이다."

"다행이군요. 어디로 가야 하나 고민했는데 말입니다."

듣기에 따라 비꼬는 것으로 들릴 수도 있었다.

청해놓고 알아서 오라고 하면 어떻게 하냐? 하는 투였으니까.

하지만 사십대의 중년인은 걱정할 것 없다는 듯 담담히 말을 받았다.

"하하하. 어린아이들도 여주까지만 오면 무림맹을 찾을 수 있지요."

설마 어린아이도 찾을 수 있는 걸 당신들이 못 찾겠냐, 하는 말이다.

사인학은 빙그레, 사람 좋은 웃음을 지었다. 속으로야 '아쭈 제법인데?' 하는 마음이었지만.

"미처 몰랐습니다. 본 궁에선 사람을 청할 때, 처음 오는 사람에게는 안내인을 붙여주거든요. 그게 예의라서 말입니다. 하하하."

그 말에는 중년인도 마땅하게 대답하지 못했다.

살짝 얼굴이 굳어진 그에게 사인학이 말했다.

"앞장서시지요. 뭐 저희가 그런 예의를 지킨다고 해서 굳이 무림맹에게까지 강요할 필요는 없는 일 아니겠습니까?"

눈을 좁힌 중년인은 사인학을 한번 노려보고 몸을 돌렸다.

"크음, 알겠소이다. 따라오십시오."

그때 사인학이 돌아서려는 중년인을 향해 손을 들어 올렸다.

"아! 그전에 저희 궁주님께 인사 정도는……."

결국 중년인은 굳어진 얼굴로 좌소천 일행을 둘러보았다. 하지만 곧 곤혹스런 표정을 지었다.

거의 같은 복장, 누구누군지 알 수가 없었던 것이다.

그런 중년인의 뒤통수에 사인학이 못을 박았다.

"본 궁에선 어린아이도 어느 분이 궁주님이신지 곧바로 알아보지요."

중년인이 땡감 씹은 표정을 지으며 사인학을 흘겨보았다. 그러던가 말던가 사인학은 조용히 웃으며 하늘을 떠다니는 구름만 바라보았다.

완벽한 승리자의 모습이다.

좌소천은 웃음이 나오려는 것을 가까스로 참고 포권을 취했다.

"좌소천이오."

궁주가 어떻게 생겼는지는 모른다. 하지만 이름은 알고 있었다. 중년인은 다급히 마주 포권을 취하며 고개를 숙였다.

"황보세가의 황충이라 합니다."

그의 뒤에 늘어서 있던 열한 명의 무림맹 무사는 경악을 감추지 못하고 좌소천을 바라보았다.

듣기로는 새로운 제천신궁이 이전의 제천신궁보다 훨씬 강하고 거대한 세력이라 했다.

천하제일패 제천신궁의 새로운 궁주. 그는 천하를 뒤흔든 풍운아였다.

가히 천하의 운명을 좌지우지하는 인물이라 해도 과언이 아닌 사람. 그가 바로 현재의 제천신궁주 절대공자(絶對公子) 좌소천인 것이다.

한데 너무 젊었다.

게다가 일반무사들이나 별반 다르지 않게 보였다. 정말 자신들이 보고 있는 사람이 제천신궁의 궁주인지 의심이 갈 정도였다.

오죽하면 급히 고개를 숙이던 중년인이 멈칫할까.

그때 좌소천이 빙그레 웃으며 입을 열었다.

"안내해 주시겠소? 우리는 이곳이 처음이라, 어린아이보다도 길을 모릅니다."

황충의 표정이 어색하게 변했다. 그러다 좌소천이 자신의 무안함을 희석시키기 위해 그런 말을 했다는 것을 알고 내심 감탄을 금치 못했다.

'정말 제천신궁의 궁주인 것 같구나. 이런 사람을 의심하다니…….'

갑자기 좌소천이 커 보였다. 두 눈에 다 담기지 않는 것처럼 느껴졌다.

황충의 목소리가 자신도 모르게 공손히 흘러나왔다.

"저희를 따라오시지요, 궁주."

황충을 따라 얕은 구릉을 몇 개 넘자, 그리 높지 않은 산 아래쪽에 끝이 보이지 않는 건물군이 모습을 드러냈다.

천하제일의 연합세력, 무림맹이었다.

드넓은 오룡산 자락을 통째로 차지한 채 와룡처럼 누워 있는 무림맹. 그 거대한 규모는 결코 제천신궁에 못지않았다.

좌소천은 일행과 함께 황충을 따라 무림맹의 정문으로 다가갔다.

활짝 열린 커다란 정문 앞에는 십여 명이 미리 나와서 좌소천 일행이 오기를 기다리고 있었다. 승복을 입은 자도 있고, 도복을 입은 자도 있었는데, 대부분이 중년 이상의 나이로 보였다.

그들 한가운데에 제갈진문이 서 있었다.

황충이 먼저 그들 앞으로 가더니 자신의 임무 완수를 보고했다.

"황충, 명대로 제천신궁의 좌소천 궁주님을 모시고 왔습니다."

"수고했네."

고개를 끄덕인 제갈진문은 옆에 서 있는 사람들과 함께 좌소천을 향해 다가왔다.

거리가 이 장으로 가까워지자 제갈진문이 포권을 취하며 살짝 고개를 숙였다.

"오시느라 애쓰셨소이다, 궁주."

이전과 확연히 달라진 행동과 말투다.

좌소천은 무덤덤한 표정으로 마주 포권을 취했다.

"별말씀을. 너무 늦지 않았는지 모르겠습니다."

제갈진문의 눈 가장자리가 잘게 떨렸다. 좌소천의 말뜻을 알기 때문이다.

"이제라도 방법을 구해봐야지요."

그때 제갈진문의 뒤에 서 있던 자들 중 오십대 초반의 중년인이 좌소천 일행을 둘러보고는 좌소천을 향해 두 손을 들어 올렸다.

길게 빠진 턱에 뾰족한 수염이 달리고, 눈 가장자리가 살짝 치켜져 날카로운 인상을 주는 자였다.

"좌 궁주를 만나게 되어 반갑소이다. 현무당을 맡고 있는 당처문이라 하외다. 한데… 설마 제천신궁에서 여러분만 오신 것은 아니겠지요?"

예의상 인사말은 건네지만 마지못해하는 표정이다. 게다가 질문을 하면서 인상을 쓴다.

좌소천이야 담담하지만, 다른 사람은 그렇지 못했다.

당처문에 비해 조금도 뒤떨어지지 않는 날카로운 인상의 도유관이 냉랭히 말했다.

"주군께서 계시는 곳이 곧 제천신궁이지요. 본 궁은 사람 수를 앞세워 위세 떠는 곳이 아니외다."

당처문의 싸늘한 눈이 도유관을 향했다.

도유관의 말인즉, 무림맹처럼 사람 수를 앞세워 위세를 떨지 않는다, 라는 뜻이 아니고 뭐란 말인가.

"대단한 자신감이군. 입만 산 것이 아니길 바라지."

당처문은 차마 더 이상 심한 말을 하지는 못하고, 중얼거리며 자신의 내심을 드러냈다.

"확실히 소문은 믿을 게 못돼. 맹주께선 왜 저런 자들과 손을 잡으려 하는지 모르겠군. 별 도움도 못될 것 같은데 말이야."

도유관의 입꼬리 한쪽이 슬쩍 위로 말렸다.

"걱정하지 않아도 됩니다. 우리는 누구들처럼 입으로 싸우는 사람들이 아니니까."

"뭐라고?"

일순간 두 사람 사이에 싸늘한 바람이 불었다.

상황이 이상하게 흐르자 둥근 얼굴 왼쪽에 커다란 점이 박힌 도인이 담담히 웃으며 나섰다.

"허허허. 본 맹과 제천신궁이 그간의 다툼을 떠나 손을 잡는 날인데 인상을 쓸 필요가 있겠소?"

공손양이 마주 웃으며 입을 열었다.

"옳으신 말씀입니다. 기분 좋은 날 시비를 거는 것은 바람직한 일이 아니지요. 도 호법님, 먼지가 이는 곳에 주군을 모시고 있을 수는 없지 않겠습니까?"

그 말에 도유관이 좌소천을 향해 고개를 숙였다.

"죄송합니다, 주군."

좌소천의 입가에 잔잔한 웃음이 걸렸다.

"너무 신경 쓸 것 없소. 진실은 칼이 말해줄 테니 말이오."

공손양이 씩 웃었다.

"정문을 넘어 보지도 못하고 돌아가야 하는 줄 알았습니다,
주군."

제갈진문도 어색한 웃음을 지으며 두 손바닥을 하늘로 향한
채 어깨를 으쓱했다.

"그럴 리가 있겠나? 본 맹은 손님을 청해놓고 문전에서 쫓
아낼 정도로 무지한 곳이 아니네."

"글쎄요. 그래도 문 앞에서 사람을 죽이면 상황이 달라질 수밖
에 없지 않겠습니까? 다행히 별일이 일어나지는 않았습니다만."

공손양의 말에 제갈진문의 표정이 굳어졌다. 그 말이 뭘 뜻
하는지를 알아챈 것이다.

그는 당처문의 얼굴이 일그러지는 것을 느끼고 급히 좌소천
을 보며 안쪽으로 손짓을 했다.

"자, 안으로 들어가십시다, 궁주. 맹주님께서 이제나저제나
오시기만을 기다리고 계십니다."

제천신궁의 궁주가 무림맹을 방문한다는 것은 비밀 아닌 비
밀이었다.

밖으로는 전혀 알려지지 않았지만, 무림맹 내부에선 상당수
의 사람들이 알고 있는 일이었다.

좌소천 일행이 무림맹의 정문을 통과하고, 넓은 연무장을
지나 정천전으로 가는 동안 많은 사람이 좌소천 일행을 구경
하며 수군거렸다.

"이거야 원, 도대체 무슨 마음으로 우리가 온다는 것을 알린

것인지 모르겠군요."

사인학이 투덜댈 만도 했다.

천외천가와를 상대하기 위해 제천신궁과 무림맹이 손을 잡았다는 것이 알려져 봐야 천외천가의 경계심만 높여줄 뿐인 것이다.

"맹주께서 장로들이 모인 자리에서 말하는 바람에 어쩔 수 없이 말이 새어나간 것 같네."

제갈진문이 쓴웃음을 지으며 변명처럼 말했다.

하지만 그것으로 해명될 일이 아니었다.

공손양의 얼굴이 침중한 표정으로 굳어졌다.

"그럼 앞으로 회의를 할 때 장로들은 일절 배제해야겠군요."

"그건……."

제갈진문이 머뭇거리며 난색을 표하자, 좌소천이 못을 박듯이 말했다.

"무조건 그리해야 합니다."

"하지만 좌 궁주……."

"맹주와 군사, 그리고 군사께서 책임질 수 있는 사람. 그 외에는 누구도 회의에 들어와서는 안 됩니다."

고개를 돌린 당처문이 이마를 찡그렸다.

"우리를 못 믿겠단 말이오?"

"믿고 못 믿고의 문제가 아니오. 비밀은 지켜져야 할 때 비밀인 법. 최선을 다해 말이 새어나가는 것을 막자는 것이오."

"아무리 그래도 그렇지, 장로들께서도 회의의 내용 정도는 알아야 하지 않겠소? 그렇게 사람을 못 믿고서야 무슨 이야기를 나눌 수 있겠소?"

정천전을 눈앞에 두고 좌소천이 걸음을 멈췄다.

그가 멈추자 뒤따르던 사람들도 약속이라도 한 듯 일제히 제자리에 섰다. 제천신궁의 사람들은 자의로 멈춰 섰지만, 앞서가던 제갈진문 등은 거대한 압박감에 절로 걸음을 멈추지 않을 수 없었다.

"귀하는 우리를 믿소?"

"그게 무슨 말이오?"

"비밀이 새어나갔을지도 모르는 상태에서, 우리의 말만 믿고 적진을 향해 뛰어들 수 있겠소?"

"그거야……."

"회의에서 한 이야기가 새어나가면 수십, 수백 명이 죽을지도 모르오. 귀하는 과연 어느 것이 더 중요하다고 생각하시오? 장로 몇 사람의 자존심? 흥! 이것만은 분명히 알아두시오. 비밀을 발설하는 자는, 가차없이 목을 베라 할 것이오. 장로가 아니라 그 누구라도."

그때였다.

콰당!

정천전의 문이 거칠게 열리더니, 칠순 가까이 되어 보이는 덩치 큰 노인이 걸어나왔다.

"꽤나 광오하구나! 지금 누구라도 죽일 수 있다 했는가?!"

다섯 치 길이의 거친 수염이 턱과 코밑에 무성한 노인은 활활 타오르는 눈으로 좌소천을 노려보았다.

그를 본 제갈진문이 난감한 얼굴로 좌소천에게 속삭이듯 말했다.

"팽가의 폭양도 어르신이시오, 궁주."

팽가의 원로 폭양도(爆陽刀) 팽철.

육기(六奇) 중 한 사람.

별호만큼이나 양강의 도를 쓰고, 성격 역시 도 못지않게 급한 사람이 바로 그였다.

제갈진문은 좌소천이 그의 이름을 알 거라 생각했다. 그리고 그의 이름을 안다면 좌소천이 말을 자제할 거라 여겼다.

하지만 이미 작정하고 말을 꺼낸 좌소천이었다.

그는 정천전 안에 상당히 많은 사람이 모여 있다는 것을 알고 있었다. 하기에 정천전 안에 있는 사람들이 자신의 말을 듣고 있을 거라 생각했다.

그걸 알면서도 심한 말을 한 이유는 하나, 그것이 당연하기 때문이었다.

무림맹은 아직도 상황을 직시하지 못하고 있다.

종남이 무너지고 섬서성 전체가 천외천가의 손에 들어가기 직전이거늘, 자신들이 나서면 언제든지 천외천가와 천해쯤은 단숨에 물리칠 수 있다는 망상에 빠져 있다.

그러한 생각을 바꿔놓지 않은 상태에서의 무림맹과의 연합은 사상누각에 불과할 뿐. 그런 연합은 안 하느니만 못하다.

연합이 깨지더라도, 좌소천은 무림맹의 망상을 깨울 생각이었다. 그래야 따로 싸우더라도 그만큼 천외천가에 더 많은 타격을 줄 수 있을 터였다.

기선을 제압해 회동을 유리하게 이끌 수 있다면? 그것은 덤으로 좋은 일이었다.

좌소천은 제갈진문을 밀치고 자신의 일 장 앞까지 다가온 팽철을 똑바로 바라보며 말문을 열었다.

"계략의 기본은 비밀 엄수지요. 전시에 비밀을 누설한 자는 당연히 목을 쳐야 하는 것 아닙니까?"

"흥! 우리 장로들도 그 정도는 알고 있다. 하지만 말 한마디 했다고 목을 잘라야 한다는 너의 말은 용납할 수가 없다!"

"그 말 한마디로 수많은 사람이 죽어도 말입니까?"

"그게 꼭 그 사람만의 잘못이라 할 수는 없지 않느냐?"

"만일 일반무사가 비밀을 누설해서 수십 명이 죽었다면 어떻게 하시겠습니까?"

팽철의 이마에 핏줄이 돋았다.

좌소천은 눈을 부라리는 팽철을 보며 무심한 목소리로 물었다.

"일반무사니까 죽일 겁니까? 아니면 그 정도야, 하면서 웃고 넘길 겁니까."

"일파의 장로와 일반 무사들을 어찌 똑같이 생각하느냐? 세상에 군(君)과 신(臣)은 똑같을 수 없고, 장(將)과 졸(卒)도 다르게 취급하는 법이다."

좌소천의 표정이 차갑게 굳어졌다.

"장로들도 사람이고, 일반무사들도 사람이오. 무엇이 다르단 말이오?"

"뭐라? 네가 지금 우리를 무시하겠다는 말이냐?!"

그때 도유관이 발끈하며 나섰다.

"듣자 듣자 하니까! 말씀을 조심하시오, 팽 노선배!"

"이놈들이!"

팽철이 휙 고개를 돌려 독사처럼 눈꼬리를 올린 도유관을 노려보았다. 도유관 역시 지지 않고 코웃음을 쳤다.

"흥! 일파의 장로라는 신분이 그렇게 대단한지 몰랐군! 무림 맹의 사람들에게는 그리해도 될지 모르지만, 우리에게 존중을 받으려면 존중받을 수 있는 행동을 해야 할 거요!"

"네놈이 감히!"

성질을 이기지 못한 팽철이 땅을 박찼다.

이 장여의 거리가 찰나간에 가까워지고, 팽철의 커다란 주먹이 도유관을 향해 뻗어갔다.

도유관의 손이 품 안을 스쳤다 싶은 순간,

번쩍!

은빛 비늘이 팽철의 주먹을 향해 떨어져 내렸다.

"헛!"

대경한 팽철은 급히 주먹을 거두고는, 등 뒤의 칼을 번개처럼 빼내 도유관의 도끼를 후려쳤다.

콰광!

강력한 충격에 두 사람이 뒤로 밀려났다.

네 걸음을 물러선 도유관은, 두 걸음 물러서서 경악한 눈으로 자신을 바라보는 팽철을 향해 도끼를 들어 올렸다.

"과연 육기 중에 한 분답소. 하지만 생사의 대결은 실력만으로 갈리지 않는 법. 이제부터 조심하셔야 할 거요."

분명 도유관이 손해를 본 상황이다. 하지만 심적인 타격은 팽철이 더했다.

자신이 누군가. 천하에서 적수를 찾기 힘들다는 육기 중의 한 사람이 아니던가.

우세한 일수격돌이었지만, 그의 마음은 결코 그렇지가 못했다.

"네놈은 누구냐?"

"도유관이라는 별 볼일 없는 사람이외다."

어느새 많은 사람들이 근처로 모여든 상황. 여기저기서 웅성거림이 흘러나왔다.

"혈심부 도유관?"

"아! 저자가 바로 천주산의 오기문을 혼자서 멸했다는⋯⋯."

팽철의 이마에 골이 파이고, 하얗고 짙은 눈썹이 꿈틀거렸다.

도유관이 나름대로 이름을 날렸다 해도 자신과는 비교할 수 없는 미미한 이름일 뿐이다. 문제는 도유관의 도끼가 적어도 수십 초는 겨루어야 승부를 낼 수 있을 정도로 강하는 것이었다.

"너 따위는 나의 도를 막을 수 없다. 죽기 전에 건방 떨지 말고 물러나라."

도유관도 모르지 않았다. 상대의 일도에 손이 저릿한 그였다.

그간 동천웅과 무영자의 놀림감이 되어가며 직속무사들과 함께 죽어라 수련하지 않았다면, 십 초도 감당하기 힘들었을 것이다.

'흥! 이삼 년 후면 당신도 쉽지 않을 거요.'

그때 뒤쪽에서 한 사람이 나섰다.

"그럼 나랑 해봅시다."

담담한 목소리로 말하며 걸어오는 사람, 헌원신우였다.

그를 본 팽철의 표정이 침중하니 굳어졌다. 그는 헌원신우가 결코 자신의 밑이 아니라는 것을 본능적으로 알아본 것이다.

한편, 좌소천은 돌아가는 상황을 지켜보며 내심 만족했다.

소란이 결국 비무인지 싸움인지 모를 상황으로 치닫자, 정천전 안에서 십여 명의 장로가 문밖으로 나온 상태다.

하지만 누구도 말릴 생각이 없는 듯하다. 오히려 호기심이 가득한 눈으로 구경만 할 뿐이다.

'저들 중 맹주를 뺀 나머지는 모두 팽철보다 약한 사람들. 나설 이유가 없겠지.'

육기에 속한 팽철을 내세워 제천신궁의 무력을 시험해 보려는 마음일 것이었다. 그런데 일개 호법이, 그것도 자신들이 관심 두지 않았던 도유관이 팽철의 일도를 받아내자 의외인 듯했다.

아마 헌원신우와 팽철의 대결이 벌어지면 의외인 표정이 딱딱하게 굳어질 것이 분명했다.

결국 자신들로서는 하등 손해 볼 것이 없는 상황. 좌소천은 상황이 흐르는 대로 놔두었다.

한데 공손양은 한 술 더 떠, 소란을 키웠으면 하는 생각인 듯 전음으로 좌소천에게 자신의 생각을 말했다.

"주군, 이 기회에 저들의 콧대를 납작하게 눌러놓으면 어떻겠습니까?"

"지나치면 모자람만 못할 수가 있소. 일단 상황을 지켜봅시다."

좌소천은 자신의 뜻을 전하고 마주선 두 사람을 바라보았다.

헌원신우와 팽철이 검과 도를 맞댄 지 벌써 삼십여 초.

모르는 사람이 보면 친선비무라도 벌이는 것처럼 생각될 상황이다.

좌소천 일행은 서쪽에, 무림맹의 장로들과 간부들은 동쪽에 서서 팽철과 헌원신우의 격돌을 지켜보고 있다.

누가 우세인지 알 수 없는 팽팽한 격전!

시간이 흐르자 양편의 표정이 확연히 차이 났다.

여유 만만하던 무림맹의 장로와 간부들은 얼굴이 굳어진 지 오래. 반면에 좌소천 일행은 농담까지 해가며 두 사람의 격전을 분석하고 있다.

―저럴 땐 상대의 공격을 옆으로 흘리는 게 낫지 않았을까?

―아니지, 그보다는 차라리 올려쳐서 걷어내는 게 나았을 것 같군.

그사이 정천전 앞의 청석은 팽철과 헌원신우에 의해 난장판으로 변해 버렸다.

그렇게 오십 초.

쉽게 결판이 날 것 같지 않은 상황이 계속되자 무림맹 장로들의 표정이 초조하게 변했다.

그리고 마침내, 맹주인 우경 진인이 모습을 드러냈다. 그 역시 예상치 못한 상황에 난감한 표정이 역력했다.

"허어, 이거 손님을 불러놓고……."

문제는 두 사람의 격전이 정점에 달해 있어 누가 말릴 수도 없다는 것이었다.

둘 다 절대지경에 근접한 무위. 심지어 오제 중 한 사람인 우경 진인조차 손을 쓰기가 쉽지 않았다.

"그만 멈추시게!"

우경 진인이 진기를 실어 소리쳤다.

그러나 회오리치는 강기에 둘러싸인 두 사람은 조금도 손을 늦추지 않았다. 아니, 늦추지 않는다기보다는 늦출 수가 없었다.

멈추기 위해선 동시에 내력을 거두고 물러서야 하는데, 자칫 한쪽이 물러서지 않으면 먼저 물러선 쪽이 커다란 부상을 입게 될 상황인 것이다.

우경 진인조차 두 사람의 싸움을 말리지 못하자, 공손양이 은근한 기대감으로 좌소천을 바라보았다.

좌소천은 공손양의 뜻을 알고 내심 고소를 금치 못했다.

하지만 상황이 상황인 만큼 이제 그만 싸움을 멈추게 해야만 했다.

저벅, 저벅.

좌소천이 갑자기 격전장을 향해 걸음을 옮기자 사람들의 눈이 일제히 좌소천을 향했다.

행여나 좌소천이 합공할까 봐 우려되는지, 무림맹의 장로들이 다급히 소리쳤다.

"물러서시오!"

"지금 뭐 하자는 것이오?!"

좌소천의 뒤쪽에서도 비천사룡과 능야산의 형제들이 멈칫거리며 만약의 사태에 대비했다.

바로 그때였다!

삼 장의 거리까지 다가간 좌소천이 좌수를 가슴으로 끌어올리더니, 주먹을 말아 쥐고 천천히 내밀었다.

순간 사람들의 눈을 착각하게 하는 일이 벌어졌다. 좌소천의 내민 주먹이 허공으로 빨려든 것처럼 사라진다.

건곤신권의 정수, 통천(通天)이 펼쳐진 것이다!

"엇?!"

"뭐지?"

막 좌소천을 향해 달려들려던 무림맹의 장로들이 의아한 표정을 지으며 주춤했다.

우르릉!

벽력음이 울림과 동시, 팽철과 헌원신우를 감싸고 휘돌던 강기막에 구멍이 뻥 뚫렸다.

갑작스런 상황에 두 사람이 주춤거리며 공세를 늦추었다.

찰나, 한줄기 기다란 묵선이 맑은 햇살을 가르며 두 사람 사이로 떨어졌다.

쩌억!

만년빙이 갈라지는 소리와 함께 헌원신우와 팽철이 내뿜던 기운이 반으로 갈라진다.

사람들은 귓속에서 울리는 이명(耳鳴)에 몸을 떨었다.

"이제 그만 해도 될 것 같습니다만."

뒤이어 흘러나오는 무심한 좌소천의 목소리.

헌원신우는 고소를 지으며 검을 내렸다. 반면에 팽철은 이를 악물고 눈을 떨었다.

"어, 어떻게……!"

그는 믿을 수 없었다. 이름도 알려지지 않은 헌원신우가 자신과 대등하게 싸운 것만도 믿을 수 없는 일이었다.

하물며 두 사람의 싸움을 단 두 번의 손짓으로 갈라 버릴 수 있는 사람이 있다는 것을 어찌 믿으란 말인가!

불신에 말문이 닫힌 사람은 그만이 아니었다. 우경 진인을 비롯한 무림맹의 장로들은 입도 뻥끗 못했다.

그들은 두부처럼 강기막을 자르고는, 칼을 집어넣고 돌아서서 일행들에게 다가가는 좌소천을 바라보기만 했다.

그때 좌소천이 제갈진문을 향해 고개를 돌렸다.

"회의는 하지 않을 거요?"

2

천외천가와 천해의 섬서 공략은 말 그대로 전광석화였다.

종남을 피로 뒤덮은 천해는 곧장 종남산 일대의 강호방파를 정리하고서 위남(渭南)으로 진격했다. 그사이 천외천가의 전

위세력인 오단 오당과 한중의 세력이 섬서 남단의 강호세력을
접수했다.

피가 강이 되어 흐르고, 비명이 하늘 가득 울렸다.

동쪽에서도, 남쪽에서도, 북쪽에서도 밤낮을 가리지 않고
혈전이 벌어졌다.

섬서의 강호인들은 숨을 죽이고 속속들이 들려오는 소식에
귀를 기울였다.

하지만 어디에서고 천외천가의 공격을 막아냈다는 소식은
들려오지 않았다.

심지어 화산조차 움직이지 않고 상황만 지켜보고 있다고 한다.

그렇게 닷새, 갑자기 싸움이 멎었다.

사람들은 언제 몰려올지 모르는 피의 폭풍에 신경을 곤두세
웠다. 혈풍이 완전히 멈춘 것이 아님을 아는 까닭이었다.

비릿한 혈향이 코를 찌른다.

걸음마다 질퍽한 핏물이 발에 밟힌다.

순양 적기보(赤旗堡) 이백수십 명의 시신 사이를 지나는 순
우무종의 얼굴에 만족감이 어렸다.

"이로써 목표물들을 모두 정리한 건가?"

세 줄기로 나누어진 폭풍이 닷새간 열두 개 문파를 휩쓸었다.

그리고 자신이 이끈 제일대가 그중 다섯 곳을 피로 물들였
다. 그중에는 안강의 무림맹 파견대도 포함되어 있었다.

이제 적기보마저 무너진 이상, 섬서의 남부는 모두 정리되

었다고 봐야 했다. 나머지 중소문파들이야 가만히 있어도 고개를 숙이고 기어들어 올 테니까.

'후후후, 이제 곧 나 순우무종의 이름이 천하에 진동할 것이다!'

그는 적기보의 주 전각인 적성전 앞에서 걸음을 멈췄다.

적기보주 구철명이 다리가 잘린 채 거친 숨을 몰아쉬고 있었다.

"다른 사람들은… 살려…….."

안간힘을 다해 가래 끓는 목소리로 입을 여는 구철명이다. 한마디 한마디가 흘러나올 때마다 핏물 역시 한 움큼씩 흘러나온다.

순우무종은 차갑게 웃으며 당연하다는 듯 말했다.

"여자들이야 당연히 살려줘야지. 쓸모가 많을 테니까 말이야."

여자는 살려줘도 남자들은 죽이겠다는 투다.

구철명의 눈이 파르르 떨렸다.

"이백이 넘게 죽었거늘. 아직도 만족하지 못한단 말이냐?"

"천하를 얻기 위해 나왔는데, 이 정도 피를 두려워할 수는 없는 일이 아니겠나?"

"악랄한 놈!"

퍽!

순우무종의 옆에 서 있던 중년인이 커다란 도의 옆면으로 구철명의 머리를 내려쳤다.

"총령주께 불손한 놈은 머리가 깨져 죽어도 싸다."

그는 상천단의 단주 강대종으로, 순우무종의 오른팔과 같은 자였다. 순우무종은 머리가 쪼개진 구철명은 보지도 않고 몸을 돌렸다.

"쓸모없는 것들은 모두 죽여라."

"예, 총령주!"

그때 손자기가 순우무종의 뒤로 다가왔다.

"이곳은 수하들에게 맡기고 안으로 들어가시지요, 대공자."

순우무종이 이끄는 천귀단과 혼천단, 상천단의 삼단 단주와 도유당과 벽천당 당주가 한자리에 모였다.

순우무종은 다섯 명의 수뇌가 모두 안으로 들어와 자리에 앉자 손자기를 바라보았다.

"무림맹의 반응은 어떠한가?"

"정무사단 중 백호와 청룡을 상주와 화산 일대로 파견한 상탭니다."

"그까짓 놈들은 상관없다. 천무단의 움직임만 놓치지 않으면 돼."

천무단은 구파오가의 장로 급에 해당하는 자들로 이루어진 무림맹 최강의 무력단체였다. 그들이 움직인다는 것은 무림맹이 전력을 기울이기 시작했다고 봐도 과언이 아니었다.

"아직 그들에 대한 움직임은 파악된 것이 없습니다, 총령주."

"흠, 생각보다 신중하군. 곧바로 달려들 거라 생각했는데 말이야."

곰곰이 생각하던 순우무종은 화제를 돌렸다.

"천해는?"

"종남과 영화산장을 치고 위남에서 전진을 멈춘 상태라 합니다."

"그래? 아무래도 화산은 쉽지 않다 생각한 건가?"

"화산의 성세는 백 년래 최고조로 올라가 있습니다. 아무리 천해라 해도 그들을 멸하려면 많은 손실을 각오해야 할 것입니다."

"노야도 알고 보면 여우같단 말이야. 움직인 김에 화산을 쳤으면 했는데……."

"아마 가주님께서 그리 명하셨을 것입니다."

"아버님도 참. 모든 것은 흐름을 따라가야 하는데 말이야. 안 그런가? 칠 때 쳐야 기세를 살릴 수 있는 것 아닌가?"

"가주님이나, 대공자님이나 두 분의 깊으신 생각을 제가 어찌 알겠습니까?"

순우무종은 아쉬운 빛을 감추지 못하고 손자기를 바라보았다.

"본 가에서 따로 내려온 명령은 없느냐?"

"일차 계획이 성공리에 끝을 맺으면, 독자적으로 움직이지 말고 천해의 움직임에 발을 맞추라 하셨습니다."

"젠장, 죽어라 싸워서 남부를 장악했는데, 이제 천해의 꽁무니나 따라다니라고 하시다니. 대체 무슨 생각이시지?"

은근히 기분이 상했다.

그는 앞서서 지휘하고 싶었지, 천해의 뒤나 졸졸 따라다니며 뒤치다꺼리를 하고 싶지는 않았다.

"우리가 상주를 치는 것 정도는 상관없겠지?"

강대종이 당연하다는 듯 순우무종의 말에 찬동했다.

"총령주께서 하시려는 일을 누가 말릴 수 있겠습니까?"

손자기는 말리고 싶었지만, 순우무종의 불만 가득한 표정을
보고 입을 다물었다.

'적은 무림맹만이 아니다. 분명 제천신궁도 움직일 것이야.
그리되면 아무리 천해가 강하다 해도 혼자서 화산을 치는 것
이 쉽지는 않을 텐데……'

천외천가와 천해의 힘은 막강하다. 무림맹을 상대할 수 있
을 정도로.

하지만 제천신궁이 무림맹과 함께 움직이면 이야기가 달라
진다.

신중을 기하지 않으면 언제 균형이 깨질지 모르는 것이다.

그는 그런 생각으로 조심스럽게 입을 열었다.

"총령주, 제천신궁의 움직임도 염두에 두시기 바랍니다."

"좌소천이라는 어린놈이 차지했다는 제천신궁 말인가?"

"궁주가 된 좌소천은 본 가에 깊은 원한을 가지고 있습니다.
분명 무림맹을 도와 본 가를 치려 할 것입니다."

"너무 마음 쓰지 말게. 그런 놈한텐 당할 정도로 약한 본 가
가 아니니까."

"물론 총령주를 믿기는 합니다만……."

"그럼 끝까지 믿게. 애송이와 나를 비교하려 하지 말고."

순우무종의 목소리가 여느 때보다 냉랭하다.

그제야 손자기는 순우무종의 본심을 알고 마음이 싸늘하게
가라앉았다.

순우무종은, 어린 나이에 제천신궁을 장악한 좌소천을 경쟁
상대로 여기고 있었던 것이다. 그것도 질시에 찬 마음으로.

경쟁심을 가진다는 것.

평소라면 좋은 일이었다. 그러나 좌소천과 싸울지 모르는
상황에서는 결코 좋은 일이 아니었다. 상대를 얕보는 것은 더
욱더 그랬다.

상대를 제대로 보지 못할 테니까.

'좋지 않아……'

손자기는 섬뜩한 불길함에 자신의 생각을 속으로 삭였다.

"속하가 어찌……. 총령주의 뜻대로 하시지요."

어쩌면 자신만의 결정을 내려야 할 때가 올지도 몰랐다. 그
때를 위해서 순우무종의 눈 밖에 나는 짓은 삼가는 게 나았다.

가슴이 답답해도, 일단은 살아야 나중을 기약할 수 있지 않
겠는가.

3

가슴이 타는 듯하다.

손발이 내 것이 아닌 것만 같다.

"헉, 헉, 헉……."

혁련미려는 거친 숨소리를 내며 나무에 몸을 기댔다.

순우무궁에게 혈도를 짚이며 받은 충격이 아직 완전히 가신 상태가 아니었다. 반나절을 움직이자 팔과 어깨가 시큰거리고 다리가 마비되는 듯했다.

그나마 기천승이 순우무궁을 막아주며 시간을 벌지 않았다면 벌써 쓰러졌을 것이었다.

'하필이면 그자에게 들키다니……'

순우무궁에게 들키지만 않았다면 지금쯤 태백산을 벗어났을지도 몰랐다. 하늘이 자신을 농락하는 것만 같아 눈물이 나왔다.

자신을 발견한 사람이 하필 순우무궁일 것은 또 뭐란 말인가!

의외인 것은 순우무궁의 강함이었다.

자신이 천선곡 안에서 들은 말에 의하면, 순우무궁의 무위는 순우무종 아래라 했다. 한데 기천승과 싸우는 것을 보니 오히려 순우무종보다 훨씬 강했다. 기천승은 순우무궁이 뭔가 비정상적인 방법으로 무공을 끌어올린 것 같다고 했다.

하긴 자신이 봐도 그렇게 보였다. 광기가 가득한 붉은 눈, 사악한 웃음소리. 절대 정상이 아니었다.

더구나 그는 쉽게 지치지 않았다.

그 바람에 기천승은 숲을 이용해 몸을 숨기고 암습으로 순우무궁을 상대하지 않을 수 없었다.

한데 이제는 기천승도 순우무궁과 계속된 격전에 정상이 아닌 상태였다.

그는 모험을 해서라도 순우무궁을 따돌리겠다면서, 나아갈 길을 대충 알려주고 숲 속으로 들어갔다.

그가 올지 오지 않을지 알 수 없는 상황. 이제부터는 오직 자신의 힘만으로 태백산을 빠져나가야 한다.

남은 거리는 오십여 리.

'살아서 나갈 거야. 꼭 살아서 집으로 돌아갈 거야!'

그녀는 눈물이 나오려는 것을 꾹 참고 기대었던 나무에서 등을 떼었다.

그때였다.

"제법 멀리 왔군."

음울한 목소리가 들리더니 한 사람이 유령처럼 모습을 드러냈다.

회색빛 장포를 입은 자였다. 하얀 얼굴과 어우러져 섬뜩함이 느껴지는 얼굴은 정말 유령이라 해도 믿을 수 있을 정도였다.

혁련미려는 휘청거리려는 몸을 겨우 바로 잡고는, 있는 힘을 다해 오른쪽의 숲으로 뛰어들었다.

일각을 달릴 수 있을지, 아니면 반 각도 되지 않아 잡힐지 몰랐다. 그래도 살 수 있는 곳까지는 가야 했다.

다행이라면, 자신을 발견한 자가 순우무궁이 아니라는 것 정도.

'적어도 몸이 먹혀 죽지는 않겠지!'

그녀는 그것으로 스스로를 위안하며 숲을 헤치고 달렸다.

그러나 그녀의 가녀린 몸부림도 오래가지 못했다. 생각했던 반

각의 반도 안 되어 그녀는 절망감에 젖어 멈추지 않을 수 없었다.

유령처럼 나타났던 자는 정말 유령인 듯했다. 나무 사이를 안개처럼 흐르며 앞길을 막는데, 도저히 빠져나갈 구멍이 보이지 않았다.

"제발… 제발 저를 놔줘요."

그녀는 울며 애원을 해보았다.

소용이 없을 거라는 것을 알지만 그렇게라도 하지 않고는 참을 수 없었다.

예상대로 상대는 목석처럼 음울한 목소리로 말하며 혁련미려를 향해 다가왔다.

"주군께서 너를 데려오라 하셨다. 너는 나와 함께 가야 해."

그가 두 손을 뻗자, 하늘에서 수십 개의 손이 너울지며 그녀를 덮었다.

하늘이 돌고, 숲이 도는 것 같은 기분.

혁련미려는 더 이상 견디지 못하고 그 자리에 주저앉았다.

바로 그때, 어디선가 싸늘한 바람이 밀려들었다.

아무리 깊은 산속이라지만 한 여름의 바람치고는 너무 차가웠다. 어찌나 차가운지 정신이 없는 와중에도 얼음구덩이에 빠진 것만 같았다.

두 가지 충격이 겹쳐지자, 혁련미려의 정신마저 무너져 내렸다.

쩌저적! 우르릉!

문득 만년설이 무너지는 소리가 들렸다.

'만년설에 갇혀 영원히 잠들었으면⋯⋯.'

그녀는 마지막일지도 모르는 소원을 빌며 눈을 감았다.

곧 부드러운 손이 그녀의 몸을 휘감았지만, 그녀는 그것조차 꿈이라 생각했다.

4

회의는 맹주의 집무실에서 이루어졌다.

참석자는 양편의 수장인 좌소천과 우경 진인, 군사인 제갈진문과 공손양이 전부였다.

주 의제는 두 가지, 천외천가와 천해를 어느 선까지 처리하느냐 하는 것과 우선적으로 어디를 먼저 치느냐 하는 것이었다.

첫 번째 의제에 대한 생각은 양쪽이 같았다.

천외천가와 천해의 멸살!

너무 많은 피가 흘렀다.

안강에 파견 나갔던 무림맹의 무사들조차 겨우 오십 명 정도만이 살아남았을 뿐.

이렇게 회의를 나누는 중에도 혈겁에 관한 정보가 계속 들어오는 중이었다. 단순히 태백산으로 밀어 넣는 정도로 끝낼 수는 없었다.

그런데 두 번째 의제에서 생각이 엇갈렸다.

"지금 섬서의 많은 문파 사람들이 놈들을 피해 화산으로 집결했소. 그러니 우선적으로 화산을 지켜야 하오."

제갈진문은 화산을 지키면서 적을 상대하자고 했다.

그러나 공손양의 생각은 조금 달랐다. 아니, 공손양의 생각이라기보다 좌소천의 생각이었다.

"처음부터 한곳에 힘이 집중되면 섬서의 동남부가 뚫립니다. 놈들이 그 틈을 노리고 호북과 하남으로 쳐들어오면 어떻게 할 생각이십니까? 일단은 저들의 진출로를 막고 나서 공격에 나서는 게 나을 것 같습니다."

옥신각신 의견이 오갔다.

"그러다 화산이 공격당하면 큰일이 아니오?"

"화산만이 목표였다면 멈추지 않고 쳤을 것입니다. 상당한 손실을 감수하고라도 말입니다. 하나 그들의 목표는 화산이 아닌 무림맹이지요. 막대한 손실을 입을 게 뻔한 상황을 아는 상황에서 화산을 공격하기는 쉽지 않을 것입니다."

공손양의 설명에 우경 진인이 곤혹스런 표정으로 물었다.

"그럼 그들이 화산을 치지 않을 거라는 말인가?"

"아닙니다. 분명 칠 것입니다. 단, 완벽한 자신이 섰을 때의 이야기지요."

제갈진문이 눈을 빛내며 공손양을 바라보았다.

"남부의 세력이 올라와 합세한 후에 말이오?"

"남부에서 올라오던가, 아니면 태백산에서 지원이 나오던가 하겠지요."

"그리 자신하는 이유는?"

그때 조용히 앉아 있던 좌소천이 입을 열었다.

"수장이 아직 나오지 않은 걸로 알고 있소. 그렇다면 그들에게는 중대한 결정을 내릴 사람이 없지요."

제갈진문이 이마를 찌푸리더니, 좌소천의 말뜻을 알아듣고 곧 표정을 풀었다.

"능동적인 작전을 펼치지 못한다는 말이구려."

"적어도 수백 년간 세상과 담을 쌓고 살았던 자들이오. 철저한 상명하복의 통제를 받지 않았다면 그토록 오랜 세월 갇혀 산다는 것은 불가능했을 것이오. 그런 자들이 명도 없이 무리한 작전을 펼칠 수 있다고 보시오?"

"아무리 그래도 그렇지, 강시처럼 주술에 의해 움직이지 않는 이상 그들 역시 각자의 생각에 따라 행동할 것이 아니오?"

"사소한 일이라면 물론 그렇겠지요. 그러나 천하가 걸린 일입니다. 저는, 그들이 책임질 수 없는 일을 스스로 알아서 할 정도로 능동적이라 보지 않습니다."

일리가 있는 말이었다.

명령에 따라 움직이기만 한 사람은 스스로 움직이는데 부담을 느낀다. 심한 사람은 명령이 떨어지기 전에는 아무 일도 못할 정도다.

그 차이는 중대한 결정을 내려야 할 때 극명하게 드러난다. 특히 가부간의 입장 차이가 크지 않으면 그러한 사람은 독자적인 결정을 내릴 수가 없다.

"그 맹점을 이용해 놈들을 상대했으면 하오만."

"그래도 화산에 대한 대비를 안 할 수는 없지 않겠소?"

"서로가 임무를 나누어 맡으면 그 역시 해결될 문제요."

제갈진문이 잠시 생각에 잠기더니, 수긍한다는 듯 고개를 끄덕였다.

"일단 궁주가 가진 생각을 알고 싶구려."

좌소천은 공손양을 바라보았다.

공손양이 우경 진인과 제갈진문을 번갈아보며 천천히 입을 열었다.

"저희는 일단 놈들의 연결고리를 자를 생각입니다. 꼬리와 몸통이 잘리면 저들의 판단이 흔들릴 것입니다. 그러고 나서……."

와중에도 이런저런 생각이 부딪쳤다.

무림맹을 중심으로 모든 계획을 짜려는 제갈진문과 우경 진인이다.

좌소천과 공손양으로선 번갈아 제갈진문을 공격하며 적절한 합의점을 이끌어내야만 했다.

다행인 점이라면, 무림맹에게는 제천신궁의 도움이 절대적으로 필요한 반면, 제천신궁은 언제든 독단적인 행동을 할 각오를 한 상태라는 것이었다.

두 시진을 끈 회의는 결국 좌소천의 뜻이 상당히 반영된 상태로 결론을 맺었다.

"급히 달려오느라 많은 인원이 오지 못했습니다만, 곧 이차 출정이 있을 겁니다. 그러면 보다 더 전격적인 작전을 펼칠 수 있을 것입니다."

"우리 역시 각파의 장로 급 고수들로 구성된 천무단을 소집

했소. 천무단이 소집되면 맹주께서 직접 그들을 이끌고 섬서로 가실 것이오. 그때가 되면 천외천가는 자신들이 얼마나 큰 실수를 했는지 깨닫게 될 것이오."

제갈진문은 당장에라도 천외천가와 천해를 끝장낼 수 있다는 투로 자신감 있게 말했다.

하지만 좌소천은 상황을 그렇게 낙관적으로 보지만은 않았다.

천해, 바로 그들 때문이었다.

그들의 전력을 아직 자세히 알지 못한다는 것. 그것이 마음을 무겁게 짓누르는 것이다.

그리고 또 하나, 무림맹이 과연 자신들을 신뢰하고 완벽하게 보조를 맞춰줄 것이냐, 하는 것이었다.

'모사재인 성사재천(謀事在人 成事在天)이라 했다. 두고 보면 알겠지.'

맹주의 집무실을 나서자 붉게 물든 하늘이 눈에 들어왔다. 도착했을 때보다 많은 구름이 끼어 유난히 짙은 핏빛이었다.

'섬서의 하늘은 저보다 더 짙은 핏빛이겠군.'

좌소천이 반개한 눈으로 하늘을 바라보며, 그때까지 정천전 앞에서 기다리고 있는 일행을 향해 다가갈 때다. 멀리서 반가운 목소리가 들렸다.

"무진!"

고개를 돌리자 저만치서 손을 흔드는 정은이 보였다.

좌소천은 빙그레 웃고는, 일행들을 향해 말했다.

"모두 가서 쉬도록 하시오. 나는 잠시 친구와 이야기 좀 하고 가겠소."

"궁주, 사룡호법이라도……."

공손양이 조심스럽게 우려를 표했다.

좌소천은 공손양의 우려가 무엇 때문인지 알기에 담담한 표정으로 고개를 저었다.

"친구를 만나러 가면서 호법을 데려간다면 무림맹의 사람들이 모두 웃을 것이오."

그때 황충이 다가왔다.

"쉬실 곳으로 안내하겠소이다. 저를 따라오시지요."

좌소천은 일행들이 황충의 안내를 받아 정빈관으로 가는 걸 보고 정은에게 다가갔다.

"잘 있었나?"

좌소천의 인사에 정은이 무안한 표정을 지었다.

"나야 뭐……. 저번에… 제갈세가에 가서 괜찮았나?"

좌소천이 조용히 웃으며 고개를 끄덕였다.

"그들은 나를 어떻게 하지 못한다네. 괜한 걱정을 한 것 같군."

"쳇, 미리 말해주면 어디가 덧나나? 군사도 참……."

"그랬으면 자네가 나를 제갈세가에 가지 못하게 했을걸?"

"하긴……."

"나는 조금도 그 일을 마음에 두지 않고 있다네. 그리고 그덕에 이곳에서 자네를 만나지 않았는가? 그거면 된 거지."

그제야 정은이 환하게 웃었다.

"그리 생각한다니 정말 다행이군. 화가 난 건 둘째 치고, 그 일을 알고 나서 어찌나 당황했는지 밥도 제대로 못 먹었다네."

예전과 조금도 다름없는 표정이며 말투다. 좌소천이 제천신궁의 주인이 되었다는 것쯤은 자신과 아무런 상관이 없다는 듯.

제갈세가의 일이 잘 풀렸다는 것에 기뻐하는 정은을 보고 좌소천도 마음이 편해졌다.

"조금 더 넓어진 것 같군."

좌소천의 뜬금없는 말에 정은이 의아한 표정을 지었다.

"응? 뭐가?"

"정은, 자네의 가슴이 넓어졌다는 말이네."

단순히 몸이 커졌다는 말이 아니다. 정신적인 수양이, 몸 안에 깃든 기운이 커졌다는 뜻이다.

정은도 곧 말뜻을 깨닫고 쑥스러움이 깃든 웃음을 지었다.

"하, 하. 자네가 그리 말해주니 마음이 붕 뜨는 기분이군."

"사실을 말했을 뿐이네."

"어쨌든 정말 기분 좋군. 사부께선 매일 핀잔만 주거든. 사백조께 배우고도 여전하다고 말이야. 하여간 왜 그런지 모르겠어. 나이 드시더니 잔소리만 심해지고……."

정은은 뭐가 못마땅한지 한참 동안 툴툴거렸다. 그러다 갑자기 씩 웃고는 손짓을 했다.

"가세. 내가 소개시켜 줄 사람들이 있네."

"소개?"

"무림맹에 와서 사귄 친구들인데, 사람들이 괜찮아."

좌소천은 멈칫했지만, 곧 고소를 지으며 몸을 돌렸다.

"알겠네, 가세."

제천신궁의 주인이 된 이상 행동에 조심을 해야 된다. 자신을 위해서만이 아니다. 자신을 믿고 따르는, 궁에 속한 모든 사람을 위해서다.

하지만 그걸 이유로 친구와 서먹해야 하고, 사람 만나는 것을 가려야 한다면, 남의 눈을 생각해 하고자 하는 일을 할 수 없다면, 그것은 지위가 곧 족쇄가 될 뿐이다.

절대자의 숙명(宿命)!

사람들은 그렇게 말한다. 당연한 것으로 알고 당연하게 따른다.

그러나 좌소천은 그러한 이유로 가식적인 행동을 하기가 싫었다.

'절대의 길을 가더라도 자유로움만은 버리지 않겠다. 남들이야 어떻게 하든, 나는 나만의 길을 가겠다.'

좌소천은 걸음을 옮기며 가슴속에 자신의 길을 새로이 냈다.

문득, 앞서가는 정은의 등을 바라보는 좌소천의 입가에 잔잔한 웃음이 피어났다.

'정은, 너 같은 친구가 있다는 것이 얼마나 행복한지 모르겠구나.'

정은이 좌소천을 데리고 간 곳은 오룡산 기슭의 현무당 거처 옆에 있는 작은 정자였다.

정자 안에는 네 사람이 모여 있었다.

승인, 도인, 속인. 그들은 모두 이십대 중반의 나이로, 행색이 각양각색인 가운데 그나마도 속인 중 하나는 여자였다.

정은이 좌소천과 함께 들어가자, 속인 중 남자가 투덜거리며 핀잔을 주었다.

"이봐, 정은. 대체 무슨 일인데 식사하러 가지도 못하게 기다리라는 건가?"

그는 턱선이 굵은 자였는데, 거무스름한 얼굴 때문인지 상당히 강인한 인상을 풍겼다.

"하하하. 너무 뭐라 하지 말게, 철 도우. 내 친구를 소개시켜주려고 그랬으니까."

"친구?"

그들은 소집령으로 바빴던 데다가, 그 일이 끝나고도 정자에서 시간을 보낸 터라 정천전 앞에 가보지 못했다. 당연히 좌소천 역시 보지 못했다.

여인이 고개를 들어 좌소천을 바라보았다.

"누구예요?"

정은이 싱글거리며 장난스럽게 말했다.

"무진이라고, 무당에서 함께 몇 년을 지낸 친굽니다."

"아! 전에 말했던 그 친구?"

여인은 동그란 눈을 들어 좌소천을 바라보더니, 서슴없이 자신의 이름을 밝혔다.

"나는 황보소청이라고 해요. 정은 도장께 말씀 많이 들었어요. 무뚝뚝해서 무당의 바위들도 짜증을 낸다는 그분이시군요."

"하, 하, 하. 무진, 황보 여도우의 말을 믿지 말게. 나는 그렇게 말하지 않았다네."

철 도우라 불린 자가 퉁퉁거리며 황보소청의 말을 정정했다.

"분명 그렇게 말하지는 않았지. 바위가 고개를 돌릴 정도라고 했을 뿐."

정은이 씩 웃으며 좌소천을 돌아다보았다.

"그렇게는 말했지. 자네가 원래 그렇잖아?"

좌소천이 고개를 갸웃거렸다.

"무당의 수많은 바위 중 나 때문에 고개를 돌린 바위는 하나도 없는 걸로 알고 있네만."

"하, 하. 그거야 뭐……."

정은은 어색하게 웃으며 대충 얼버무리고는 네 사람을 소개해 주었다.

"저기 땡중처럼 보이는 도우는 소림의 공오라네."

공오라는 청년승이 반장을 하며 고개를 숙였다.

"아미타불, 공오라 하오."

"그리고 저쪽에……."

정은이 엉뚱한 말을 하기 전에 도복을 입은 젊은 도인이 먼저 자리에서 일어나 예를 취했다.

"청성의 진현이라 하오."

"나는 철군영이라 하오."

철가 성을 가진 자마저 미리 자신의 이름을 말하자 정은이

무림맹(武林盟)에서 오룡(五龍)을 만나다 279

재빨리 보충 설명을 했다.

"산동 제남 철검보의 말썽꾸러기 둘째 공자시지."

철군영이 정은을 힐끔거리고는 헛기침을 하며 슬며시 고개를 돌렸다.

좌소천은 네 사람을 자세히 살펴보고 눈을 빛냈다.

네 사람 다 정은에 비하면 한 수 아래로 보인다.

정은이 영허 진인에게 가르침을 받지 못했다면, 그 마음이 비어 있지 않았다면 앞서갈 수 없었을지 모를 정도의 기운을 지니고 있다.

특히 공오와 철군영은 정은과 그리 큰 차이가 아니다.

잠룡의 대지.

'과연 무림맹이라는 건가?'

그때였다.

"소집령이 떨어진 걸 모르고 있는 건가? 왜 여기 모여서 잡담이나 나누고 있는 것이지?"

냉랭한 목소리가 들리더니 우측에서 한 사람이 걸어나왔다.

입이 조금 튀어나온 얼굴에 눈초리가 날카롭게 올라가 성깔이 있어 보이는 자였다. 나이는 정자에 모인 사람들과 엇비슷해 보였는데, 그들과 그리 친하지 않은 듯 입가에 냉소가 걸려 있었다.

"명을 듣지 못한 건가?"

빈정대는 말투에 철군영이 눈살을 찌푸렸다.

"탁조민, 네가 신경 쓸 일이 아닌 것 같은데?"

"신경 쓰지 않을 수 없지. 자네들이 조원들을 제대로 챙기지

못하면 내가 그만큼 고생해야 하잖은가?'

"걱정 말게. 우리 할 일은 우리가 다 알아서 하니까."

탁조민이라 불린 자는 정자에 들어오려다 멈칫하더니 좌소천을 힐끔 쳐다보고 고갯짓으로 물었다.

"저자는 누구지? 처음 보는 자 같은데."

"무진이라고, 내 친구요, 탁 도우."

정은의 담담한 대답에 탁조민이 인상을 썼다.

"친구? 무림맹의 사람인가?"

"아니오."

"아니다?"

잘 걸렸다는 듯 탁조민이 조소를 지으며 좌소천의 앞으로 다가갔다.

"무림맹 사람도 아닌데 현무당의 심처까지 데려오다니……."

그는 좌소천의 앞에 멈춰 서더니 싸늘한 눈으로 좌소천의 위아래를 훑어보았다.

"무진이라……."

탁조민은 화산의 속가제자로 정은과 철군영, 공오, 진현과 함께 현무당의 조장 중 하나였다.

주작당의 조장인 황보소청까지, 정자 안에 있는 정은 등은 무림맹 사람들에게 오룡이라 불렸는데, 탁조민은 그것이 불만이었다.

'네까짓 것들이 오룡은 무슨!'

자신이 일 년 먼저 오룡산의 무림맹에 들어왔다. 오룡 중에 화산의 기재인 자신의 이름이 들어가야 하는 것은 너무나 당연한 일. 한데 사람들은 오룡의 이름에 자신을 집어넣지 않았다.

그는 자신이 빠진 오룡을 절대 인정할 수 없었다. 사람들의 부추김에 우쭐하는 정은 등이 가소롭기만 했다.

그래선지 오룡과 함께 있는 좌소천도 그리 좋게 보이지 않았다.

"어느 파의 사람이지?"

"그게 그리 중요하오?"

"당연하지. 그걸 알아야 적인지 아닌지, 그냥 쫓아내고 말 것인지 혼을 내서 쫓아낼 것인지를 결정할 것이 아니겠나?"

"인사도 나눴으니 그냥 나가겠소."

"아직 밝혀진 것이 아무것도 없는데, 그럴 수는 없지."

탁조민이 비아냥거리며 좌소천을 싸늘히 노려보았다.

정은이 급히 나서서 손을 저었다.

"내 친구라 하지 않았소? 그만 하시구려, 탁 도우."

"걱정 말게, 정은. 나는 그냥 이자의 정체를 알아보고 싶을 뿐이니까. 별 볼일 없는 자가, 단순히 자네의 친구라고 해서 현무당의 심처를 마음대로 오간다면 강호 사람들이 웃을 거 아니겠는가?"

손을 젓던 정은이 멈칫했다.

'무진이 별 볼일 없는 자라고?'

그의 얼굴이 묘하게 이지러졌다. 웃음을 가까스로 참는 듯한 표정.

황보소청이 그걸 보고 기이한 눈빛을 지었다.

'왜 탁조민을 막지 않고 저런 표정을 짓지? 탁조민의 무공은 우리도 함부로 대할 수 없을 만큼 강한데, 무진이라는 저 사람이 상대할 수 있다고 생각하는 건가?'

그때 좌소천이 무심한 목소리로 말했다.

"나는 여태 현무당이 그렇게 대단한 곳인 줄 몰랐소."

그러고는 돌아서며 얼굴이 이지러진 정은을 바라보았다.

"정은, 아무래도 나처럼 별 볼일 없는 사람은 이만 이곳을 나가야 할 것 같네."

"무진, 그게 말이지······."

"오늘 자네의 좋은 친구들을 만나서 기뻤네. 나중에 좀 더 많은 이야기를 나누도록 하지. 오늘은 상황이 좀 그렇군."

탁조민은 눈을 부라리고는, 무시당한 기분이 드는지 날선 목소리로 소리쳤다.

"내가 방해해서 기분이 나쁘다, 그 말인가? 정말 건방진 자로군! 어디서 감히!"

그가 돌아선 좌소천을 향해 움직이자 정은이 재빨리 두 사람 사이에 끼어들었다.

"비켜!"

탁조민이 소리치며 손을 휘둘렀다. 단단히 화가 난 듯, 휘두르는 그의 손끝에서 강한 기운이 칼날처럼 뻗쳤다.

정은은 두 손을 태극 형태로 휘저으며 탁조민의 공격을 자연스럽게 막아냈다.

"어허, 탁 도우. 그만 진정하시오."

좌소천은 정은이 탁조민을 막는 걸 보고 몸을 돌려 정자 밖으로 걸음을 옮겼다. 그가 아는 한 탁조민은 정은의 상대가 아니다. 걱정하지 않아도 될 듯했다.

한데 그때, 탁조민이 이를 악물고 칠성의 내력을 끌어올렸다.

정은의 부드러운 기운이 일순간에 자신의 공격을 무력화시키자 오기가 인 것이다.

"어디 이것도 받아봐라!"

정은으로선 생각지도 못했던 상황. 잠시 망설인 사이 탁조민의 공격이 코앞에 닥쳤다.

철군영이 벌떡 일어나 노성을 내질렀다.

"무슨 짓이야, 탁 조장!"

"저런!"

"조심해요, 정은 도장!"

공오와 진현과 황보소청도 대경해 소리쳤다.

좌소천이 고개를 돌렸을 때는, 이미 탁조민의 공격이 정은을 후려치고 있었다.

아차, 한 표정을 지은 정은이 급히 뒤로 물러서며 두 손을 들어 올린다. 하지만 너무 가까운 거리다.

정은이 앞을 가로막은 상태. 미처 좌소천이 손을 쓸 틈도 없이 두 사람의 쌍장이 맞부딪쳤다.

퍼벅!

"으음……."

정은은 나직한 신음을 흘려내며 비틀거렸다.

겨우 탁조민의 공격을 막아내긴 했는데, 실린 힘에 워낙 차이가 나서 그런지 가슴에 느껴지는 충격이 만만치 않았다.

"괜찮나?"

좌소천의 목소리가 바로 뒤에서 들렸다.

이마를 찡그린 정은은 고개를 끄덕였다.

"다친 곳은 없으니까, 걱정 말게."

탁조민이 다가오며 코웃음 쳤다.

"흥! 제법이군. 그걸 막아내다니."

철군영이 발끈하며 나섰다.

"탁조민! 제정신이 아니구나!"

탁조민도 지지 않고 철군영을 쏘아보았다.

"무사라면 항상 긴장하고 있어야지. 정은은 그러지 못했을 뿐이다."

"아무리 그래도 그렇지……!"

그때 좌소천이 탁조민을 향해 걸음을 옮겼다.

정은이 다급히 좌소천을 말렸다.

"무진, 나는 괜찮다니까? 탁 도우를 용서해 주게!"

그 말에 갑자기 정자 안이 조용해졌다.

탁조민에게 한 소리 하려던 철군영도 입을 닫고, 공오와 진현과 황보소청도 자신들이 잘못 듣지 않았는지 의아해했다.

반면에 탁조민은 그 말을 다르게 해석했다.

'헛소리를 하는 걸 보니 내상이 심한가 보군.'

그는 정은이 말을 거꾸로 했다고 생각했다. 자신에게 무진이라는 자를 용서해 달라고 해야 맞는 말이었으니까.

하기에 그는 비릿한 조소를 지었다.

"용서하고 안 하고는 내가……."

그때다. 좌소천이 무심한 눈으로 탁조민을 바라보았다.

일순간 탁조민의 몸이 얼어붙은 듯 그대로 굳어졌다.

좌소천은 눈빛만으로 탁조민을 옴짝달싹도 못하게 해놓고 정은에게 물었다.

"정은, 정말 그러길 바라나?"

"물론이네. 내가 다치지 않았는데, 자네가 손을 쓰면 강호인들이 웃을 것이네. 나는 내 친구가 강호인들의 웃음거리가 되는 것을 바라지 않네."

"자넨 여전하군. 정수에게 그렇게 당하고도 참기만 하더니."

정은이 쓴웃음을 배어 물었다.

"천성이 그런데 뭐."

"그래도 고치게. 섬서에 가면 사람을 죽여야 할지 모르는데, 그런 마음으로 어떻게 검을 쓰겠나? 나는 친구가 천외천가 놈들의 손에 당하는 걸 보고 싶지 않네."

"나도 그게 고민이네. 그래도 노력은 해봐야지……."

좌소천은 입을 닫고 탁조민을 직시했다.

"정은이 부탁하니 오늘은 이만 참겠다만, 가기 전에 내 충고하나 하지. 탁조민이라 했던가? 그 성질 버리지 못하면 오래

살기 힘들 것이다."

좌소천은 그 말만 하고 몸을 돌렸다.

탁조민은 심장을 옥죄어오던 눈빛에서 풀려나자, 거친 숨을 몰아쉬며 몸을 부르르 떨었다.

조금 전만 해도 심장이 터질 것 같던 공포에 꼼짝도 할 수가 없었다. 숨도 쉴 수가 없었고, 손가락 하나도 움직일 수가 없었다.

한데 좌소천이 몸을 돌림과 동시, 모든 것이 거짓말처럼 원상태로 돌아왔다.

그는 좌소천의 등을 노려보고 이를 갈았다.

'내가 저따위 놈의 눈빛에 꼼짝을 못하다니!'

좌소천이 막 정자를 나가려는 순간, 그는 분노를 참지 못하고 몸을 날렸다.

'개자식! 죽여 버리겠어!'

좌소천과 정은의 대화에 얼이 반쯤 빠진 모습이었던 철군영 등은 그제야 정신을 차리고 화들짝 놀랐다.

"헛!"

"조심……!"

그들의 경고가 끝나기도 전이었다.

쾅!

좌소천의 등을 향해 달려들던 탁조민이 벼락이라도 맞은 듯 튕겨졌다.

좌소천은 탁조민을 이 장 밖으로 튕겨내고는, 손을 탈탈 털며 담담하게 말했다.

"이건 자네와 상관없이 벌어진 일이네. 이해하게."

정은은 대충 상황을 짐작하고 실소를 금치 못했다.

좌소천이 고의로 등을 보여 탁조민의 공격을 유도했던 것이다. 그래야 정은의 부탁과 상관없이 탁조민을 혼내줄 수 있을 테니까.

어차피 벌어진 상황. 정은은 실눈을 뜨고 좌소천을 흘겨보았다.

"이제 보니 자네도 꽤나 고약한 면이 있군."

"글쎄, 나와 함께 다니는 사람들은 절대 자네의 그 말을 믿지 않을 것이네."

좌소천은 말도 안 된다는 듯 머리를 흔들고 멍하니 서 있는 철군영 등을 바라보았다.

"다음에 기회가 되면 좀 더 많은 이야기를 나눠보도록 하지요. 그럼 저는 이만."

정은은 좌소천의 등이 보이지 않을 즈음에서야 철군영 등을 향해 몸을 돌렸다. 뭔가가 자꾸 뒤통수를 잡아당겼는데, 그 이유가 떠오르지 않았다.

'꼭… 똥 싸고 안 닦은 기분인데……. 왜 이리 찝찝하지?'

그가 돌아서자 철군영이 딱딱하게 굳은 얼굴로 물었다.

"그는 누군가?"

탁조민이 단 일 권에 나가떨어져서 아직 정신을 차리지 못하고 있다. 자신이 전력을 다한다 해도 이십 초는 되어야 승부가 날 사람이 탁조민이란 걸 생각하면, 무진이라는 자가 얼마나 강한지 능히 짐작할 수 있는 일이었다.

"무진이라니까?"

황보소청이 고개를 갸웃거렸다.

"그 사람, 무림맹의 사람이 아니라면서요. 이곳에서 혼자 다녀도 괜찮을까요?"

정은이 눈을 홉떴다.

"헛! 깜박했다! 데려다 줘야 했는데."

그제야 생각이 났다. 찝찝하던 기분의 정체는 좌소천을 혼자 보냈다는 것이었다.

"제대로 찾아갈 수 있을지 모르겠네."

정은의 걱정에 청성의 진현이 의아한 표정을 지었다.

"어디를 찾아가야 하는데?"

"정빈관."

"정빈관요?"

황보소청이 눈을 동그랗게 떴다.

"거기에는 지금 제천신궁에서 온 사람들이 머물고 있는데…… . 그럼 무진이라는 그 사람이 혹시 제천신궁의 사람?"

정은이 고개를 끄덕인다. 정말 제천신궁의 사람이라는 말.

모두가 흠칫했다. 철군영은 눈살을 찌푸리며 침음성마저 흘렸다.

"으음……. 탁조민을 한 방에 눕히다니. 제천신궁의 무력이 생각보다 대단한 것 같군. 그래, 그 친구의 지위가 뭔가? 그 정도라면 상당한 지위에 있을 것 같은데."

공오와 진현, 황보소청이 정은을 주시했다.

정은은 별거 아니라는 듯 간단하게 말했다.

"무진이 제천신궁의 궁주야."

"……."

아무도 입을 열지 않자 정은이 믿어달라는 듯 말했다.

"정말이라니까!"

철군영이 달라붙은 입술을 어렵게 뗐다.

"이름이…… 무진이라며?"

그때까지도 정은은 자신이 뭘 잘못했는지 모르고 해맑게 웃으며 말했다.

"어, 무당에서는 그렇게 불렀어. 원래 이름은 좌소천이지만. 어때? 내 친구, 괜찮지?"

여덟 줄기 눈빛이 화살이 되어 정은의 몸을 꿰뚫었다.

"아미타… 미치겠군."

"원시……. 염병, 그걸 말이라고 해?!"

"정은!!!!"

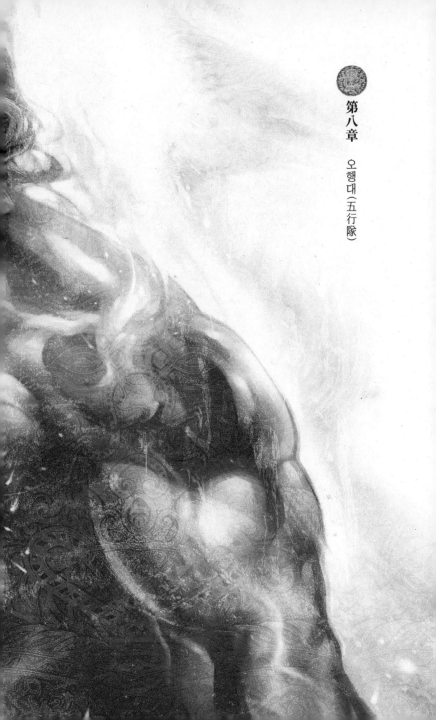

第八章

오행대(五行隊)

녹녹한 바람이 제법 거세게 부는 아침나절.

좌소천은 비가 쏟아질 것처럼 어두컴컴한 하늘을 머리에 이고 무림맹을 나섰다.

그들을 환송하는 사람은 없었다. 그러나 수백 쌍의 눈빛이 그들을 훔쳐보았다. 그리고 그중에는 그리 곱지 않은 시선도 섞여 있었다.

무당의 제자 정수도 그런 사람 중 하나였다.

'흥! 건방진 자식. 네놈이 운 좋게 사백조의 무공을 얻지 않았다면 어찌 그 자리까지 올라갔겠느냐?'

그러더니 좌소천 일행이 보이지 않을 즈음에는 살기마저 띠었다.

'언제고 네놈을 똥 마려운 강아지처럼 만들어주마.'

하지만 그가 미처 모르는 사실이 있었다. 그가 좌소천을 보며 독한 마음을 먹는 동안, 누군가 역시 그를 엿보고 있다는 걸.

'음?'

호정단 일대주 황보석의 수하인 하복양은 건물에 비스듬히 몸을 기대고 정수의 옆모습을 바라보며 눈을 좁혔다.

그가 정수를 살피는 것에는 이유가 있었다.

어제저녁 황보석이 피가 나도록 입술을 깨물고 일대의 거처로 왔다. 그는 한참 동안 넋 나간 사람처럼 멍하니 벽을 바라보더니, 갑자기 한숨을 쉬고 남궁호와 팽교를 불렀다. 그리고 자신이 보고 온 것에 대해 이야기했다.

황보석의 이야기에 남궁호와 팽교는 물론이고 하복양마저 넋 빠진 표정이 되었다. 그 역시 무당에서 좌소천과 다투었던 사람 중 하나였던 것이다.

한참 만에 정신을 차린 남궁호가 물었다.

"그가… 정말 좌소천이었단 말입니까?"

"내 눈이 잘못되지 않았다면, 분명 그였네."

"제길. 정수, 그자만 아니었어도 일이 그렇게 되지는 않았을 텐데……."

팽교가 투덜거리며 정수 탓을 했다.

그러자 황보석이 그제야 생각났다는 듯 물었다.

"잠깐! 복양, 지금 정수 도장이 맹에 들어와 있지?"

"예, 대주."

"복양, 자네는 지금부터 정수 도장의 행동을 잘 살펴보게."

"예?"

"정확하게 뭘 알아보라는 것이 아니네. 그냥 살펴봐. 그러다 이상한 점이 있으면 내게 알려주기만 하게."

그때부터 정수를 살펴보았다. 그리고 결국 원수를 바라보듯이 살기 띤 눈빛을 짓는 정수를 본 것이다.

'저것도 이상하다면 이상한 거겠지? 일단 대주에게 보고를 해야겠군.'

하복양은 슬그머니 몸을 돌리고 호정단으로 향했다.

2

무림맹을 나선 좌소천은 중도에 비가 내릴까 싶은 마음에 길을 서둘렀다.

비가 많이 내리면 웅이산까지 가는 길이 늦춰질 수밖에 없을 것이었다. 그들의 행동이 반나절만 늦어져도 상황이 어떻게 변할지 아무도 모르는 일, 서두르지 않을 수가 없었다.

다행히 웅이산에 도착할 때까지는 비가 내리지 않았다. 그러다 석양이 질 무렵, 웅이산 아래에 도착할 즈음에서야 빗방울이 하나둘 떨어지기 시작했다.

좌소천은 칼날 같은 바위산이 보이자 그곳을 향해 나아갔다.

북리환의 말로는 바위산 아래에 커다란 나무가 있는데, 그곳에서 산채로 안내할 사람이 기다릴 거라 했었다.

아니나 다를까, 둔덕 하나를 넘자마자 천 년은 되었을 법한 커다란 나무가 보였다.

나무 아래에는 '나 산적이요' 하는 복장을 한 서너 명의 장한이 하늘을 바라보며 초조한 기색으로 서 있었다.

자신들을 기다리는 자들인 듯했다. 비가 쏟아지면 험악한 산을 오르기가 쉽지 않을 터. 아마 기다리며 욕을 몇 바가지는 했을 게 분명했다.

그들은 좌소천 일행이 빠르게 다가가자 길손님이 온 것보다도 더 반가워했다.

"어서 오십시오, 손님들!"

"웅이산에 오신 것을 환영합니다!"

때맞춰 온 것에 절이라도 하고 싶은 표정이었다. 말투야 길손님을 털려는 산적 말투 그대로였지만,

잠시 후.

좌소천은 점점 굵어지는 비를 맞으며 산적들의 안내를 받아 웅이산을 올랐다.

산채는 웅이산 깊숙한 곳의 계곡 하나를 통째로 차지한 채 지어져 있었다. 하남에서 세 손가락에 들어간다고 할 정도로 큰 웅이채에는 기거하는 산적만도 일천에 이르렀다.

웅이산의 제왕. 그들이 바로 웅이채의 산적들인 것이다.

하지만 그것도 하루 전까지의 이야기일 뿐, 지금은 갑자기 몰려온 오백 무사의 심부름꾼으로 전락한 상태였다.

산채에 들어간 좌소천은 내력으로 대충 옷을 말리고, 당주 이상의 수장들을 소집했다.

좌소천이 도착했다는 소식이 전해져서인지 일각도 되지 않아 네 명의 장로와 이십여 명의 수장이 모두 모였다.

"상황이 다급하니 내일 날이 새면 바로 출발할 것이오. 지금 부터 공손 군사가 말하는 사항을 잘 숙지하고, 작전에 차질이 없도록 해주시기 바라겠소."

좌소천의 말에 웅성거리던 사람들이 조용해졌다.

공손양은 무림맹과 협의한 사항을 간략하게 정리해서 말해 주었다. 그러고는 세력을 다섯 개로 나누어 오대를 만들었다. 좌소천만을 따르는 장로와 호법들과 능야산의 형제들은 제외 시킨 채.

오대의 이름은 오행의 이름을 따서 정했다.

금강대(金剛隊)는 패천단과 각지부의 고수들. 대주는 파혼 신창 악청백.

수룡대(水龍隊)는 무천단과 제천단, 제무전. 대주는 제무전 주 공손연호.

목령대(木靈隊)는 구포방. 대주는 백월신마 육부경.

화정대(火精隊)는 전마성과 대왕채. 대주는 녹림왕 북리환.

무토대(戊土隊)는 광한방과 신검장. 대주는 절혼마검 섭관산.

각 대의 인원은 백 명 정도에 불과했지만, 그러하기에 신속하게 움직일 수 있다는 장점이 있었다.

더구나 각 세력의 성격적인 면을 배려한 덕에 별다른 불만은 나오지 않았다.

우려했던 북리환의 화정대 대주지명도 사도진무가 의외로 순순히 받아들여 마찰을 빚지 않았다. 사도진무는 북리환이 자신보다 강하다는 걸 알고 있었던 것이다.

그렇게 아침이 되자 비가 멎었다.

좌소천과 오백이십 명의 무사는 산적들의 열렬한 환송을 받으며 웅이산을 내려왔다.

"부디 천외천가를 물리쳐 주시길! 그래야 손님들이 마음대로 섬서를 넘어 다닐 것 아니겠습니까!"

"안녕히! 어서 가십시오!"

"와! 와! 와!!!"

일천의 산적이 지르는 괴성에 웅이산이 들썩거렸다.

3

얼마나 지난 걸까.

실처럼 벌어진 눈으로 밝은 빛이 스며든다.

서늘함과 따뜻함이 동시에 느껴지는 햇빛이다.

'또 하루가 지난 건가?'

새들이 지저귀는 소리. 바람에 나뭇잎이 부대끼는 소리. 아직 산속임이 분명하다.

여긴 어딜까? 천외천가일까, 아니면 또 다른 곳일까?

그때다.

"정신이 드나요?"

힘들게 눈꺼풀을 올리는 혁련미려의 귀에 맑은 목소리가 들렸다.

듣는 것만으로도 머리가 맑아지는 음성. 여인의 목소리였다.

"누구? 여긴 어디……?"

대답 대신 질문이 던져졌다.

"당신을 쫓던 자, 천외천가의 사람 같던데, 왜 그자가 당신을 쫓은 거죠?"

혁련미려의 힘들게 들린 눈꺼풀이 소슬바람에 흔들리는 사시나무처럼 잘게 떨렸다.

그녀는 유령처럼 자신을 가로막던 자가 떠오르자 절로 몸에 힘이 들어갔다.

"저를 잡아가려고 쫓아온 거예요."

"당신을? 왜요?"

"제가 천선곡에서 도망쳤거든요."

잠시 질문이 멎었다.

혁련미려는 더 이상 질문이 없자 고개를 돌려 목소리의 주인을 바라보았다.

검은 면사로 눈 밑을 가린 여인이 보였다. 면사 위로 드러난 그녀의 눈은 자신이 여태껏 본 그 어떤 눈보다 맑고 차가웠다.

'아! 정말 아름다운 눈……'

그때 면사여인의 질문이 이어졌다.

"당신은 천외천가의 사람인가요?"

조금 전보다 싸늘하게 느껴지는 목소리였다.

혁련미려는 미미하게 고개를 저었다.

"아니에요."

"천선곡에서 도망쳤다면서요?"

"그건 맞아요. 이십여 일 동안 천선곡에서 지냈는데, 도저히 견딜 수가 없어서 도망쳤거든요."

면사여인, 소영령은 힘겹게 말을 잇는 혁련미려를 뚫어지게 바라보았다.

천선곡에서 이십여 일 지냈다 했다. 그렇다면 원래부터 천외천가에서 살던 여인이 아니라는 말이다.

한데 어떻게 도망친 것일까?

"입구에 진이 펼쳐져 있는데 어떻게 나왔죠? 진에 대해 잘 아나요?"

영락없이 잡혀갈 줄 알았다. 그런데 또다시 도움을 받아 천외천가의 손에서 벗어났다. 하늘이 돕고 있는 것이 아니고 무엇일까.

아직은 절망할 때가 아니었다. 어떻게 해서든 신양으로 돌

아가고 싶은 그녀에게 남은 희망은 눈앞의 여인뿐. 그녀는 절
망의 수렁에서 벗어날 기회를 놓치고 싶지 않았다.

혁련미려는 자신이 어떻게 입구의 진을 알아냈는지 말해주
었다. 그리고 어떻게 이곳까지 왔는지도 다 털어놓았다.

소영령은 그녀의 말을 듣고 놀란 표정을 감추지 못했다.

"당신이… 제천신궁의 소공녀 혁련미려란 말인가요?"

"지금은 그냥 혁련미려일 뿐이죠."

혁련미려는 아픔이 담긴 표정으로 나직이 대답했다.

하지만 소영령에게는 그녀가 제천신궁의 소공녀든 아니든
그것이 문제가 아니었다. 그녀의 이름이 혁련미려라는 것, 그
것이 중요할 뿐이었다.

혁련미려는 혁련호승의 누이가 아닌가.

"제천신궁으로 가려는 것인가요?"

"그래야겠죠."

혁련미려의 입에서 힘없는 목소리가 흘러나온다.

소영령은 그녀가 가여웠지만, 자신이 그녀가 해줄 수 있는
것은 그리 많지 않았다.

"일단 큰 성읍이 있는 곳까지 함께 가주겠어요. 그곳부터는
표국의 표행을 이용해서 하남으로 들어가세요. 대신, 당신은
나에게 천선곡에 들어갈 수 있는 방법을 말해줘요."

묘한 일이었다.

절망에 처했을 때마다 도움을 받았다. 그리고 자신을 구해
준 두 사람 모두 천선곡에 들어갈 수 있는 방법을 원한다.

마치 두 사람과의 만남이 운명이기라도 한 것처럼.

"좋아요. 제가 아는 것은 다 말해줄게요. 하지만 완전하지
는 않아요."

4

북리환은 좌소천 일행을 낙남(落南) 남쪽 백 리 지점의 오봉
산에 있는 산채로 인도했다.

북리환의 수하 하나가 먼저 갔는데, 그가 무슨 말을 했는지
오봉산의 산적들은 사색이 된 얼굴로 좌소천 일행을 맞이했
다.

딸린 식구들이 많아서 도망가지 못한 것이 한이 된다는 표
정들이었다.

한데 좌소천과 오행대가 오봉산에 도착한 지 한 시진이 채
되기도 전이었다. 신속한 정보 전달을 위해 임시로 만들어놓
은 섬서의 열 개 지부 중 산양 지부의 정보원이 산채를 찾아왔
다.

섬서 중서부 일대에 깔린 이백 명의 천이당 정보원 중 하나
가 순양에서 올라오는 천외천가의 무사들을 발견한 것이다.

좌소천은 그 소식을 듣고 즉시 오행대의 대주들과 부대주들
을 불러들였다.

산채의 채주가 기거하는 목조 건물의 내부는 오십 평 정도

되었는데, 나름대로 화려하게 꾸며져 있었다.

오봉채주가 앉아 있던 자리에는 좌소천이 앉고 소두령들이 앉았던 자리는 오행대의 대주들과 부대주, 장로들이 차지했다.

사람들이 다 모이자 공손양이 자리에서 일어나 지도를 커다란 탁자 위에 폈다.

"놈들이 생각보다 빨리 움직이기 시작했습니다."

"발견 당시의 위치는?"

"발견 당시 산양 남쪽을 지나고 있었다 합니다."

공손양이 말을 하며 지도를 손으로 짚었다.

공손연호가 공손양의 손끝을 바라보며 물었다.

"인원은?"

"일천 정도라 합니다. 그중 고수라 할 만한 자들은 삼백 명 정도입니다."

"흠, 삼백이라……."

"절정고수가 삼십여 명 정도 섞인 것 같습니다만, 우려할 만한 정도는 아닌 것 같습니다."

일천 대 오백이다. 게다가 절정의 경지에 달한 고수가 삼십여 명이다. 가히 구파오가의 어느 한곳과 전면전을 벌여도 될 정도의 무력.

하지만 누구도 인원 차이로 인해 고민하지는 않았다. 그만큼 오행대의 무력은 막강했다.

그때 듣고만 있던 좌소천이 물었다.

"다른 자들에 대한 것은 아직 소식이 없소?"

"천해의 무리는 위남에 처박혀 있는 상태고, 진안에 머물고 있던 자들 역시 전열을 정비하느라 움직이지 않고 있습니다."

신경 쓰이는 자들은 역시 천해의 무리였다. 종남을 단숨에 피바다로 만든 자들. 그들 중에 사사와 십암이 몇이나 섞여 있는지 모르는 상황인만큼 좌소천은 신중을 기하지 않을 수 없었다.

한데 공손양의 말을 듣다 보니 조금 이상한 생각이 들었다.

두 곳은 그대로인데 한 곳만 움직였다. 그것도 상당히 빠른 상태로 북동진한다. 예상 밖의 일이 아닐 수 없었다.

"순양에 있던 자들이 급박히 움직인 목적이 뭐라 생각하시오?"

"하남으로 가는 통로를 확보하기 위해서인 것으로 판단됩니다."

"그들만 따로 움직인 것이 의외라 생각하지 않소?"

"저도 뜻밖입니다. 무림맹이 대대적으로 움직인 상황인만큼 잘못하면 큰 피해를 입을지 모르는 상탭니다. 그런데도 독자적으로 움직였다는 것은……. 음, 아무래도 누군가 독자적인 명을 내릴 수 있는 자가 그들을 지휘하고 있는 것 같습니다."

"현재 천외천가에서 그럴 만한 사람이 있다면 누구겠소?"

"대공자인 순우무종이라면 가능할 것입니다."

"순우무종이 엇갈린 바퀴처럼 독자적으로 움직인 이유는?"

공손양이 좌소천을 바라보았다.

"뭔가 서로 간에 거리가 있는 것이 아닌가 하는 생각입니다."

공손양의 대답에 좌소천의 미간이 좁혀졌다. 그러더니 일순간 섬광처럼 번뜩였다.

"둘을 하나라 생각했는데, 아무래도 우리가 알지 못하는 뭔가가 있는 것 같소."

"천이당의 정보망을 최대한 동원해서 정보를 모아보겠습니다."

좌소천은 고개를 끄덕이고는, 지도를 손가락으로 짚고 한쪽을 바라보았다.

그의 눈이 향한 곳에는 두 사람이 바짝 긴장한 채 서 있었다. 두 사람은 오봉산의 산채에 있는 산적 중 두 사람이었는데, 섬서 중서부 일대의 지리를 잘 안다는 자들이었다.

"이곳의 지리를 잘 아시오?"

그들은 좌소천의 말이 떨어지자 뻣뻣하게 굳은 다리를 억지로 움직여 탁자를 향해 다가왔다.

두 사람은 고개를 삐죽 내밀어 좌소천의 손가락이 가리키는 곳을 보더니, 곧 표정을 일그러뜨렸다.

'여기까지는 잘 모르나?'

좌소천이 실망한 표정을 지을 때다. 슬며시 몸을 일으킨 북리환이 손으로 지도를 가리키며 말했다.

"여기, 단봉에서… 조기, 산양까지 이르는 곳의 지리를 아느냐는 말씀이시다."

그제야 저승에 발을 하나 디딘 사람의 표정 같던 두 사람의 얼굴이 조금 환해졌다. 그래 봐야 죽기 직전에 겨우 살아난 사람처럼 보이는 정도였지만.

"물론입죠. 그곳이라면 약초꾼들이 다니는 길은 몰라도 어지간한 소로는 다 압죠."

"가끔 그쪽까지 일을 나가는 터라, 손금처럼 알고 있습니다요."

이구동성으로 대답하는 두 사람이다. 그제야 좌소천은 자신이 뭘 잘못했는지 눈치 챘다.

글을 모르는 사람에게 손가락으로 글자만 가리켰으니 알아볼 턱이 없었던 것이다.

"두 분 말고 이곳의 지리를 잘 아는 사람이 더 있습니까?"

뻐드렁니의 장한이 잔뜩 긴장한 얼굴로 고개를 끄덕였다.

"물론입죠. 아마 열 명은 더 될 겁니다요."

좌소천이 공손양을 향해 명을 내렸다.

"일단 각 대마다 두 사람씩 배치하도록 하고, 호위를 붙여서 최대한 안전을 보장해 주시오."

죽을 길을 갈 사람처럼 불안해하던 두 명의 산적이 감격한 눈으로 좌소천을 바라본다. 공손양은 조용히 웃으며 고개를 숙였다.

"예, 주군."

좌소천은 앉은 사람들을 둘러보았다.

"작전이 시작되면 신속하고 강하게 몰아쳐서 놈들이 정신을 차리기 전에 심각한 타격을 입혀야 합니다. 그래야 위남에 있는 천해의 판단이 흐려질 겁니다."

모두가 굳은 표정으로 고개를 끄덕인다.

좌소천이 못을 박듯 신중하게 한마디 덧붙였다.

"명심하십시오. 이 싸움은 단순히 문파끼리의 다툼이 아닌 전쟁이라는 것을."

잠시 무거운 침묵이 장내를 짓눌렀다.

그때였다. 분위기야 무겁든 말든 한쪽에서 무영자, 죽귀, 염불곡과 함께 차를 홀짝이고 있던 동천옹이 고개를 돌리고 물었다.

"아직 태백산에서 놈들이 더 나왔다는 소식은 없지?"

"아직은 없습니다."

"이곳까지 소식이 전해지는데 시일이 걸린다는 걸 생각하면 이미 나왔을지도 모르는 일이잖아?"

"항상 그러한 상황을 염두에 두고 움직일 생각입니다, 어르신. 물론 그리한다고 해도 완벽히 대응할 수는 없겠지만, 그래도 어느 정도는 시간 차이를 좁힐 수 있지 않을까 생각합니다."

바로 그때, 동천옹이 염불곡을 바라보며 넌지시 말했다.

"흠, 그래? 그럼 이놈의 재주를 한번 이용해 봐라."

좌소천의 눈이 조용히 앉아 있는 염불곡을 향했다.

염불곡이 동천옹을 향해 눈을 흘기다 말고 슬며시 고개를 돌린다.

"좋은 방법이라도 있습니까?"

"흐흐흐, 이놈이 가진 재주가 뭐더냐? 귀령(鬼靈)을 다스리는 것이 아니더냐? 잘만 이용하면 놈들의 움직임을 훨씬 빨리 알 수 있을 거라는군."

염불곡이 볼멘소리를 하며 투덜댔다.

"거리가 너무 멀면 소용없다니까요."

"언제는 만 리 밖에 있어도 알 수 있다며? 귀령들에게는 거리가 중요하지 않다며?"

"그거야 그냥 그렇다는 거죠. 사백 리만 넘어도 귀령들과의 연결이 끊어져서 소용없습니다."

사백 리?

좌소천의 눈이 반짝였다.

태백산까지는 바라지도 않았다. 이삼백 리 안쪽의 일만 제때 알 수 있어도 결과는 천지차이가 될 터였다.

"거리가 가까우면 귀령을 이용해 상대편의 상황을 알 수 있다는 말씀 같은데, 정말 가능한 일입니까?"

좌소천의 말에 자존심이 상한 듯 염불곡이 목에 힘을 주었다.

"그거야 일도 아니지. 몇 가지 준비만 한다면."

"흠, 그렇단 말이죠?"

좌소천의 눈이 반짝였다. 그제야 불안함을 느낀 염불곡이 슬며시 말을 돌렸다.

"뭐 꼭 할 수 있다고 자신할 수는 없지만……."

동천웅이 눈을 치켜뜨고 한 소리 했다.

"남자가 왜 그러냐? 할 수 있으면 할 수 있다, 자신없으면 못한다, 해야지."

자존심이 상한 듯 염불곡이 버럭 소리쳤다.

"누가 자신없다고 했습니까?!"

"그럼 해봐."

"끄응, 제길, 괜히 따라와서……."

조용히 있던 무영자가 쓱 얼굴을 내밀며 동천웅 흉내를 냈다.

"운명이라며? 놈들 간담을 서늘하게 해줄 수 있다며?"

얼굴이 일그러진 염불곡은 사람들의 눈이 전부 자신을 향하자 한숨을 내쉬며 손을 들었다.

"그거야 뭐……. 후우, 좋습니다, 좋아요! 한번 해보죠."

염불곡은 일단 은잠술과 정보수집 능력이 뛰어난 무사를 선발하고, 그들 중 귀령이 쉽게 달라붙을 수 있는 다섯 명을 골랐다. 그러고는 그들의 팔목에 귀령이 심어진 환을 차게 했다.

"만일 무슨 일이 있거든, 환의 구멍에 너희들의 피를 흘려 넣고 미간에 댄 후, 보이고자 하는 것에 시선을 두고서 내가 알려주는 주문을 외어라."

다섯 명의 무사는 떨떠름한 표정으로 자신의 팔목에 차인 환을 내려다봤다.

으스스한 기분이 드는지 불안한 눈빛들이었다.

"세 번 쓰면 무용지물이 되니까, 너무 자주 하지는 말고 꼭 필요할 때만 사용해."

"예, 장로님."

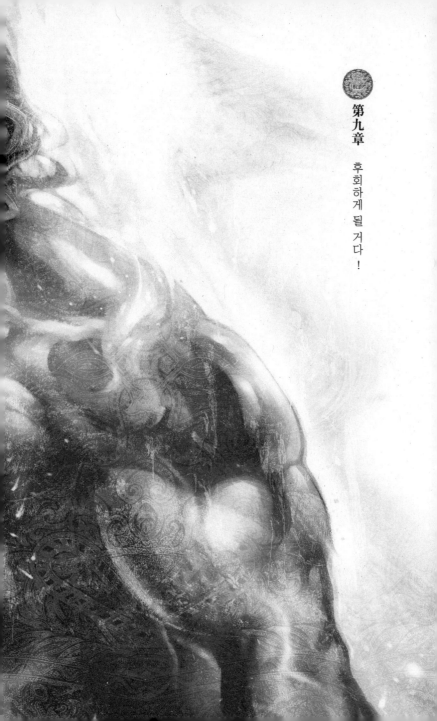

第九章

후회하게 될 거다!

絶對天王

"무궁이는?"

"일단 가두고 밖으로 나다니지 못하게 했습니다."

"놈들이 대체 무슨 생각으로 무궁이에게 혈령마기를 심어 놓은 거라고 보나?"

"저도 그게 의문입니다. 자신들에게 이득될 것도 없을 텐데 말입니다."

순우연의 미간에 세 줄기 주름이 내 천 자로 그어졌다.

"아무래도 이상해. 목적도 없이 무궁이에게 혈령마기를 심을 노야가 아니거늘."

"일단은 이공자의 상태를 계속 지켜보도록 하겠습니다."

"음……."

답답해도 어쩔 수가 없었다. 반쯤 돌아버린 순우무궁을 천해에 맡긴 것 자체가 잘못이었다.

순우연은 신경질적으로 차를 한 모금 마시고는 화제를 돌렸다.

"그건 그렇고, 만사령주는 어떻게 된 건가?"

"그게 좀 이상합니다. 벌써 돌아왔어야 하는데, 행방이 묘연합니다."

"혁련미려는 찾았나?"

"추가로 삼십 명의 추적조를 풀었습니다만, 어디에서도 그녀를 발견했다는 신호가 올라오지 않고 있습니다."

"혁련미려를 도와준 자가 있었다던데, 그자가 혁련미려를 빼돌렸을까?"

"그건 아닌 듯합니다. 천앙동의 사람들이 나타나자 이공자와 싸우다 말고 사라졌는데, 당시 혁련미려는 보이지 않았다 합니다."

"그가 누군지는 알아보았나? 혈령마기의 광기가 솟구친 무궁이와 대등하게 싸웠다면 강호에서 상당히 유명한 자일 텐데?"

"초상을 그려서 본 가가 지닌 강호 인물 정보와 대조해 봤는데, 확인 불가라는 판정이 내려졌습니다."

"그자 역시 찾지 못했겠군."

"현재로선……."

순우연의 눈썹이 꿈틀거렸다.

손바닥처럼 생각하는 태백산에서 두 사람의 행방을 찾지 못해 헤매다니.

　계속된 예상 밖 상황에 순우연의 부동심도 서서히 흔들렸다.

　"며칠 후면 밖으로 나가야 하거늘…… . 으음, 왠지 신경이 쓰이는군. 기분이 좋지 않아."

　"그래도 대공자께서 잘해주고 계시지 않습니까? 너무 염려 마십시오."

　"하긴…… ."

　순우무종이 예상보다 빠르게 남부를 차지했다. 더구나 그리 큰 피해도 보지 않았다. 이제 천해와 천외천가의 무사들이 합류해 화산만 무너뜨리면 섬서성 중남부 일대가 천외천가와 천해의 품 안으로 들어올 상황.

　순우연은 그것을 위안으로 삼고 찜찜한 기분을 털어냈다.

　"천해는?"

　"위남에서 명이 떨어지길 기다리고 있습니다."

　전체의 수장은 공야황이다. 그러나 공야황은 아직 나서지 않고 있는 상황. 전체적인 상황을 조율하고 명을 내리는 사람은 이인자인 순우연이었다.

　아마 공야황이 나선다 해도 명령체계는 크게 달라지지 않을 것이었다. 천해의 사람들은 강호초출이나 마찬가지. 어차피 천외천가의 정보에 의존할 수밖에 없을 테니까.

　"노야가 독자적으로 화산을 칠 거라 보나?"

"그가 어찌 가주의 명을 어기겠습니까?"

순우연은 척발조에게 화산을 급하게 치지 말라고 했다.

막대한 피해를 우려해서 그런 것만은 아니었다. 화산을 남겨두어야 무림맹이 꼬리에 불붙은 황소처럼 앞뒤도 재지 않고 달려올 것이기 때문이었다.

마음 같아서는 천해의 힘을 줄이기 위해서라도 그들만으로 화산을 치게 하고 싶었다. 하지만 순우연은 유혹을 참아야만 했다. 아직은 때가 아닌 것이다. 그들은 결정적일 때 자신을 위해 방패막이가 되어주어야 한다. 보다 강력한 힘을 유지한 채.

"지금쯤 무림맹이 움직였겠지?"

"예, 가주. 정보에 의하면, 현무와 주작도 화산으로 떠났다 합니다. 그리고 곧 천무단까지 섬서로 넘어올 거라 합니다."

"좌소천이 무림맹에 들렀다 하던데, 그 후의 움직임은 파악했나?"

순우기정이 움찔했다.

"중간에서 끊겼습니다."

"끊겼다?"

순우연의 눈이 순우기정을 향했다. 순우기정이 변명하듯 급히 입을 열었다.

"너무 걱정 마십시오. 그들 역시 화산으로 가지 않을 수 없을 터. 결국 모든 일은 화산에서 결정나게 될 것입니다."

일리있다 생각했는지 순우연도 더 이상 묻지 않았다.

하긴 누구든 그리 생각할 수밖에 없었다. 종남이 무너진 이상 화산이 섬서의 마지막 보루. 화산마저 무너지면 무림맹은 섬서에 발을 디딜 곳이 없는 것이다.

"생각대로 되어가고 있군. 후후후. 그래, 무종이는 어떻게 하고 있는가?"

"독자적인 움직임을 자제하고, 일단 천해와 합류하라 했습니다."

"당분간 무종이에게 혁련미려의 일은 알리지 말게."

"알겠습니다, 가주."

순우연은 마음이 안정되자 자리에서 일어났다.

"해주를 만나고 오겠네. 나가기 전에 모든 것을 확실히 매듭지어야겠어."

2

이글거리는 태양이 서쪽으로 가라앉을 무렵.

소영령은 혁련미려와 함께 태백산 동북쪽 주지(周至)에 도착했다. 주지에서 장안까지는 백오십 리 길. 장안에서 하루 정도 쉬며 내력을 완전히 회복하면 그녀 혼자라 해도 큰 어려움 없이 신양까지 갈 수 있을 것이다.

"고마워요."

"섬서 전체가 천외천가로 인해 초긴장 상태예요. 꾸미려 하지 말고, 그 모습 그대로 가세요. 그래야 남의 눈에 덜 뜨일 거예요."

"알았어요."

혁련미려는 고개를 끄덕이며 소영령을 바라보았다.

소영령은 챙에 면사가 달린 것도 모자라, 눈 밑마저 검은 천으로 가린 상태였다. 혁련미려는 소영령의 그런 차림을 충분히 이해할 수 있었다.

드러난 부분만으로도 소영령은 너무나 아름다웠다.

심혼이 빨려들 것만 같은 눈빛. 백옥에 분을 칠한 것 같은 피부. 여인이라면 꿈에 그리는 눈빛과 피부였다.

모자의 면사와 천으로 얼굴을 가리지 않으면 그녀를 본 모든 남자들이 넋을 잃고 그녀를 따라다닐지도 몰랐다.

혁련미려는 문득 소문으로 들었던 이야기가 하나 떠올랐다.

'그래, 신녀의 얼굴을 본 사람들이 모두 넋을 잃었다고 했지.'

눈앞의 여인은 이름을 '령'이라고만 밝혔다. 혁련미려는 '령'이라는 이 여인 역시 신녀처럼 아름다울 거라는 생각을 지울 수 없었다.

"다시 태백산으로 가실 건가요?"

혁련미려의 질문에 소영령은 고개만 미미하게 끄덕였다.

"조심하세요."

"걱정 말아요. 내 한 몸 지킬 정도는 되니까."

소영령은 싸늘하게 입을 열고 몸을 돌렸다. 그러다 문득 든 생각에 멈칫하며 물었다.

"혹시 혁련호운이라는 사람을 아나요?"

혁련미려의 눈이 커졌다.

"제 동생인데…… 어떻게 제 동생 이름을 아는 거죠?"

"아무것도 아니에요. 누가 그 이름을 말해서……."

소영령은 자신의 생각대로 혁련호운이 제천무제의 아들임을 알고 쓴웃음을 지었다.

'그럼 소천 오빠도 그 멍청이 같은 혁련호운을 잘 알겠군.'

좌소천은 가급적 제천신궁에서의 일을 말하지 않았다. 그녀 역시 좌소천이 제천신궁에 대해 잊으려 하는 걸 알고 묻지 않았다. 그것 말고도 할 이야기가 많은데 굳이 가슴 아파할 이야기를 할 이유가 없었다.

"저기……."

소영령은 혁련미려가 의아한 표정을 지으며 뭔가를 물으려 하자 몸을 돌리며 화제를 돌렸다.

"제천신궁의 주인이 바뀌었다고는 해도 크게 피바람이 분 것은 아니라고 해요. 물론 제천무제나 그 가족들도 무사하고요. 걱정 말고 신양으로 돌아가세요."

혁련미려의 눈이 가늘게 떨렸다.

제천신궁의 주인이 바뀐 일은 천하를 진동시키고도 남을 정도의 큰 사건이다. 천하에 소문이 자자할 것이었다. 하기에 그녀는 장안에 가면 제일 먼저 제천신궁이 어떻게 되었는지부터 알아볼 생각이었다.

아버지는 어떻게 되었을까? 어머니는? 오빠는? 다른 가족들은?

그녀는 그것이 걱정되어 견딜 수가 없었다.

한데 소영령의 말대로라면 그나마 불행 중 다행이었다.

"그게… 정말인가요?"

"새로운 궁주는 순순히 궁주 위를 넘기는 조건으로 제천무제의 가족에게 일절 손을 대지 않았다고 해요. 아마 틀림없는 사실일 거예요."

혁련미려는 금방 눈물이라도 흘릴 것 같은 표정을 지었다.

"아! 정말 다행이에요. 정말……."

"그러니 걱정 말고 제일 가까운 제천신궁의 분타를 찾아가세요. 아니면 상황을 봐서 무림맹의 분타를 찾아가든지. 제천신궁과 무림맹이 손을 잡을 거라는 소문이 있었으니까요."

"알았어요. 고마워요, 신경 써줘서."

소영령은 혁련미려의 인사를 뒤로하고 걸음을 옮겼다.

돌아올 수 있을까?

돌아올 수 없을지 모른다. 마지막 길일지도 모른다.

하지만 가지 않을 수 없다.

자신을 살리기 위해 죽어간 수백 정한녀들의 한을 풀어주어야 한다.

천외천가, 그 악적들의 피로!

'오빠, 미안해요. 꼭 한번은 보고 싶었는데……. 오빠를 보면 마음이 흔들릴 것 같아서 찾아가지 않았어요. 이해해 줘요.'

왠지 '령'이라는 여인의 등에 무거운 짐이 얹어진 것처럼 보인다.

'왜 그러는지는 몰라도 가엽게 느껴져. 한없이 강한 여인인데……'

유령처럼 느껴졌던 자를 자신이 죽였다 했다. 아버지라 해도 쉽게 죽일 수 없을 것 같았던 자이거늘.

상대적인 비교만으로도 '령'이라는 여인이 오제와 비등한 무공을 지녔다는 말.

혁련미려는 그런 여인이 가엽게 느껴지는 자신이 우스웠다.

한데 반쯤 돌아섰을 때다. 갑자기 한 가지 생각이 뇌리를 때렸다.

오제와 비등한 무공. 면사로 가린 얼굴. 사람이라 볼 수 없을 정도의 아름다운 눈과 피부.

그녀는 번개처럼 몸을 돌리고 눈이 번쩍 쳐들렸다.

'신녀! 그래, 진짜 신녀야!'

하지만 '령'이라는 여인은 어느새 사라져 그림자도 보이지 않았다.

혁련미려는 그 자리에서 한참 동안 서서 소영령이 사라진 곳을 바라보았다.

"그랬어. 그녀가 태백산을 찾은 것은 복수 때문이었어. 바보같이! 신녀를 앞에 두고도 몰랐다니!"

아쉽고 안타까웠다. 바보멍청이가 된 것만 같았다.

그러나 이제는 어쩔 수 없었다. 신녀는 태백산으로 떠났고, 자신은 신양으로 돌아가야만 했다.

'꼭 다시 만났으면……'

실낱같은 희망만 남긴 채, 혁련미려는 아쉬움을 접고 몸을 돌렸다.

주지현의 객잔에 머물며 태백산의 동태를 감시하던 오계상은 자신이 헛것을 봤다고 생각했다.

한 여인이 황사 바람을 등에 지고 객잔에 들어섰다.

그녀가 객잔의 문을 열고 들어올 때만 해도 별다른 신경을 쓰지 않았다.

한데 자리를 찾기 위해 고개를 돌린 순간, 그녀의 얼굴에 자신이 아는 한 사람의 얼굴이 겹치는 것이 아닌가.

흐트러진 머리와 먼지 묻은 얼굴, 허름한 경장이지만 갸름한 얼굴선과 아름다운 봉목만은 자신이 아는 여인과 조금도 다르지 않다.

'서, 설마……?'

바라보는 사이 여인이 불안한 표정으로 자리에 앉았다.

그는 점소이에게 음식 주문을 하는 여인을 유심히 살펴보았다.

아무리 봐도 자신의 생각이 틀리지 않은 듯했다.

말투가 하남 지방의 말투다. 게다가 여인이 주문하는 음식. 그것은 섬서 지방의 음식이 아니었다. 하남, 그것도 남부 지방에서 주로 먹는 음식이었다.

점소이가 난색을 표하자 여인이 어색한 표정을 지으며 알아서 가져다 달라고 한다.

'틀림없어.'

그는 자신의 눈이 잘못되지 않았음에 확신을 갖고 자리에서 일어나 계산을 하고는 객방으로 올라갔다. 그리고 비문으로 짧게 서신을 쓴 후 천장에 숨겨두었던 전서구를 꺼냈다.

잠시 후.

한 마리 전서구가 남동쪽으로 날아갔다.

3

산등성이에 오르자 끝없이 펼쳐진 산야가 눈에 들어왔다.

"좋군! 태백산과는 또 다른 맛이야!"

순우무종은 감탄을 터뜨리며 숨을 크게 들이쉬었다.

천하가 당장에라도 자신의 품 안으로 달려들 것 같은 기분.

그는 자신의 결정이 조금도 잘못되지 않았다 생각했다.

'천해와 합류해서 화산을 치고 아버님과 해주가 나오실 때까지 기다리라고? 홍! 기정 숙부의 지혜가 아무리 뛰어나다 해도, 안에만 박혀 있으니 바깥의 일을 어찌 알겠나?'

순우무종은 본 가와 천해 몰래 자신의 능력을 보여주고 싶었다. 상주를 비롯해 섬서의 동부를 장악해 하남으로 갈 길을 열어놓는다면 분명 보는 눈이 달라질 터였다.

자신이 섬서의 동부를 차지할 수만 있다면 죄보다 공이 클 터. 누가 자신을 뭐라 할 수 있단 말인가.

화산이야 진안의 이로(二路)가 천해와 합류해 쳐도 충분할 것이었다.

'후후후. 좌소천이라는 애송이가 오기 전에 완벽히 섬서를 장악하는 거야. 그러면 사람들도 알겠지. 내가 그 애송이보다 뛰어나다는 걸 말이야.'

마음이 붕 뜬 순우무종은 옆구리의 검을 움켜쥐었다.

"손 단주, 본 가의 무사들이 이곳까지 도착하려면 얼마나 걸리지?"

"네 갈래로 갈라진 사람들이 모두 도착하려면 한 시진 정도 걸릴 것입니다."

"그래?"

한 시진이라면 그리 오랜 시간이 아니다. 그들이 모두 온 다음에 움직여도 충분했다.

그러나 순우무종은 가만히 서서 기다리고 싶지 않았다. 승승장구하며 이곳까지 달려온 그였다.

누가 감히 자신들의 앞을 막을 수 있단 말인가!

그는 까마득히 보이는 마을 하나를 손으로 가리켰다.

"오늘은 저곳에서 쉬고, 내일 아침에 상주로 간다. 가자!"

제천단의 오대주 후종신은 염불곡에게 선택된 다섯 사람 중 하나였다.

그는 네 명의 수하와 함께 서쪽으로 달려갔다.

백 리를 달려 사가촌이라는 마을에 도착한 그는 수하들을 교대로 마을 입구에서 망을 보게 하고 허름한 객잔에 머물렀다.

천이당의 정보원이 전한 말이 틀리지 않았다면, 더 이상 갈 필요도 없었다.

산양 남쪽을 지났다 했으니 곧 어디로든 모습을 드러낼 터였다. 오히려 너무 멀리가면 자칫 그들을 지나칠지도 몰랐다.

그렇게 석양이 질 무렵, 후종신이 팔목에 찬 귀령환을 거머리라도 되는 것처럼 일그러진 표정으로 바라보고 있을 때였다. 마을 입구에서 망을 보던 수하 하나가 달려와 소리쳤다.

"놈들이 오는 것 같습니다, 대주!"

"몇 놈이나 되느냐?"

"대충 백 명은 넘을 것 같습니다."

"그래? 가보자!"

즉시 객잔을 나선 후종신은 마을 입구의 커다란 나무 위로 올라가 석양이 지는 서쪽을 바라보았다.

수하 말대로, 저 멀리 산등성이에서 무사들이 날듯이 내려오는 모습이 보였다.

빠른 속도, 거침없는 움직임. 족히 백 명이 넘어 이백에 가까운 숫자다.

기다리던 놈들이었다. 그들이 아니고서는 이 일대에서 저렇게 움직일 자들이 없었다.

"일단 이곳을 피하자."

그는 네 명의 수하와 함께 마을이 바라다 보이는 산속에 몸을 숨기고 상황을 살폈다.

일각.

삼백 호 정도의 사가촌이 천외천가의 무사들로 뒤덮였다.

"이제 연락을 해야 하지 않겠습니까?"

수하 중 하나인 장호가 나직이 묻더니, 호기심 가득한 표정으로 후종신을 바라보았다.

나머지 세 사람도 곁눈질을 하며, 기대하는 상황이 벌어지기를 기다렸다.

'이 자식들이······!'

아마 당사자만 아니라면 자신도 같은 표정을 지었을 것이었다.

하지만 당사자의 입장에서는 좋은 기분일 리가 없었다.

"눈 돌려. 돌리지 않는 놈은 이마에 이걸 붙여 버리겠다."

후종신은 귀령환을 팔목에서 빼내며 으름장을 놓았다.

그러고는 수하들이 눈을 돌리는 사이, 손목을 슬쩍 비수로 베어 피를 나오게 했다.

환의 굵기는 새끼손가락 굵기였다. 오목하게 뚫린 구멍은 두 푼 정도 되었는데, 그 작은 구멍 안으로 생각보다 많은 피가 들어갔다.

한데 피가 거의 다 찰 즈음이었다. 파랗던 환이 빨갛게 변하기 시작했다.

마치 핏물에 젖은 것 같은 모습.

후종신은 환을 들어 내 천 자가 그려진 이마에 갖다 붙였다.

'지미······.'

속으로야 떨떠름했지만, 겉으로는 염불곡이 알려준 몇 마디 말을 되뇌었다.

"귀령아, 네 주인에게 내 눈과 입을 전해주렴."

순간, 이마가 뜨거워졌다.

머릿속으로 뭔가가 들어오는 것처럼 느껴진다.

'흐미, 설마 내 머릿속으로 귀신이 들어오는 것은 아니겠지?'

다행히 머리가 아프다거나, 어지러운 느낌은 들지 않았다.

후종신은 내심 안도하며 마을을 바라보았다.

이상하게 전보다 더 잘 보이는 것 같았다.

＊　　　＊　　　＊

"놈들을 발견했군."

형형색색의 깃발 수십 개가 꽂힌 방 안에 앉아 있던 염불곡이 파란 눈빛을 흘리며 입을 열었다.

그가 입을 열자, 그를 보호할 겸 대들보에 누워 있던 무영자가 그림자처럼 내려왔다.

"어디라더냐?"

염불곡이 입을 오므리고 알아듣지 못할 말을 중얼거렸다.

그러고는 잠시의 시간이 지난 후에야 입을 열었다.

"사가촌이라고 하는데, 그곳에서 밤을 샐 것 같다고 합니다."

염불곡이 후종신에게 붙은 귀령으로부터 전해들은 이야기는 곧바로 좌소천에게 전해졌다.

"사가촌은 이곳에서 서쪽으로 백 리 정도 떨어진 곳에 있습니다요."

뻐드렁니가 재빨리 사가촌의 위치를 말했다. 그러자 들창코가 보충 설명을 했다.

"집이라고 해봐야 삼백 호 정도밖에 안 되는 마을입죠."

공손양이 두 사람을 향해 물었다.

"남들 눈에 안 뜨이게 마을로 접근할 수 있는 길이 있소?"

들창코가 고개를 끄덕였다.

"마을 뒤쪽에 제법 큰 산이 있는데, 그 산을 넘으면 마을 뒤까지 바로 갈 수 있습니다요."

공손양이 좌소천을 바라보았다.

자리에서 일어난 좌소천은 오행대의 대주들을 바라보았다.

"우리가 도착할 때쯤이면 놈들 대다수가 그곳에 모여 있을 것입니다. 작전이 시작되면 톱니처럼 맞물려 돌아가야 피해가 적어질 터. 나 하나의 실수가 동료의 피해로 돌아간다는 점 명심하시길 바랍니다."

"알겠습니다, 궁주!"

천천히 몸을 일으키는 사람들의 몸에서 살을 에는 기운이 뭉게구름처럼 일었다.

섬서대전의 서막을 자신들이 장식한다는 생각에 전율이 이는 것이다.

4

밤이 될 때까지 사가촌에 도착한 자들은 모두 칠백여 명.

사가촌은 갑자기 몰려든 엄청난 손님들로 인해 정신이 없었다. 허름한 객잔은 물론이고 일반 집들까지 모조리 그들이 차지한 것이다.

그나마 다행인 것은 날이 춥지 않다는 것이었다.

집을 손님들에게 내주고 길거리로 쫓겨난 사람들에게는 그것만도 감지덕지였다.

마을의 집을 모두 차지한 후, 순우무종은 음식을 마련하라며 삼십 냥의 금자를 인심 쓰듯 던져 주었다.

마을 사람들은 스무 마리의 돼지를 잡고, 백여 마리의 닭을 잡았다. 그야말로 마을에 있는 돼지와 닭을 싹 쓸어서 잡다시피 한 것이다.

거기다 숨겨놓았던 술마저 내놓았다.

그러면서 제발 조용히 물러가 주기만을 기다렸다.

하지만 사람 사는 세상의 일이 가끔 그렇듯이, 상황은 마을 사람들이 원하는 대로 흐르지 않았다.

다름 아닌 여인들 때문이었다. 마을에 젊은 여인들이 제법 있었는데, 무사들 중 일부가 여인들을 보고 음심을 드러낸 것이다.

천외천가의 무사들이야 워낙 규율이 심해 함부로 마음을 드러내지 못했지만, 그들과 섞인 각 문파의 무사들은 자신의 음심을 참지 못했다.

밤이 깊어가는 시각, 여기저기서 말다툼이 일었다.

"내 딸아이를 왜 데려가는 거요?"

"그냥 심심해서 잠시 이야기 좀 나누려는 것이니 너무 걱정 마라."

"안 됩니다, 나으리!"

"걱정 말라니까!"

"놔줘요! 저는 따라가기 싫어요! 아버지!"

뾰족한 목소리가 흘러나오고, 곧이어 둔탁한 소리와 함께 비명과 신음이 뒤엉켰다.

퍼벅!

"비키라니까!"

"허억!"

"아악! 아버지!"

대부분의 간부들은 수하들의 그런 행동을 알고도 제지하지 않았다. 오히려 슬그머니 앞장서는 자마저 보였다.

몇몇 간부들이 나서서 눈을 부라렸지만, 그나마도 심하게 하지 마라는 정도에 그쳤다.

그렇게 소란이 점점 커지자, 얼마 지나지 않아서 그 일에 대한 것이 순우무종의 귀까지 들어갔다.

하지만 순우무종 역시 그들을 그냥 놔두게 했다.

사람을 죽인 지 얼마 되지 않은 자들이다. 그리고 내일이면 또 피를 봐야 한다. 기분을 풀어주는 것도 괜찮을 거라 생각한 것이다.

상천단주 강대종도 순우무종과 뜻을 같이했다.

"총령주의 말씀이 옳습니다. 정 뭐하면 몇 푼 던져 주면 되지 않겠습니까?"

"흠, 그도 그렇군. 손 단주, 계집 하나당 열 냥의 은자를 주라고 해라."

손자기는 고개를 숙이면서도 눈살을 찌푸렸다.

마을의 여인들은 기루의 여인들이 아니다. 돈을 준다고 해결될 일이 아닌 것이다.

그는 조심스럽게 자신의 의견을 돌려 말했다.

"총령주, 내일 일을 위해서라도 무사들을 단속하시는 게 낫지 않겠습니까?"

순우무종은 입으로 가져가던 술잔을 멈칫하고는, 눈만 치켜뜨고 손자기를 바라보았다.

"때로는 쾌락이 더 큰 힘을 발휘하게 하지. 내일 상주의 풍성보를 치면서 그 덕에 열의 목을 더 칠 수 있다면 그게 더 이익이 아니겠나?"

순우무종은 술잔을 마저 목구멍에 털어 넣었다. 그러고는 탁, 소리가 나게 잔을 내려놓고 손자기를 응시했다.

"그리고… 결정은 내가 한다. 자넨 따르기만 하면 돼."

"알겠습니다, 총령주."

손자기는 순우무종의 마음을 돌릴 수 없음을 알고 더 이상의 충고를 포기했다.

사실 순우무종의 생각도 틀린 것은 아니었다. 하기에 전장에서 종종 이런 일이 벌어지고는 했던 것이기도 했다.

그러나 분명한 것은, 민심을 잃은 정복은 결코 오래가지 못한다는 것이었다.

'후우, 지나치면 얻는 것보다 잃는 것이 더 많을 텐데…….'

한데 그가 몸을 일으켜 방을 나가려 할 때다. 뒤에서 순우무종의 중얼거림이 들려왔다.

"팔 하나 없어도 머리 돌아가는 것이 아까워서 아껴주려 했거늘, 어째 갈수록…….."

뒤이어 강대종과 벽천당주 비승문의 비웃음소리가 들렸다.

"훗, 총령주께서 잘 대해주시니 자기가 잘난 줄 알아서 그런 줄 아나 봅니다."

"너무 신경 쓰지 마십시오. 어떻게든 병신 소리를 듣지 않으려 그러는 것 아니겠습니까?"

가까스로 방문을 닫은 손자기는 이를 악다물었다.

그는 자신도 모르게 오른손을 들어 왼팔 쪽을 만졌다. 그곳에는 선우궁현에게 잘린 팔 대신 쇠로 만든 의수가 매달려 있었다.

'오늘 한 말, 반드시 후회하게 될 거다.'

그 후로 사가촌은 무법천지가 되었다.

무언의 허락.

무사들은 마치 자신들이 정복자라도 되는 양 눈을 치켜뜨고 여인들을 찾아다녔다.

얼마 지나지 않아 여기저기서 비명과 신음이 악다구니와 섞여서 터져 나왔다.

그렇게 사가촌이 혼란으로 치닫고 있을 무렵.

척 봐도 산적 같은 자 십여 명이 어둠을 헤치고 마을 어귀에 건들거리며 나타났다.

마을 어귀에는 대여섯 명의 무사가 나무에 기대고, 바위에 앉고, 심지어 한쪽에 드러누운 채 형식적인 경비를 서고 있었다.

건들거리며 나타난 자들은 곧바로 그들을 향해 다가갔다.

자기들끼리 음담패설을 하며 킬킬대던 경비무사들이 그들을 보고 고개를 돌렸다.

"응? 어떤 놈들이지?"

"뭐야? 산적들인가?"

경비무사들은 어이없는 표정을 지으며 몸을 세웠다. 심심한데 잘 되었다는 표정이 역력했다.

하지만 그들이 뭐라 하기도 전에 건들거리며 나타난 자들 중 하나가 소리쳤다.

"어떤 놈들이 우리 구역에 쳐들어온 것이냐?!"

웃음이 나왔다.

"킬킬, 저놈이 뭐라 한 거지?"

"웃기는 놈들이군."

"죽고 싶으면 뭔 짓을 못해?"

경비무사들은 킬킬대며, 나타난 자들이 가까이 오기를 기다렸다.

거리가 삼 장으로 좁혀졌을 때다.

스릉.

앞장 선 자가 칼을 뽑고는 대뜸 소리쳤다.

"어떤 산채에서 나온 놈들이냐?! 감히 허락도 받지 않고 우리 구역에서 장사를 하다니! 가만두지 않겠다!"

경비무사들은 피식피식 웃으며 그가 달려오는 것을 바라보았다.

"가만두지 않으면, 우리를 죽이기라도 하겠다는 거냐?"

"당연하지!"

"그래? 어디 죽일 수 있으면 죽여봐라."

경비무사 하나가 가슴을 내밀며 눈을 내리깔았다.

순간, 칼을 빼 든 자가 몸을 날렸다.

삼 장의 거리가 순식간에 좁혀졌다.

서걱!

경비무사들은 자신들이 헛것을 봤다고 생각했다.

가슴을 내민 동료의 머리가 옆으로 미끄러진다.

하늘로 솟구치는 핏줄기!

뒤이은 냉랭한 목소리.

"흥! 죽이라면 못 죽일 줄 알았더냐?"

대왕채 삼호(三虎) 중 하나인 귀살도 적삼은 경비무사의 목을 치고 다음 목표를 향해 칼을 휘둘렀다.

쉬익!

"허엇!"

"보통 놈들이 아니다! 모두 조심해!"

그제야 상황이 심상치 않음을 느낀 경비무사들이 재빨리 대응 태세를 갖추었다.

동시에 열한 명의 대왕채 고수가 그들을 향해 달려들었다.

퍼벅!

쉬쉬쉭!

어둠을 가르며 섬광이 번뜩였다.

산적은 틀림없는 산적이었다. 하지만 단순한 산적들이 아니었다.

대여섯 번의 칼부림이 이어지는 사이 다섯 명의 경비무사가 모두 쓰러졌다.

그리고 마지막까지 남았던 자도 있는 힘껏 소리치고 목이 잘렸다.

"적이다!"

적삼은 피식 웃으며 칼날의 피를 그자의 옷에 닦았다.

"자식, 그렇게 말하면 오해할 수도 있잖아."

그러더니 마을을 향해 소리쳤다.

"옆 산에서 산적이 쳐들어왔다!"

그의 목소리가 밤하늘에 울려 퍼지자 반응이 곧바로 나왔다.

"산적? 어떤 미친놈들이 이곳을 쳐들어왔다는 거냐?!"

"산적 따위를 처리하지 못해서 시끄럽게 하다니, 멍청한 놈들!"

마을 안쪽에서 이십여 명이 우르르 달려나온다.

적삼은 칼을 고쳐 쥐고 옆을 바라보았다.

"신나게 놀아보자고!"

"내가 앞장서겠수."

살미귀검 조필이 씨익 입술을 말아 올리고는, 달려나오는 자들을 향해 걸어갔다.

열 명의 산적이 그 뒤를 따라가며 무기를 뽑아 들었다.

적삼이 또 소리쳤다.

"우리 구역을 침범한 놈들, 다 나와!"

『절대천왕』 7권에 계속…